Le Cauchemar

DU MÊME AUTEUR

Quoi de neuf, petit homme ? Denoël, 2007, Folio, 2009
Le Buveur, Denoël, 2010, Folio, 2012
Seul dans Berlin, Denoël, 2014, Folio, 2015

Hans Fallada

Le Cauchemar

roman

Traduit de l'allemand par Laurence Courtois

DENOËL

Titre original
Der Alpdruck

Prologue

L'auteur de ce roman n'est aucunement satisfait de ce qu'il a écrit dans les pages suivantes, de ce que le lecteur a maintenant imprimé sous les yeux. Lorsqu'il rédigea le plan de ce livre, il s'imaginait décrire, à côté des défaites, des maladies, du découragement – à côté de tous ces effets secondaires inévitables que la fin de cette terrible guerre a apportés à chaque Allemand –, il s'imaginait qu'il pourrait aussi décrire des moments de sursaut. Des actes nobles et courageux, des heures pleines d'espoir – cela ne lui fut pas donné. Ce livre est resté pour l'essentiel un rapport médical, l'histoire de cette apathie qui s'est emparée de la majeure partie, et surtout de la plus décente partie du peuple allemand en avril 1945, et dont beaucoup de gens ne se sont pas encore libérés aujourd'hui.

Le fait que l'auteur n'ait rien pu y changer, qu'il n'ait pas pu apporter plus de légèreté et de gaieté à ce roman, ne tient pas qu'à sa manière de voir, cela tient surtout à l'état général du peuple allemand, qui aujourd'hui encore, plus d'un an et trois mois après la fin des hostilités, est toujours sombre.

Si le roman est, malgré ces défauts, proposé au public, c'est parce qu'il est peut-être un *document humain*[1], un rapport le plus fidèle possible de ce que les Allemands et les Allemandes

1. En français dans le texte.

ressentirent, souffrirent, accomplirent, d'avril 1945 jusqu'à l'été suivant. Peut-être que dans les prochains temps, déjà, on ne comprendra plus cette paralysie qui influença de façon si funeste cette première année après la guerre. Une histoire médicale donc, pas une œuvre – mes excuses ! (L'auteur lui non plus ne pouvait pas sortir de sa peau, l'auteur lui aussi était « paralysé ».)

Il a été question à l'instant de « rapport fidèle ». Mais rien de ce qui est raconté dans les pages qui suivent ne s'est passé comme on l'a écrit ici. Un livre comme celui-ci ne peut pas, déjà pour des raisons de place, dire tout ce qui est arrivé ; il a fallu constamment faire des choix, il a fallu inventer, les faits rapportés ne pouvaient être utilisés sous leur première forme et durent être modifiés. Cela ne change rien au fait que tout ceci est pourtant « vrai » : tout ce qui est raconté ici *pourrait* s'être déroulé ainsi et est aussi un roman, donc une création de l'imaginaire.

La même chose vaut pour les personnages présentés : tels qu'ils ont été décrits ici, aucun n'existe en dehors de ce livre. Ces événements ont suivi les lois de la narration, et il en fut de même pour les personnages. Certains sont inventés, d'autres sont composés à partir de plusieurs.

Ce ne fut pas réjouissant d'écrire ce roman, mais il semblait important à l'auteur. Il garda toujours à l'esprit, entre les sursauts et les défaites, ce qui fut vécu intérieurement et extérieurement après la fin de la guerre. Presque tous avaient perdu la foi et finirent pourtant par retrouver un peu de courage et d'espoir – voilà de quoi il est question ici.

Berlin, août 1946

H. F.

PREMIÈRE PARTIE
La chute

1

Une illusion

Toujours, au cours de ces nuits autour du grand effondrement, Dr Doll, quand il parvenait parfois à s'endormir vraiment, était hanté par le même rêve angoissant. Ils dormaient très peu ces premières nuits, s'attendant constamment avec angoisse à tout type de menaces physiques ou morales. La nuit était depuis longtemps tombée – après une journée pleine de tourments –, et ils étaient encore assis aux fenêtres et guettaient au-dehors si un ennemi arrivait, observant la petite prairie, les buissons, l'étroit chemin de ciment, et ce jusqu'à ce que tout se mêle dans leurs yeux douloureux et qu'ils ne distinguent plus rien.

Souvent l'un demandait : « Et si nous allions plutôt nous coucher ? »

Mais la plupart du temps personne ne répondait, et ils restaient assis, les yeux fixes, et ils avaient peur. Jusqu'à ce que le sommeil se jette sur Dr Doll, comme un brigand qui poserait sa grande main sur tout son visage pour l'étouffer. Ou bien c'était comme une épaisse toile d'araignée qui pénétrait dans sa gorge en même temps que l'air qu'il respirait, et qui s'emparait de sa conscience. Un cauchemar…

C'était déjà assez pénible de s'endormir ainsi, mais après ce genre d'endormissement venait en outre un rêve angoissant, toujours le même. Et en l'occurrence, Doll rêvait de ceci :

Il était allongé au fond d'un gigantesque cratère de bombe, sur le dos, les bras pressés contre ses côtes, pris dans la glaise jaune. Sans bouger la tête, il pouvait voir les troncs d'arbres tombés dans le cratère, ainsi que les façades des immeubles avec leurs trous de fenêtres vides et derrière lesquelles il n'y avait plus rien. Parfois Doll était tourmenté par la crainte que ces choses pourraient tomber plus profondément dans le cratère et ainsi se précipiter sur lui, mais jamais aucune de ces ruines menaçantes ne bougeait.

L'idée aussi le tourmentait que mille veines d'eau et sources souterraines pourraient le submerger et remplir complètement sa bouche de l'épaisse glaise jaune. Impossible d'en réchapper, car Doll savait qu'il ne pourrait jamais se relever de ce cratère par ses propres forces. Mais cette crainte aussi était infondée, car il n'entendait jamais le moindre bruit de sources et de ruissellement, et un silence de mort régnait dans cet immense cratère de bombe.

La troisième impression qui le tourmentait était elle aussi une illusion : de gigantesques nuées de corbeaux et de corneilles défilaient sans interruption dans le ciel au-dessus du cratère ; il craignait énormément qu'ils n'aperçoivent leur proie dans la glaise. Mais non, le silence de mort persistait, ces nuées n'existaient que dans l'imagination de Doll, il aurait au moins dû entendre leurs cris.

Néanmoins, deux autres choses n'étaient pas imaginaires, il les savait avec certitude. L'une d'elles était la suivante : la paix régnait enfin. Aucune bombe ne déchirait plus l'air en hurlant, plus aucun tir n'explosait ; c'était la paix, le silence était revenu. Une dernière et gigantesque explosion l'avait encore expédié dans ce sol glaiseux. Et il n'était pas seul dans cet abîme. Bien qu'il n'entendît jamais un seul bruit et qu'il ne vît rien d'autre que ce qui a été décrit, il le savait pourtant : avec lui se trouvaient ici toute sa famille, et tout le peuple allemand, et même aussi tous les peuples d'Europe, tous aussi démunis et sans défense que lui, tous tourmentés par les mêmes angoisses que lui.

Mais toujours, durant ces interminables et atroces heures de rêve, alors que Dr Doll, dans la journée pourtant actif et énergique, était anéanti et qu'il n'y avait plus qu'angoisse en lui – toujours dans ces minutes de sommeil assassines, il voyait encore autre chose. Et voici ce qu'il voyait :

Au bord du cratère, silencieux, et calmes, et immobiles, étaient assis les Trois Grands. Même en rêve il ne les appelait que par ces noms que la guerre avait gravés dans son cerveau de façon indélébile. Avec eux apparaissaient les noms de Churchill, Roosevelt et Staline, bien que l'idée le tourmentât parfois qu'il y avait encore eu un changement récemment.

Ces Trois Grands étaient assis très près ou en tout cas pas très loin les uns des autres ; ils étaient assis là, comme s'ils venaient tout juste d'arriver de leurs contrées respectives, et observaient, le regard fixe, dans un silence endeuillé, le gigantesque cratère où gisaient Doll, et sa famille, et le peuple allemand, et tous les peuples d'Europe, souillés et sans défense. Et alors qu'ils restaient là, muets et pleins de tristesse, Doll savait avec certitude et du plus profond de son cœur que les Trois Grands réfléchissaient intensément et sans discontinuer à la façon de l'aider à se relever, et avec lui tous les autres, et comment, à partir d'un monde profané, rebâtir un monde heureux. Oui, les Trois Grands y réfléchissaient constamment, pendant que d'infinies nuées de corneilles passaient au-dessus du pays pacifié pour retourner chez elles, migrant des champs de bataille jusque dans leurs anciennes aires, et alors que des sources calmes ruisselaient sans un bruit, et dont l'eau amenait la glaise jaune toujours dangereusement plus proche de sa bouche.

Mais lui, Doll, ne pouvait rien faire ; avec ses bras collés contre son corps il ne pouvait rien faire d'autre que rester allongé en silence et attendre que les Trois Grands cogitant tristement aient pris une décision. Voici ce qui peut-être, dans ce rêve angoissant, torturait le plus Doll : alors qu'il restait menacé par de multiples dangers, il ne pouvait rien faire d'autre qu'attendre en silence pendant un temps infini, infini ! Les façades vides des immeubles pouvaient s'effondrer sur lui, les nuées de corneilles pouvaient découvrir l'homme sans défense, la glaise jaune pouvait emplir sa bouche : il ne pouvait rien faire qu'attendre, et peut-être que cette attente serait fatale pour lui et pour les siens qu'il aimait tant... Peut-être allaient-ils tous encore sombrer !

Il fallut beaucoup de temps avant que les derniers restes

de ce rêve angoissant quittent Doll ; il ne s'en libéra complètement que lorsqu'un tournant dans sa vie l'obligea à cesser de cogiter et à se remettre au travail. Mais il fallut plus de temps encore pour que Doll reconnaisse clairement que ce rêve angoissant, spectre surgi entièrement de son for intérieur, ne faisait que le duper et l'abuser. Ce rêve avait beau être atroce, Doll avait pourtant cru qu'il était vrai.

Cela dura longtemps avant qu'il comprenne qu'il n'y avait personne dans le monde prêt à l'aider à se relever de cette boue où il était tombé. Pas une âme, pas les Trois Grands, encore moins ses concitoyens, personne ne s'intéressait à Dr Doll. S'il succombait dans la glaise, c'était d'autant plus grave pour lui, mais que pour lui ! Aucun cœur dans le monde ne s'alourdirait pour autant. S'il avait encore sérieusement le souhait de travailler et de représenter quelque chose, ce n'était que son affaire à lui de surmonter cette apathie, de se relever, d'essuyer la boue de ses vêtements et de se mettre au travail.

Mais Doll, à cette époque, était bien loin de cette révélation. Une fois que la paix fut enfin arrivée, il crut encore longtemps que le monde entier n'attendait que de pouvoir l'aider à se remettre sur pied.

2

Une autre illusion

Le matin de ce 26 avril 1945, Doll s'était enfin réveillé de bonne humeur. Après avoir attendu dans l'inaction la fin de la guerre pendant des semaines et des mois, l'instant de la libération semblait tout proche. La ville de Prenzlau était prise, les Russes pouvaient arriver à tout moment ; la veille, des avions avaient déjà survolé la ville, et ce n'étaient pas des avions allemands !

Mais la meilleure nouvelle n'était arrivée que tard le soir aux oreilles de Doll : la SS se repliait, le Volkssturm, la milice populaire, était dissous, on ne défendrait pas la petite ville de l'avancée des Russes ! Un poids immense était tombé de son âme : depuis des semaines, il n'avait plus osé quitter sa maison afin de ne surtout pas attirer l'attention sur sa personne. Car il était résolu à ne pas se battre dans le Volkssturm.

Bon, avec ces renseignements opportuns, il pouvait de nouveau se risquer devant sa porte sans se soucier du bavardage de ses chers voisins, qui étaient au moins trois à pouvoir l'observer par-dessus les haies et les clôtures. Il sortit donc avec sa jeune épouse dans cette magnifique journée de printemps. Le soleil brillait chaudement, et sa chaleur – tout particulièrement ici, près de l'eau – faisait un bien fou. La verdure se parait encore des mille nuances légères et joyeuses de sa première croissance, et le sol sous les pieds semblait gonfler et se soulever sous l'action pressante de sa fécondité.

Une fois Doll posté agréablement devant sa maison avec sa femme, son regard se posa sur deux massifs de vivaces qui longeaient chaque côté de l'étroit chemin cimenté menant à sa porte. Dans ces massifs aussi, tout verdoyait, oui, quelques fleurs éclosaient même déjà avec les premiers muscaris, les primevères et les anémones. Mais ce spectacle, en soi réjouissant, était gâché par un enchevêtrement de fils de fer qui, en partie arrachés, en partie attachés à de méchants piquets, froissaient les jeunes pousses de leur désordre, et rendaient même dangereux le chemin cimenté avec leurs bouts retombant traîtreusement.

À peine son regard s'était-il posé sur ce fouillis que Doll s'écria : « Voilà ce que je vais faire aujourd'hui ! Ce misérable réseau de fils de fer m'énerve déjà depuis longtemps ! » Il alla chercher la pince et la houe et se mit à sa tâche avec entrain.

Pendant qu'il s'affairait ainsi au soleil, il pouvait de nouveau observer les parcelles de ses plus proches voisins. Bientôt il remarqua une activité inhabituelle. Que ce soit ici ou là-bas, on courait dans tous les sens, on tirait des valises et des meubles hors de la maison pour les mettre dans la remise et inversement, on déambulait sans but apparent une bêche à la main, que l'on plantait ici ou là, comme à l'aveuglette.

Voilà qu'un voisin se précipitait sur le ponton et y restait les mains dans les poches, comme s'il avait soudain beaucoup de temps. Puis quelque chose tombait bruyamment dans l'eau, et après s'être retourné de façon démonstrativement discrète pour vérifier que personne ne l'avait observé – Doll continuait à biner avec entrain –, il retournait dans sa maison à grandes enjambées, comme plongé dans de profondes pensées, où une activité fébrile s'emparait de lui à nouveau.

Puis soudain tout cela s'arrêtait. Des groupes se formaient autour des clôtures et chuchotaient avec zèle. Voilà que de gros paquets changeaient de propriétaire par-dessus le grillage, et tout ce petit monde s'éparpillait, jetant à nouveau de pressants regards de tous côtés, occupé à nouveau par d'autres cachotteries.

Doll, qui n'habitait que depuis quelques mois sur ce terrain appartenant à sa deuxième femme, restait exclu de toute cette activité en tant qu'« étranger », et il s'en réjouissait. Car toutes ces flagrantes cachotteries étaient menées presque uniquement par des femmes et de très vieux hommes, Doll les traitait d'« affaires de bonnes femmes » et les méprisait à ce titre.

Certes, il ne put longtemps se réjouir de son isolement, car deux dames apparurent sur son terrain, de prétendues amies de sa femme. Ces femmes, qu'il n'avait jamais pu supporter, s'arrêtèrent près de lui et firent les étonnées qu'il puisse avoir du temps pour un travail comme celui-ci en une journée comme celle-là. Les Russes étaient pourtant sur le point d'arriver !

Avec un sourire un peu moqueur, Dr Doll, que sa femme avait rejoint maintenant, expliqua qu'il dégageait justement les chemins pour ces visiteurs si longtemps attendus. Étonnées, les dames s'informèrent ; pensait-il donc attendre l'ennemi ici sur place, c'était bien peu indiqué avec deux enfants, une grand-mère et une jeune femme. Quoi qu'il en soit, ici, les riverains de ce hameau de la petite ville avaient tous décidé de prendre les barques au soleil couchant pour rejoindre l'autre rive du lac et, cachés au fond des bois, d'attendre là-bas la suite des événements.

La femme de Doll répondit pour lui à ses amies : « Nous ne ferons rien de tel. Nous ne bougerons pas d'un pouce, nous ne cacherons rien ; c'est à la porte de notre maison que mon mari et moi saluerons les libérateurs si longtemps attendus ! »

Les dames réagirent avec vigueur contre cette décision, mais plus elles s'emportaient, et plus elles flanchaient dans leur résolution, et plus douteuse leur semblait la sécurité du fond des bois, à l'instant si hautement vantée, et quand elles s'en furent enfin, Doll sourit à sa femme : « Tu vas voir qu'elles ne vont rien faire du tout. Elles vont encore caqueter et s'agiter pendant quelques heures comme des poules avant l'orage, déposer ici quelque chose et prendre là autre chose. Mais en fin de compte, elles finiront par s'asseoir, épuisées, et faire ce que nous faisons tous depuis des semaines : attendre d'être sauvés. »

Au sujet de ses amies, Frau Alma était du même avis

que son mari, mais quant à elle, elle ne se sentait ni épuisée ni disposée à attendre patiemment. Après le repas, elle annonça à Doll, qui, après cet inhabituel travail matinal, voulait s'allonger un peu sur le canapé, qu'elle allait pédaler en vitesse jusqu'en ville pour compléter ses médicaments contre la bile, elle en aurait peu l'occasion dans les prochains jours.

Doll avait quelques appréhensions, puisque les Russes pouvaient arriver d'un moment à l'autre, il valait mieux attendre ensemble à la maison. Mais il savait aussi d'expérience qu'il était absolument vain de détourner la jeune femme d'un de ses projets au motif de dangers potentiels. Des douzaines de fois, sous les pires pluies de bombes, en combattant les incendies dévastateurs de Berlin, lors des attaques aériennes, elle lui avait démontré qu'elle était absolument sans crainte. Il dit alors avec un léger soupir : « Si tu veux ! Fais attention à toi, ma douce ! » Il la regarda partir à vélo par la fenêtre, s'allongea en souriant sur le canapé et s'endormit.

Entre-temps, Frau Alma pédalait avec empressement, grimpait et descendait les côtes en direction de la petite ville. Sa route passa d'abord sur des sentiers isolés où se dressait à peine une maison, puis sur une allée bordée de villas. Là déjà, elle remarqua qu'il n'y avait absolument personne dans les rues et que les villas avaient l'air inhabitées, presque fantomatiques – peut-être du fait des fenêtres qui étaient toutes sans exception fermées. Probablement déjà tous dans les bois, pensa Frau Doll, et elle sentit encore grandir son allant.

Là où l'allée débouchait sur la première vraie rue de la ville, elle tomba enfin sur un signe de vie ; c'était un gros camion de la Wehrmacht. Quelques SS étaient en train d'aider des jeunes femmes et des fillettes à monter. « Venez vite, jeune femme ! cria un des SS à Frau Doll sur un ton quasi autoritaire. Ceci est le dernier véhicule de l'armée à quitter la ville ! »

Comme son mari, Frau Doll avait été très satisfaite d'apprendre que la ville ne serait pas défendue, et qu'elle serait livrée sans combat. Mais cela ne l'empêcha pas pour autant de répondre : « Ça vous ressemble bien, bande de salopards, de déguerpir maintenant que les Russes arrivent ! Depuis que vous êtes arrivés ici, vous vous êtes comportés comme les seigneurs de la ville, vous avez bouffé et bu tout ce que nous avions, mais dès que ça devient sérieux, vous vous débinez comme des baudruches ! »

La veille encore elle n'aurait pas pu parler à un SS de la sorte sans de très lourdes conséquences pour elle et sa famille. La situation avait manifestement changé en profondeur dans les dernières vingt-quatre heures, car le SS répondit pacifiquement : « Dépêchez-vous de monter et arrêtez vos salades ! L'avant de la colonne russe est déjà en haut de la ville !

— Encore mieux ! cria Frau Doll. Comme ça, je peux tout de suite aller leur dire bonjour ! »

Elle appuya sur sa pédale et s'enfonça dans la ville en s'éloignant du dernier véhicule de l'armée allemande qu'elle devait voir de sa vie.

De nouveau s'accentua l'impression qu'elle traversait une

ville désertée – peut-être que les quelques femmes près du camion étaient vraiment les tout derniers habitants de la ville et que tous les autres avaient fui. Personne, oui, on ne voyait pas même un chien ou un chat dans les rues. Toutes les fenêtres étaient fermées, toutes les portes avaient l'air barricadées. Et pourtant, alors qu'elle sillonnait les rues, se rapprochant toujours plus du cœur de la ville, elle avait le sentiment que cette créature de plusieurs centaines d'âmes retenait seulement son souffle, comme si elle allait, juste après elle, à côté d'elle, éclater en un horrible cri d'attente torturée ! Comme si toutes ces fenêtres aveugles abritaient encore des gens, devenus presque fous d'angoisse en attendant ce qui allait advenir, fous d'espoir à l'idée que cette guerre atroce prenne vraiment fin.

Ce sentiment était encore renforcé par quelques chiffons blancs, à peine plus grands que des serviettes, suspendus ici et là au-dessus des portes. Avec cette atmosphère lugubre enveloppant Frau Doll depuis son entrée dans la ville, il lui fallut un instant avant de comprendre que ces tissus blancs signifiaient la reddition sans condition. Depuis douze ans, elle voyait pour la première fois aux maisons d'autres drapeaux que ceux avec la croix gammée. Elle accéléra sans le vouloir.

Elle tourna à un coin de rue, et aussitôt ce sentiment diffus d'angoisse fantomatique la quitta ; elle ne put s'empêcher de sourire. Dans la rue défoncée de sa petite ville manœuvraient huit à dix blindés, se dirigeant dans toutes les directions de façon apparemment désorganisée. Aux uniformes, aux couvre-chefs des hommes debout dans les écoutilles, Frau Doll sut que ce n'étaient pas des chars allemands, non, c'était l'avant de la colonne de blindés contre laquelle on venait tout juste de la mettre en garde !

Pourtant, il n'y avait pas de quoi. À voir ces chars aller et venir sous ce beau soleil de printemps, monter sans effort sur un trottoir, puis revenir sur la chaussée en heurtant les tilleuls au passage, ils n'avaient rien de menaçant. Au contraire : cela ressemblait à un jeu léger, presque joyeux. À aucun moment le moindre sentiment de danger ne l'effleura. Elle continua à avancer avec son vélo au milieu des blindés, et, une fois arrivée à destination, la pharmacie, elle descendit d'un bond. Avec l'humeur libérée qui était soudain la sienne, elle n'avait pas remarqué que toutes les maisons de cette rue étaient elles aussi barricadées et verrouillées, et qu'elle était la seule Allemande au milieu de tous ces Russes, dont certains se tenaient d'ailleurs dans la rue, pistolet-mitrailleur à la main.

Ce n'est qu'avec réticence que Frau Doll détacha ses yeux de cette image et qu'elle se tourna vers la pharmacie dont la porte était, comme celles de toutes les maisons, verrouillée et barricadée. Comme les coups à la porte et les appels n'eurent aucun effet, elle n'hésita qu'un instant et s'approcha rapidement d'un Russe muni d'un pistolet qui se tenait tout près. « Écoute, Vania », dit-elle au Russe tout en lui souriant et en le tirant par la manche en direction de la pharmacie, « viens donc m'ouvrir cette boutique ! »

Le Russe croisa ses yeux souriants d'un regard indifférent, un moment elle eut la sensation un peu inquiétante qu'on la regardait comme le mur d'une maison ou comme un animal. Mais ce sentiment se dissipa aussi vite qu'il était apparu une fois que l'homme se laissa entraîner vers la pharmacie. Là, ayant compris son intention, il cogna plusieurs coups bruyants contre le panneau de la porte. Alors, à une petite fenêtre juste au-dessus apparut la tête de lion du pharmacien, un homme dans les soixante-dix ans, qui cherchait anxieusement du regard la provenance de ce bruit. Son visage d'ordinaire toujours amical et rougi par le vin était maintenant d'un gris de cendre.

Frau Doll encouragea le vieil homme de la tête et dit au Russe : « C'est bon, je te remercie bien. Tu peux y aller maintenant. »

Le soldat repartit, sans rien laisser paraître, sans même se retourner vers elle. Maintenant la clé tournait dans la serrure et Frau Doll put entrer dans la pharmacie où, hormis le septuagénaire, se trouvaient aussi sa femme nettement plus jeune et leur tardif petit dernier de deux ou trois ans. Aussitôt après l'entrée de Frau Doll, on verrouilla de nouveau la porte de la pharmacie.

Autant chacun des souvenirs de ce premier jour d'occupation resta longtemps vif et clair dans l'esprit de Frau Doll, autant ses souvenirs sur ce dont on avait parlé dans la pharmacie étaient vagues. Oui, on lui avait remis son médicament avec la précision habituelle, elle savait aussi que le paiement avait d'abord été refusé, puis accepté d'un regard trouble et souriant, comme s'il s'agissait du jeu d'un enfant un peu dérangé. Ensuite il n'y eut plus que du bavardage, par exemple il ne fallait surtout pas qu'elle reparte vers chez elle, ce long trajet au milieu des Russes, elle devait absolument rester à la pharmacie. Et pourtant, quelques instants plus tard, ceux qui cherchaient à la convaincre étaient eux-mêmes pris de doutes, quelle sécurité pouvait bien offrir leur maison, et n'aurait-il pas mieux valu se cacher dans les bois. On commença à se faire des reproches, et pourquoi on n'était pas parti bien plus tôt à l'Ouest – bref, Frau Doll retrouva là les mêmes fadaises funestes et vaines qu'on pouvait entendre ces jours-là dans presque chaque foyer allemand, celles de gens broyés par une attente torturée.

Ici toutefois – avec les chars qui manœuvraient sous les fenêtres de la pharmacie –, c'était particulièrement vain ; il n'y avait plus aucune décision à prendre – tout était décidé et l'attente avait pris fin ! En outre, Frau Doll venait du dehors, de l'air ensoleillé du printemps, elle s'était faufilée au milieu des blindés, elle avait pris un Russe par le bras d'un geste résolu, les derniers restes d'angoisse fantomatique l'avaient quittée – elle ne *pouvait* plus supporter ces bavardages. Finalement elle demanda, laconique, qu'on lui ouvre de nouveau la porte, elle sortit dans la rue, retourna dans la lumière, monta sur son vélo et, au milieu des chars toujours plus nombreux, elle continua son chemin vers le centre de la ville.

Frau Doll fut probablement la dernière personne à voir le pharmacien avec femme et enfant cet après-midi-là : quelques heures plus tard, il s'administra du poison ainsi qu'à sa femme et à son enfant, apparemment sans raison aucune, au dernier moment les nerfs torturés avaient lâché. Ils avaient enduré tant de choses pendant des années, et maintenant, alors que selon toute probabilité, si certaines choses semblaient pouvoir aller mieux, en aucun cas elles ne pourraient aller plus mal, ils refusaient de supporter encore l'incertitude de l'attente, la plus courte fût-elle.

Mais cette même main du pharmacien, qui venait tout juste de mesurer avec la plus grande précision le narcotique contre les souffrances biliaires de Frau Doll, ne fut pas aussi heureuse en dosant le poison pour lui-même et sa propre famille : le très vieux monsieur et le très jeune enfant moururent. Mais la femme revint à la vie après de longues souffrances et – malgré sa solitude – ne renouvela pas sa tentative de suicide.

Alma Doll n'était pas allée très loin avec son vélo, quand une image bien différente attira son attention et la fit s'arrêter de nouveau : devant le plus grand hôtel de la ville, une douzaine d'enfants s'étaient regroupés, des filles et des garçons de dix à douze ans. Ils regardaient les chars passer, criaient et riaient alors que les soldats russes semblaient ne pas les voir du tout.

L'humeur turbulente, presque sauvage de ces enfants campagnards, autrement si taciturnes, s'expliquait par les bouteilles de vin qu'ils avaient dans les mains. Juste au moment où Frau Doll descendait de son vélo, un garçon sortait de l'hôtel en se faufilant par la porte, les mains pleines de nouvelles bouteilles. Les enfants dans la rue saluèrent leur camarade avec un cri de joie rappelant le hurlement d'une jeune meute de loups. Ils laissèrent négligemment s'écraser sur le pavé les bouteilles qu'ils avaient dans les mains, peu importait qu'elles soient pleines, entamées ou déjà vides, et se jetèrent sur les nouvelles, dont ils brisèrent aussitôt les goulots sur les marches de pierre de l'hôtel, puis ils les levèrent vers leurs bouches enfantines.

Ce spectacle réveilla en Frau Doll la colère la plus extrême. Si, en tant que mère, elle détestait déjà la vue d'un enfant ivre, sa colère augmenta encore à l'idée que ces très jeunes personnes, pas même encore adolescentes, puissent profaner de leur ivresse la première invasion de l'Armée rouge. Elle se mit presque à courir et se jeta sur eux, leur arracha les bouteilles des mains et distribua copieusement gifles et torgnoles, si bien qu'un instant plus tard cette apparition s'était évanouie au coin de la rue.

Frau Doll s'arrêta un instant et prit une grande inspiration. Sa colère à l'instant si violente avait déjà reflué, et c'est presque gaiement qu'elle regarda la rue désertée par ses habitants, où, en dehors d'elle-même, seuls des chars circulaient ainsi que quelques soldats russes isolés avec des mitraillettes. Puis elle se rappela qu'il était grand temps de rentrer à la maison, et, avec un léger soupir de contentement, elle se dirigea vers son vélo. Elle ne l'avait pas encore atteint qu'un Russe l'aborda cette fois, qui, désignant sa main, tira un petit paquet de sa poche et l'ouvrit.

Elle regarda sa main et s'aperçut alors seulement qu'elle s'était coupée en saisissant les bouteilles : du sang gouttait de ses doigts. Le visage souriant, elle se laissa bander la main par ce Russe serviable, lui tapota l'épaule pour le remercier – il regarda à travers elle d'un air étrange –, grimpa sur son vélo et repartit jusqu'à la maison sans aventure supplémentaire. Mais juste à l'endroit où une heure plus tôt stationnait le véhicule de la Wehrmacht, des chars russes circulaient désormais. Le camion avait-il réussi à quitter la ville ? Elle ne le savait pas, elle ne le saurait jamais.

Quand Frau Doll retrouva son mari avec ces nouvelles toutes fraîches, il se sentit uniquement conforté dans sa décision d'attendre les vainqueurs et libérateurs à la porte de sa maison. Et comme l'arrivée des Russes, même en cet endroit retiré de la ville, pouvait désormais se produire à tout instant, Doll coupa court à la discussion avec sa femme et retourna à son travail dans les massifs, avec une persévérance presque incompréhensible en cette heure décisive, pour retirer les dernières boucles de fil de fer, les enrouler soigneusement et enlever les atroces derniers pieux.

Ni le départ ni le retour de la jeune femme n'étaient passés inaperçus sur les terrains avoisinants. Et bientôt tous ces voisins se présentèrent chez Doll – bien entendu, toujours sous un prétexte convenable, emprunter un outil par exemple –, ils le regardèrent travailler et cherchèrent de façon détournée à s'informer sur ce que Frau Doll avait pu faire en ville et si elle avait peut-être vu du nouveau. Doll, qui aurait aussitôt répondu à une question directe, tout à fait justifiée dans une telle situation, détestait beaucoup cette façon de tourner autour du pot, cet air de ne pas y toucher, et n'avait pas l'intention de satisfaire une curiosité si mal dissimulée.

C'est ainsi que les voisins s'en seraient retournés bredouilles si Frau Alma, sortant de la maison, ne s'était pas jointe à son mari. À la manière de la plupart des jeunes gens, elle brûlait de raconter ses aventures, et cela d'autant plus qu'elles étaient parfaitement réjouissantes et rassurantes.

Et en effet, les récits de la jeune femme provoquèrent un revirement complet dans l'esprit des voisins : plus aucun ne songeait à fuir dans les bois. Ils attendraient tous, comme les Doll, leurs libérateurs chez eux. Oui, certains commencèrent même à évoquer à mots à peine couverts qu'il serait peut-être bon de remettre à leur place les choses qu'ils avaient cachées ou enterrées, au moins pour ne pas offenser les vainqueurs par leur méfiance. Évidemment, de telles remarques étaient accueillies par les autres membres de la famille avec des exclamations agacées et de vifs mouvements de tête : « Pas ça, Olga ! » ; « Qu'est-ce que tu dis, Élisabeth, ce qui est sûr est sûr ! » Ou bien encore : « Chez nous il n'y a rien de caché, Minnie, que je sache, tu délires ! »

Cette discussion de voisinage connut son apogée avec deux vieillards dans les soixante-dix ans, dont l'imagination s'enflamma à l'évocation de la scène des enfants ivres devant l'hôtel. Tout d'abord la colère des deux vieux fut indescriptible. N'étaient-ils pas allés depuis des semaines et des mois, jusque chez cet hôtelier précisément, dont ils étaient des clients réguliers depuis des temps inconcevables – et cela presque chaque jour, malgré leur grand âge et la longue route –, et cette crapule, ce criminel, ce traître à la nation, ne les avait-il pas, quand ils avaient demandé une bouteille, oui, ne serait-ce même qu'un seul verre de vin, presque toujours refoulés en rétorquant qu'il n'avait lui-même plus rien, que la SS avait bu tout ce qu'il avait ?! Et maintenant il s'avérait qu'il y avait encore du vin là-bas, probablement encore beaucoup de vin, une cave pleine, des tas de caves pleines, qu'on leur avait cachées contre toute légalité, et que des enfants maintenant déversaient dans la rue !

Et les deux vieillards se regardèrent droit dans les yeux, leurs visages encore à l'instant gris de soucis rougirent doucement jusque dans leur chevelure blanche, comme animés par le miroitement du vin. Ils se tapèrent mutuellement sur leurs ventres devenus si flasques ces dernières années, et qui ne remplissaient plus leurs pantalons depuis longtemps, et ils se déclamèrent l'un l'autre les noms de leurs crus préférés. L'un, petit, toujours en habit de chasse vert, adorateur absolu du vin de Moselle, l'autre, plus long, toujours en bras de chemise, accordait sa faveur plutôt aux vins français. À les regarder danser l'un autour de l'autre en criant et en se tapant sur la panse, ils semblaient déjà ivres de ce vin qu'ils n'avaient pourtant pas. Cette heure extrêmement incertaine, la guerre touchant tout juste à sa fin, le danger qui approchait peut-être, tout cela était oublié, chaque souvenir des longs tourments s'effaçait à la perspective de boire un verre. Et lorsque, s'échauffant mutuellement, ils décidèrent de partir aussitôt en ville avec deux charrettes à bras pour aller chercher sur-le-champ ces vins qu'on avait illégalement dérobés à leur vue, ils parurent aux yeux de Doll exactement comme ceux qui s'apprêtent à danser sur un volcan.

Dieu soit loué, ils avaient tous les deux des femmes, et ces femmes firent en sorte que, pour aujourd'hui, l'excursion prévue n'ait pas lieu, d'autant que l'écho des véhicules lourds en provenance de la ville résonnait de plus en plus fort sur le lac. « Mais, fit remarquer Doll en retournant à ses bouts de fil de fer, si les choses se passent autrement que ce à quoi nous nous attendons désormais, nous serons tenus pour responsables qu'ils n'aient pas fui dans les bois. Tout comme on nous tiendra toujours pour responsables de tout ce qui viendra…

— Mais je ne leur ai rien conseillé ou déconseillé de faire, se défendit la jeune femme.

— Cela n'a aucun rapport avec ce que tu as dit », répondit Doll, et avec sa pince il arracha un crampillon sur le piquet. « Il se trouve simplement que ces chers voisins ont désormais trouvé un bouc émissaire pour tout ce qui ira de travers. » Il enroula un bout de fil de fer. « Ils ne nous épargneront rien, tu peux me faire confiance ! Ces dernières années, ils se sont évertués à toujours attribuer aux autres, jamais à eux, la responsabilité de tout ce qui se passait – pourquoi auraient-ils changé ?!

— Nous supporterons cela avec résignation, répondit la jeune femme avec un sourire bravache. Nous avons toujours été les personnes les mieux haïes de cette petite ville – un peu plus ou un peu moins ne changera pas grand-chose, n'est-ce pas ? »

Sur ce, elle opina du chef dans sa direction et retourna dans la maison.

Le reste de l'après-midi s'étira douloureusement. Ils entrèrent de nouveau dans cette horrible attente qu'ils espéraient pourtant définitivement passée – et combien de fois devraient-ils encore, dans les prochains jours et les prochains mois, attendre, attendre, attendre ! Parfois Doll interrompait son travail et allait, seul ou avec sa femme, jusqu'à la rive du lac d'où ils pouvaient voir, au-delà de l'eau, un tronçon de la route menant à la ville. Mais ils ne voyaient que les maisons vides et mortes, sans un signe de vie humaine, seules leurs oreilles étaient remplies par le bruit continu du roulement, du grondement, des klaxons d'une immense colonne invisible qui traversait la ville à l'ouest, comme un fantôme.

Enfin – le crépuscule approchait – la jeune femme appela depuis la maison, le dîner était bientôt prêt. Doll, qui s'était plus éparpillé qu'il n'avait travaillé pendant cette dernière heure, rassembla ses outils, les porta dans la remise et se débarbouilla dans la cuisine d'été. Puis ils s'assirent dans le coin autour de la table ronde du dîner : la vieille grand-mère, Doll, sa femme et les deux enfants. La conversation allait et venait seulement entre la vieille grand-mère et sa fille. La femme âgée qui, presque paralysée, restait tout le temps assise dans son fauteuil, était avide de nouvelles et sa fille était ce soir plutôt d'humeur à lui en donner (ce qui n'était, et de loin, pas toujours le cas). La grand-mère voulait tout savoir exactement, elle préférait entendre les choses plutôt trois fois qu'une et elle harcelait sa fille sans ménagement avec des questions du genre : « Et qu'est-ce qu'elle a dit alors ? » ; « Et toi tu as dit quoi, toi ? » ; « Et qu'est-ce qu'elle a répondu ? »

Autrement, Doll aimait bien écouter le gazouillis de ces amples conversations féminines, toujours curieux de voir quels changements apporterait l'antique tête de l'aïeule à la matière première. Mais ce soir, comme sa bonne humeur du matin était usée jusqu'à la dernière goutte, il ne parvint à supporter ces bavardages sans contradiction qu'au prix d'un immense effort. Il savait que c'était injuste, mais il avait précisément envie d'être injuste maintenant.

Soudain, le garçon assis à table s'écria à mi-voix : « Des Russes !!! » Un bruit à la porte, tout le monde se tut et se retourna, la porte s'ouvrit et trois Russes entrèrent dans le salon.

« Tout le monde reste assis ! » ordonna Doll à voix basse et il s'approcha des visiteurs, le poing gauche levé en signe de salut, à ses côtés la jeune femme, qui n'avait pas pris pour elle l'ordre de rester assis. Maintenant Doll pouvait sourire de nouveau, la tension, l'impatience rageuse s'étaient apaisées en lui, le temps de l'attente était terminé, dans le livre du destin une toute nouvelle page venait de se tourner... Il dit en souriant *Tovarichtch !*, « Camarade ! », et tendit la main droite aux trois visiteurs pour les saluer.

Jamais Doll ne pourrait oublier l'apparence et les manières de ces trois Russes, les tout premiers qui pénétrèrent alors dans sa maison. À leur tête avançait un homme jeune et mince avec un bandeau noir sur l'œil gauche. Ses gestes étaient agiles, il dégageait quelque chose de brillant, il portait une veste d'uniforme bleue et une toque en peau de mouton sur la tête.

L'homme derrière lui semblait un géant à côté de cette silhouette délicate et plutôt nerveuse, on aurait presque dit qu'il atteignait les poutres du plafond. Il avait un visage de paysan gros et gris et une énorme moustache tombante, où de nombreux poils gris se mêlaient déjà aux noirs. Mais ce qui frappait le plus était son sabre, une lame courte et courbée dans un étui de cuir qu'il portait de biais sur sa panse enveloppée d'un uniforme gris. Le troisième homme, derrière les deux autres, était un simple soldat, encore très jeune, au visage qui commençait tout juste à se former. Il portait une mitraillette avec un chargeur tambour sous le bras. C'étaient donc les trois Russes, ces hôtes si longtemps attendus, vers lesquels Doll s'approcha le poing gauche levé et la main droite tendue, le mot *Tovarichtch !* aux lèvres.

Mais alors qu'il s'avançait, alors qu'il se tenait ainsi devant les trois hommes, quelque chose d'étrange se passa. Le poing gauche s'abaissa, la main droite de Doll se blottit dans sa poche, et sa bouche ne répéta pas le mot qui devait pourtant établir un lien entre lui et les trois autres. Il ne souriait plus non plus, et son visage avait pris un air sombre, tourmenté. Soudain il baissa les yeux qui avaient à l'instant encore regardé les trois hommes, et il les posa sur le sol.

Combien de temps avait pu durer cette scène, deux ou trois minutes ou bien seulement quelques secondes, Doll fut incapable de le dire, plus tard. Soudain l'uniforme bleu se glissa entre lui et sa femme, les deux autres lui emboîtèrent le pas vers l'intérieur de la maison. Ni Herr ni Frau Doll ne les suivirent, ils restèrent debout, interdits, s'évitant mutuellement du regard. Puis ils entendirent le garçon s'écrier : « Les voilà de nouveau ! »

Et en effet, ils virent les trois Russes derrière la maison. Ils l'avaient quittée par la cuisine d'été ; la brève traversée par les quatre pièces que contenait effectivement la maisonnette n'avait duré qu'un instant. Comme s'ils connaissaient parfaitement les lieux, voilà qu'ils longèrent la remise, montèrent sur le ponton, grimpèrent dans le bateau, larguèrent les amarres et disparurent peu après derrière les arbustes de la rive.

« Ils sont partis ! s'écria encore le garçon.

— Beaucoup d'autres viendront encore ! annonça la jeune femme. Ce n'était qu'un premier contrôle apparemment, pour savoir qui vit dans les maisons. » Elle jeta un bref regard à son mari, toujours debout, tourmenté et sombre. « Viens ! dit-elle. Mangeons vite avant que la soupe ait complètement refroidi. Et puis les enfants et la grand-mère iront tout de suite au lit. Mais nous resterons encore un petit moment debout ; j'ai le sentiment qu'il y en aura d'autres ce soir, ou bien dans la nuit.

— C'est d'accord », répondit Doll, et il revint à la table avec elle. Et ce faisant, il se dit que la voix de sa femme aussi avait complètement changé : il n'y avait plus rien de la vivacité qu'elle avait eue en racontant les événements de l'après-midi. Elle a, elle aussi, remarqué quelque chose, pensa-t-il. Mais tout comme moi, elle ne veut pas en parler. C'est bien comme ça.

Plus tard il préféra s'imaginer que sa femme n'avait finalement peut-être rien remarqué du tout, que sa voix sonnait si différemment parce qu'on recommençait déjà à attendre, attendre les nouveaux visiteurs russes. L'attente était décidément la chose la plus difficile à supporter pour tous les Allemands, et c'est justement cela qu'on leur imposait dans de nombreuses situations, presque toutes – et cela dans les prochains jours, les prochains mois, oui peut-être les prochaines années…

Grâce à la grand-mère et aux enfants, une vive discussion finit tout de même par naître, à laquelle la jeune femme participa aussi. Naturellement, elle tournait pour l'essentiel autour des trois visiteurs à l'allure si bigarrée, et à laquelle, en comparaison avec les troupes d'ici, les troupes allemandes, on n'était pas accoutumés (mais peut-être aussi ne parvenait-on plus à la voir, puisqu'on y était depuis si longtemps habitués). Plus tard on débattit fiévreusement pour savoir si on récupérerait le bateau, est-ce que les Russes le rapporteraient ?

Doll ne se joignit pas à cette discussion, il ne voulait plus prononcer un seul mot de toute la soirée. Il était pour cela bien trop agité intérieurement. Il ne posa qu'une seule question à voix basse à sa femme : « Tu as vu comment ils m'ont regardé ? »

Alma avait répondu, tout aussi doucement et très vite : « Oui ! Exactement comme le Russe m'a regardée cet après-midi devant la pharmacie : comme si j'avais été un mur ou bien un animal. » Là-dessus, Doll opina brièvement de la tête, on ne parla plus de cela entre les époux, ni ce jour-là ni plus tard.

Mais Doll se revoyait debout devant les trois hommes, le visage souriant, le mot *Tovarichtch !* aux lèvres, le poing levé, la main tendue pour saluer – quelle erreur que tout cela, quelle honte il éprouvait ! La journée avait déjà commencé de travers, dès le matin quand il s'était levé si joyeux, et s'était jeté dans le travail sur les massifs afin d'enlever tous les dangers sur le chemin des libérateurs ; comme il s'était trompé !

Et un homme comme lui avait encore frimé devant les voisins, disant qu'il allait accueillir les Russes à la porte de sa maison et leur souhaiter la bienvenue comme à des sauveurs. Au lieu de réfléchir un tout petit peu au récit de sa femme dans l'après-midi et de le prendre comme un avertissement, il n'y avait vu qu'une confirmation de sa posture déraisonnable, idiote. Vraiment, il n'avait absolument rien appris pendant ces douze années, malgré ce qu'il avait pu croire dans certains moments douloureux !

C'est à bon droit que les Russes l'avaient regardé comme un petit animal méchant et méprisable, ce gars avec ses tentatives grossières de fayotage, qui voulait faire croire qu'avec un sourire amical et un mot de russe à peine compréhensible on pourrait effacer tout ce que les Allemands avaient perpétré pendant ces douze dernières années dans le monde entier !

Lui, Doll, était un Allemand, et il savait pourtant, du moins en théorie, que depuis la prise du pouvoir par les nazis, que depuis la persécution des Juifs, ce nom d'« Allemand » avait de jour en jour, de semaine en semaine, de plus en plus perdu de son éclat et de sa réputation ! Combien de fois lui-même avait-il dit : « On ne nous le pardonnera jamais ! » Ou bien : « Pour cela nous devrons tous payer un jour ! »

Et lui, lui qui savait cela parfaitement, qui savait que le terme Allemand était devenu un gros mot de par le vaste monde, il s'était planté devant eux dans l'espoir stupide qu'ils remarqueraient que « des Allemands convenables » existaient aussi.

Tout ce qu'il avait depuis longtemps espéré de la fin de cette guerre s'effondrait ignominieusement devant les regards de trois soldats russes ! Il était un Allemand, aussi appartenait-il au peuple le plus haï et le plus honni du globe ! Il se trouvait plus bas que la plus primitive des tribus au plein cœur de l'Afrique, qui ne pouvait pas avoir apporté autant de destruction, de sang, de larmes, de malheurs sur la terre que ne l'avait fait le peuple allemand. Soudain Doll comprit que sa vie ne suffirait probablement pas pour voir le nom d'Allemand lavé aux yeux du monde, que peut-être ses propres enfants et petits-enfants auraient à souffrir de l'ignominie de leurs pères. Cette illusion qu'il suffirait d'un seul mot, d'un seul regard pour s'entendre avec les autres peuples de la terre sur le fait que tous les Allemands n'étaient pas complices, cette illusion aussi avait disparu.

Et ce sentiment de honte la plus désemparée, qui était souvent suivie par de longues périodes de grave apathie, ne s'affaiblit pas avec les mois qui passèrent, non, il se renforça encore par cent petits événements. Plus tard, lorsqu'on en vint aux procès contre les criminels de guerre à Nuremberg, lorsque mille autres effroyables détails révélèrent l'étendue toujours plus vaste des crimes allemands, son cœur se révolta contre cela, ne voulut pas en supporter plus, pas se laisser pousser encore un peu plus loin dans la boue. Non ! s'écriait-il en lui-même. *Cela*, je ne le savais pas ! Que c'était si grave, je ne m'en suis jamais douté ! De cela je ne me suis pas rendu complice !

Mais arrivait toujours le moment où il revenait à la raison. Il ne voulait pas une fois de plus être la proie d'une lâche illusion, une fois de plus être l'hôte dédaigné, méprisé à raison sous son propre toit. Pourtant ! se disait-il alors. J'ai vu les débuts de la persécution des Juifs. Plus tard j'ai souvent entendu parler des conditions de détention des prisonniers de guerre russes. Je m'emportais intérieurement, mais je n'ai jamais rien fait contre. Si j'avais su autrefois tout ce que je sais aujourd'hui de ces horreurs – je n'aurais rien fait de plus, hormis ressentir cette haine impuissante...

C'était l'autre chose à laquelle Doll devait faire face, seul avec lui-même : il avait péché avec les autres, il s'était rendu complice et il n'avait plus le droit de se sentir, en tant qu'Allemand, l'égal de n'importe quel autre peuple. Il était méprisé, méprisable, lui qui avait toujours été fier de lui et qui avait en outre eu des enfants, au nombre de quatre, tous encore sans ressources, tous encore incapables de penser par eux-mêmes, mais qui attendaient tous beaucoup de cette vie – et maintenant, à quelle vie étaient-ils livrés !

Oh, Doll comprenait ça très bien quand il entendait ou lisait encore et encore qu'une grande partie de son peuple avait sombré dans une complète apathie. Il devait y en avoir beaucoup qui se sentaient exactement comme lui. À lui et à tous ceux-là, il souhaitait suffisamment de force pour endurer ce qui leur était infligé.

3

La maison abandonnée

Extérieurement, la vie des Doll changea profondément, et ce dès les premiers jours après l'invasion de l'Armée rouge victorieuse. Eux qui étaient habitués à poursuivre leurs activités bien à l'écart, dans leur maison, ils se virent désormais, comme tous les autres, forcés de se soumettre au travail obligatoire pour gagner leur pain, un tout petit bout de pain dans les premiers temps. Juste après sept heures du matin, ils devaient tous les deux marcher jusqu'au lieu de convocation dans la ville. Souvent des voisins se joignaient à eux, mais la plupart du temps ils parvenaient à s'en débarrasser pour marcher tous les deux tout seuls, comme ils s'y étaient habitués durant tout leur mariage.

Ils marchaient côte à côte dans la fraîcheur des matins de mai, Doll la plupart du temps absorbé par ses pensées et n'écoutant que d'une oreille le babillage de sa femme, à qui un « Oui oui » ou un « Tiens tiens » inséré ici ou là suffisait amplement. Doll avait baptisé sa femme « le ressac », pour sa capacité à bavarder sans discontinuer. Il disait qu'elle lui faisait penser à certaines longues promenades sur la plage qu'il avait faites autrefois, où la mer bruissait sans interruption à côté de lui.

Mais une fois arrivés au lieu du rassemblement, la cour de l'école, c'en était fini du ressac et du temps qu'ils passaient habituellement ensemble : hommes et femmes étaient séparés, sélectionnés, comptés, inscrits et répartis aux travaux les plus divers. Si tout allait bien, ils pouvaient encore au moment du départ se crier quelle serait leur tâche, ainsi chacun savait à quoi l'autre serait occupé dans cette longue journée de séparation. « Je vais faire le ménage ! » criait-elle par exemple. Et il répondait : « Empiler des sacs ! » Plus tard, on leur donna à chacun un travail fixe, il devint vacher, elle, porteuse de sacs.

Souvent ils ne se revoyaient que tard le soir, tous les deux épuisés par ces travaux inhabituels, mais tous les deux s'efforçant de n'en rien faire paraître à l'autre. Alors il décrivait sur un ton moqueur la fatigue qu'il y avait à sa vie de vacher, où il devait garder ensemble un troupeau de plus de mille vaches, issues d'étables différentes et qui donc n'avaient pas de cohésion, et les empêcher de gagner les semis de céréales. Certes, ils étaient huit vachers, mais ses collègues étaient enclins à stationner à un seul endroit pour bavarder ensemble, des conversations entre hommes, est-ce que les choses allaient continuer comme ça, et personne ne pouvait se rassasier de ce petit bout de pain, encore moins une famille, et ça oui, on s'était imaginé la paix autrement, et puis les nazis manœuvraient déjà pour s'assurer les bonnes planques – des ragots stériles, qui ennuyaient Doll prodigieusement.

Entre-temps, le troupeau s'éparpillait toujours plus loin, passait des pois de senteur aux champs de seigle, et Doll cavalait comme un fou, seul derrière mille vaches, jetait des pierres, donnait des coups de gourdin et finissait, complètement épuisé et essoufflé, par s'asseoir sur un rocher, désespéré, indigné, découragé. Souvent, c'est là qu'arrivait un Russe à cheval pour contrôler le travail des vachers. Les autres, qui s'étaient avisés de choisir soigneusement leur lieu de parlotte, et qui avaient donc vu de loin arriver le cavalier, se mettaient alors avec empressement à rassembler le troupeau, tandis que Doll se faisait réprimander pour sa paresse. Pour autant, jamais il ne put se résoudre à faire comme les autres. Il trouvait que cette façon de ne travailler que pour le regard du régent, alors qu'en réalité on ne faisait rien du tout, était détestable, oui, typique de ce rang haï du soldat, chez qui les « planqués » bénéficiaient justement d'une haute réputation.

Il n'y avait qu'un seul avantage à garder les troupeaux : les vachers aussi bien que les bavards pouvaient se présenter le soir, après le retour des bêtes à l'étable, avec un bidon aussi grand qu'on voulait, les trayeurs ukrainiens le remplissaient de lait jusqu'à ras bord. C'est ainsi que, dans la maison Doll, il y eut chaque soir de cette période une soupe qui était bénéfique autant aux grands qu'aux petits.

Certes, quand il s'agissait de se procurer des denrées de toutes sortes, l'activité de Frau Alma était de loin plus rentable, et son habileté aussi plus grande que celle de son mari. À elle – ainsi qu'à trente, quarante autres femmes et jeunes filles – incombait la tâche de transporter des réserves se trouvant encore dans un baraquement occupé auparavant par la SS, et de les entreposer dans une dépendance près de la gare. Le chemin était long, et souvent les sacs étaient pleins de lourdes marchandises, si bien que la charge dépassait les forces des porteuses.

Mais leur dépit était poussé à son comble par le fait que toutes ces conserves de viande, ces boîtes de beurre, de fromage, de lait ou de sardines, que ces paquets de café moulu, ces blocs de feuilles de thé fin pressées, ces cartons pleins de poudre de chocolat (auxquels il fallait encore rajouter des stocks de bouteilles de vin et de cognac, ainsi que d'innombrables ballots pleins de tabac) – oui, le dépit de ces femmes déchargeuses était aiguillonné par le fait qu'une telle profusion de marchandises avait été ravie à des femmes dans le besoin et à des enfants affamés, des enfants qui pour beaucoup n'avaient jamais encore de leur vie goûté au chocolat ; et tout cela pour truffer la gueule vorace de ces gars prétentieux et despotiques de la SS, à qui l'Allemagne devait un bon nombre de ses malheurs.

Déjà depuis que les enfants, bouteilles à la main, s'étaient enivrés devant le grand hôtel de la ville, une nouvelle définition de la propriété était apparue chez une majeure partie de la population : à vrai dire, toutes ces denrées leur revenaient. L'égocentrisme et la cupidité des marchands les leur avaient ravies – c'était bien la moindre des choses qu'on prenne désormais tout ce que l'on pourrait ! Le chemin du baraquement des SS jusqu'à la dépendance de la gare était long, le sac appuyait, la charge était lourde : régulièrement une femme disparaissait derrière les buissons au bord du chemin, et quand elle en ressortait et qu'elle regagnait le convoi, jusqu'alors en tête, maintenant à son bout étiré, le sac n'était plus qu'aux trois quarts rempli, et en revanche de jolies petites provisions attendaient dans les buissons pour le soir.

Frau Alma n'avait pas plus de scrupules que les autres femmes. Comme la plupart d'entre elles, elle avait à la maison des enfants avides de gras et qui, eux aussi, voulaient bien savoir quel était le goût d'une tasse de chocolat au lait. Comme les autres femmes, elle déposait des réserves, et quand elle remarqua que ni ses collègues ni des gens qui auraient pu observer de loin ne pillaient ces dépôts avant la fin de la journée, elle s'enhardit : elle laissait passer le convoi devant elle, cachée dans les buissons. Une fois hors de sa vue, elle se hâtait de rejoindre avec son sac une maison proche où habitaient des connaissances et où elle laissait tout son contenu – à partager. Quand venait le moment du retour du convoi, elle ressortait des buissons et se faufilait, son sac vide sous le bras, au milieu des autres.

Naturellement elles avaient remarqué son absence, et ne l'épargnaient ni de piques ni d'allusions acerbes ; mais comme toutes faisaient plus ou moins la même chose, il ne lui arriva rien de grave. Toutefois, en ce qui concernait les gardes russes qui ouvraient et fermaient la marche, soit ils ne voyaient rien, soit ils ne voulaient rien voir de ce qui se déroulait sous leurs yeux. C'était probablement cette dernière possibilité, ils savaient à quel point la faim peut faire souffrir, et ils étaient magnanimes – aussi à l'égard d'un peuple haï, qui avait affamé et laissé mourir de faim les femmes et les enfants de ces mêmes gardes.

Le soir, Alma retrouvait son mari, sur le petit réchaud de secours cuisait *sa* soupe de lait, et à la lueur des bougies – le courant électrique ne fonctionnait plus – la jeune femme lui montrait son butin. Ils mangeaient tous une tartine de sardines à l'huile, par avance, et puis on saupoudrait la soupe de lait avec du chocolat en poudre. Ils ne mangeaient pas, ils bouffaient, ils se gavaient jusqu'à la glotte, tous, de la petite Petta, cinq ans, jusqu'à la vieille grand-mère presque incapable de bouger. Ils ne songeaient pas aux estomacs trop pleins et aux nuits sans cela déjà agitées, ils ne pensaient pas non plus aux jours suivants, à faire quelques provisions. Ce genre d'idées leur étaient devenues résolument étrangères après les années de bombardements. Ils étaient redevenus des enfants qui ne vivent qu'au jour le jour, sans une pensée pour le lendemain, mais ils n'avaient plus rien de l'innocence des enfants. Ils étaient déracinés, eux, ce vacher et cette porteuse de sacs, le passé leur avait glissé entre les doigts, et l'avenir était trop incertain pour s'encombrer de pensées là-dessus. Sans but, ils se laissaient porter par le courant de la vie – pourquoi vivait-on vraiment ?

Quand Doll se rendait au travail, tôt le matin avec sa jeune femme, quand il se dépêchait de rentrer chez lui, seul, le soir après sa journée de vacher, chaque fois son chemin passait devant une grande maison grise qui avait un air rebutant et sinistre, avec ses fenêtres closes. À la porte de cette maison se trouvait une très vieille plaque en laiton, si mal entretenue qu'elle était terne et même piquée de vert-de-gris à quelques endroits cabossés. On pouvait y lire : « Dr Wilhelm – Vétérinaire ».

Quand Doll repassa avec sa femme devant cette maison sombre pour la première fois après le grand renversement, elle avait dit : « Il s'est liquidé lui aussi. Tu le savais ?

— Oui... », avait seulement répondu Doll, d'un ton qui indiquait à sa femme qu'il ne souhaitait pas poursuivre cette conversation.

« Mais, s'était écriée Alma malgré tout avec rage, je suis contente que ce vieux type soit mort ! Si j'ai jamais haï quelqu'un, c'était bien lui ; oui, je le hais encore...

— C'est bon, c'est bon, l'avait interrompue Doll. Il est mort, nous allons l'oublier. Nous ne parlerons plus jamais de lui. »

Et ils ne parlèrent plus jamais de lui, oui, Dr Doll, quand il s'approchait de la maison, regardait à dessein de l'autre côté de la route, pendant que sa femme toisait toujours la maison avec une expression soit irritée, soit moqueuse. Tout cela n'attestait pas vraiment l'oubli souhaité par Doll, et tous deux savaient aussi très bien – malgré leur silence, qu'ils ne pourraient ni ne voulaient oublier. Pour cela, le défunt vétérinaire Dr Wilhelm leur avait causé bien trop de chagrin.

Sur sa plaque, il se prétendait vétérinaire, mais c'était un si grand paresseux qu'il n'avait jamais osé s'approcher vraiment d'un bœuf ou d'un cheval malade. Les paysans le savaient si bien qu'ils l'appelaient tout au plus pour vacciner les porcs contre le rouget, et c'est pour cela qu'il portait dans toute la contrée le surnom de Willem-Goret. Un homme grand et lourd, la soixantaine, avec un visage gris de cendre que tordait toujours une grimace amère, comme s'il avait de la bile dans la bouche.

Ce vétérinaire ne possédait aucune faculté qui l'aurait distingué de la plus basse médiocrité, hormis celle-ci : il avait un palais exceptionnellement fin pour les vins. Il buvait aussi de l'eau-de-vie et de la bière, mais seulement pour leur teneur en alcool, car il était depuis longtemps devenu ce que l'on peut appeler un « buveur modéré » : il avait chaque jour besoin d'une quantité déterminée d'alcool, d'ailleurs pas si excessive. Mais il n'aimait rien tant que le vin, et plus son cru était bon, plus il était heureux. Alors même les plis fielleux de son visage se lissaient, et il pouvait sourire. Pour un homme avec son revenu, c'était une passion coûteuse, mais la plupart du temps il savait comment parvenir à ses fins.

Vers cinq heures de l'après-midi, plus rien ne le retenait chez lui, le plus urgent des appels ne pouvait pas le faire venir auprès d'un animal malade ; il prenait son bâton, mettait son petit chapeau de chasseur garni d'un plumet de blaireau, et il marchait avec componction le long de la route, toujours en culottes courtes, les pieds très en dehors.

Le Dr Wilhelm – Willem-Goret – n'avait que quelques pas à faire, et il entrait déjà dans un petit hôtel qui avait jadis représenté pour lui une véritable rente vinicole, et ce quand l'aubergiste vivait encore, lui-même amoureux de la boisson. Après sa mort toutefois, la maison fut tenue par sa veuve, et, le temps passant, de plus en plus par sa plus jeune fille, une demoiselle aux humeurs incompréhensibles, oui, possédée même par de franches antipathies, dont l'une – et pas la moindre – était vouée au Dr Wilhelm.

Le vétérinaire, pour son plus grand chagrin, voyait de plus en plus souvent la fille de la maison lui refuser la bouteille de vin qu'il avait commandée, elle lui apportait juste un petit quart, alors qu'elle posait suffisamment souvent des bouteilles sur d'autres tables. Quand il se plaignait de sa bouche acariâtre de casse-noisettes, articulant lentement et posément comme c'était sa manière, elle l'interrompait dès le début de son discours avec sa verve piquante et rapide, et s'écriait : « Vous voulez tous les jours votre vin, alors que les autres ne viennent que de temps en temps – voilà la différence ! Vous ne pouvez pas boire à vous tout seul toutes nos réserves ! »

Ou bien elle ne répondait même pas. Ou encore elle disait, posant rapidement une main sur le verre roemer : « Si vous ne voulez pas du quart, je le reprends volontiers. Vous n'êtes pas *obligé* de le boire ! » En bref, elle lui faisait chaque jour sentir le plus clairement du monde à quel point son désir de vin était dépendant de ses humeurs. Lui, en revanche, était obligé de supporter ces remontrances ainsi que les rations toujours plus congrues avec un soupir acrimonieux, et il revenait pourtant tous les jours, sans dignité et sans honte.

Partant de ce petit hôtel, le vétérinaire traversait la moitié de la ville avec componction et les pieds très en dehors, jusqu'à la petite gare où il entrait le plus souvent juste avant six heures dans la salle d'attente deuxième classe. Il avait souvent la chance de trouver, à la table des habitués, où il avait lui-même une place réservée, le riche négociant d'alcool de grains, qui partageait toujours volontiers son vin avec lui. Mais si le négociant était installé à une autre table avec un ou plusieurs clients, le vétérinaire se joignait également à eux, disait avec gravité : « Avec votre permission », et était le plus souvent invité à prendre place. Car Dr Wilhelm tirait ici profit d'une autre facette de sa personnalité : il disposait d'un joli répertoire d'historiettes et de farces paysannes les plus grossières, qu'il savait raconter dans le patois local le plus authentique. Des salves de rires répondaient souvent au conteur, dont le visage fielleux ne bougeait pas d'un trait, ce qui augmentait encore l'effet de ses histoires et égayait l'humeur des clients du négociant.

Par ailleurs, le vétérinaire était le plus souvent à son avantage au café de la gare. C'était un habitué depuis des décennies. Depuis des décennies, il s'asseyait tous les jours à la table des habitués, de six heures environ jusqu'à huit heures du soir, autrefois en compagnie de sa femme, puis tout seul après sa mort. Le tenancier Kurz ne le gâtait pas, lui non plus, mais il ne laissait jamais son vieux client tout à fait sans boisson.

Autour de l'heure du dîner, la salle d'attente se vidait rapidement, et Dr Wilhelm portait lui aussi son bâton plus loin. Ce qui l'attendait dans le plus grand hôtel de la ville était tout à l'avenant : cela pouvait être beaucoup, cela pouvait aussi n'être presque rien. Certes le vin coulait encore volontiers dans cette maison, mais l'aubergiste était un homme qui aimait encaisser de l'argent, encore plus, toujours plus. Même quand percevoir de l'argent était devenu à peu près absurde, alors qu'il n'y avait presque plus rien à acheter avec de l'argent, cet aubergiste augmentait le prix de ses bouteilles de vin, toujours plus cher, si bien que pour un vaccinateur de cochons, dont le revenu quotidien ne dépassait que rarement les cinq marks, l'achat d'une bouteille était hors du domaine du possible.

Et donc ici, Dr Wilhelm était tributaire de la chance ; il devait souvent patienter des heures durant derrière un verre de cette bière que la guerre avait rendue aqueuse, tout en observant d'un air acariâtre les officiers de la SS qui buvaient une bouteille après l'autre. Ils ne l'invitaient jamais à leur table – la SS se tenait toujours bien loin du peuple allemand commun. Ou bien un jeune chef des Jeunesses hitlériennes, pas même vingt ans, faisait une orgie de liqueurs avec sa belle – là non plus, on ne demandait pas après le vieux vétérinaire raconteur d'histoires.

C'étaient des heures difficiles pour le vieil alcoolique, à qui la boisson était une nécessité vitale. Quand le temps s'égrenait ainsi, que la nuit avançait, que les clients de plus en plus ivres donnaient de la voix et que l'aubergiste aux cheveux blancs, souriant toujours avec bonhomie, indiquait l'heure de fermeture... Quand il devait se rendre à l'évidence que ce soir-là il ne resterait probablement rien pour lui, alors que d'autres étaient si merveilleusement alcoolisés... Quand, après avoir payé sa bière, il recomptait dans sa poche les misérables pfennigs et billets qui peut-être suffiraient tout de même pour un petit schnaps, et il savait pourtant à l'avance qu'il n'y en aurait pas assez... Quand il finissait par prendre son chapeau et son bâton dans un méchant soupir et qu'il sortait dans l'obscurité pour rentrer chez lui… Et quand il pensait alors à la nuit qui l'attendait, où il devrait convoquer le sommeil avec de stupides pilules, que l'alcool offrait pourtant si divinement, et plein de rêves… Alors son visage tanné devenait si possible encore plus jaune, la jalousie qu'il avait envers tout et tout le monde l'étreignait à faire pitié, et il aurait volontiers et sans hésitation fait disparaître le monde entier si cela avait pu lui rapporter une seule bouteille de vin !

Mais il y avait aussi des heures plus clémentes pour le vieux vétérinaire. Soudain, des estivants ou des pêcheurs sportifs étaient installés à ce grand hôtel de la place, et ils aimaient bien qu'on leur raconte des histoires de cette région peu touchée par la guerre. Ou bien encore un fermier voyait le vieil homme, il se souvenait soudain qu'il ne l'avait plus appelé depuis longtemps chez lui, et sa mauvaise conscience le poussait à inviter Willem-Goret à sa table, à parler avec lui et à lui donner à boire, car sa faiblesse était connue de tous.

Mais le plus beau, c'était quand la table des habitués se réunissait. Malheureusement, ce n'était qu'une fois chaque mois, deux tout au plus, uniquement quand le juge du tribunal cantonal venait du chef-lieu pour tenir les audiences prévues dans la petite ville. Aussitôt, l'hôtelier attrapait son téléphone, il appelait un gros propriétaire terrien, le dentiste, un grossiste en produits régionaux et aussi Herr Dr Doll – certes pas le vieux vétérinaire, il finissait de toute façon toujours par arriver.

Comment Doll s'était retrouvé dans cette ronde aussi baroque, il aurait du mal à s'en souvenir plus tard. D'abord – mais cela remontait à des années en arrière, et au temps de son premier mariage, alors qu'il s'occupait d'une petite ferme non loin de cette ville –, d'abord donc, il s'était intéressé à ces buveurs si disparates et en tout premier lieu à leurs histoires, domaine où le vieux juge excellait particulièrement, et dépassait largement le vétérinaire, dont les blagues étaient souvent bien trop grossières, voire vulgaires. Mais Doll s'aperçut vite que ces gens-là étaient quelconques. Le deuxième soir, le vieux juge se mit déjà à répéter ses histoires, il n'en connaissait que dix ou douze, mais il était prêt à les raconter cent fois. Par ailleurs, il apparaissait nettement qu'il avait tendance à se faire offrir de la nourriture et à tromper les serveurs sur les tickets de rationnement. Le dentiste n'avait que des histoires de bonnes femmes en tête, son cabinet n'était qu'un prétexte pour harceler les femmes allongées sur son fauteuil de ses avances érotiques, et le vétérinaire n'était qu'un vieil ivrogne chaque jour plus abruti, chaque jour plus avide.

Et le tour de table était terminé. Des canailles, banales et quotidiennes, et leur aubergiste, vieux renard qui ne pensait qu'à gagner de l'argent. Non, Doll ne venait pas toujours quand le téléphone l'appelait à la table des habitués, mais il venait tout de même régulièrement, peut-être parce qu'il voulait se rincer le gosier, ou bien parce qu'il aimait lui aussi les bons vins et parce que les gens de son village étaient encore plus abrutis que ceux de cette tablée. Il venait et buvait et jouait à l'hôte généreux, car à cette époque-là il était encore plutôt fortuné. Avec lui, tous les buveurs à l'œil, du vétérinaire avide jusqu'au juge prudent, en avaient leur content. Dans les très bonnes nuits, le gros hôtelier aux cheveux blancs se faufilait dans les coins les plus reculés de sa cave et en rapportait des bouteilles de bourgogne sous une épaisse couche de poussière, ou du Mumm extra-dry. Avec le vin rouge il apportait en outre – sans ticket ! – de délicieux fromages qu'ils mangeaient en petits morceaux triangulaires directement à la main. C'étaient des heures pleines de bonheur pour le vieux vétérinaire, et son amitié pour Doll semblait à toute épreuve.

Mais les choses changèrent, et, comme souvent quand les amitiés masculines se défont, une femme en fut la cause. Comment le vieux juge avait rencontré cette rayonnante jeune femme restait obscur ; quoi qu'il en soit, lorsque Doll arriva un soir, un peu en retard, à la table des habitués, il y croisa la femme d'un industriel berlinois qui s'était fait construire ici une petite maison, sur la rive d'un des nombreux lacs, pour s'adonner à la pêche sportive le week-end.

Mais ce soir-là l'homme était resté dans la grande ville de Berlin, et sa toute jeune épouse était installée au milieu des hommes à la table des habitués, elle secouait ses boucles blond roux, elle regardait attentivement, avec son visage long et surtout avec sa belle bouche rouge, chacun de ceux qui prenaient la parole – on aurait dit que c'était cette bouche qui regardait les gens. Puis elle rejetait la tête en arrière, sa petite gorge blanche semblait danser de rire – ciel, comme elle pouvait rire, Dieu, comme elle était jeune ! Doll poussa le vétérinaire et prit place à côté de cette jeunesse improbable, elle était maintenant assise sur la longue banquette d'angle, entre Doll et le vieux juge.

Comme elle était jeune, comme son être pétillait de vie, comme elle pouvait rire des plus bêtes histoires du juge ! Doll se mit lui-même à raconter, et si quelqu'un savait raconter des histoires, c'était bien lui. Ce n'était pas un répertoire fixé d'avance, rabâché cent fois comme avec le juge et le vétérinaire, non, les histoires lui venaient de toutes les périodes de sa vie, comme s'il y songeait de nouveau pour la première fois. Il raconta vivement, se déchaîna, triompha sur tous les autres – et au milieu de tout cela, il demandait du vin, du vin, du vin !

Ce fut une très, très grande soirée. Un homme dans la quarantaine avancée ne peut rester insensible au fait qu'une jeune et belle femme de vingt ans manifeste son intérêt pour lui. Mais Doll, malgré l'intérêt de cette jeunesse, ne perdit pas pour autant son sens de l'observation critique, qui lui permit de remarquer que le vieux vétérinaire, pendant que Doll racontait à gauche ses histoires avec enthousiasme, travaillait à droite pour son propre compte. Les histoires tout autant que les femmes étaient depuis longtemps indifférentes au vétérinaire, seul l'alcool le captivait. Et de l'alcool il y en avait suffisamment à cette table, mais de l'avis de Willem-Goret, on le buvait trop lentement. Alors qu'il voyait tous les yeux rivés sur la jeune femme, la main du vétérinaire se fraya un chemin jusqu'à la bouteille. Il remplit son verre en toute hâte, le vida et le remplit aussitôt…

« Hop là ! » s'écria Doll qui semblait lui tourner le dos mais qui l'avait pourtant vu. « Pas de cela ici ! Aussi longtemps que je serai l'hôte, c'est moi qui fixerai le tempo ! » Et il prit la bouteille des mains de Wilhelm, mais non sans amabilité.

Évidemment, tout le monde tomba sur le dos du vieil ivrogne et buveur à l'œil, ils le raillèrent du mieux qu'ils purent. Ils le charrièrent, déterrèrent les histoires les plus honteuses sur lui, le soupçonnèrent des pires choses devant lui. Mais cela ne le chagrinait pas trop, il n'avait pas honte. Il était depuis longtemps habitué à payer chaque gorgée gratuite d'une entaille à sa dignité d'homme. Cela était arrivé déjà si souvent et si longtemps que toute sa dignité était perdue depuis des lustres. Certes, il les méprisait tous, à cet instant ils auraient tous pu crever sous ses yeux – cela ne lui aurait rien fait, seul l'alcool lui faisait encore de l'effet. Aussi les laissa-t-il maintenant moquer et railler, il ne les écoutait pas, sa grosse main tachée de vieillesse était posée sur le pied du verre de vin, il pensait : j'ai déjà deux verres de vin d'avance sur vous ! Et : si jamais l'occasion se présente, je tenterai ma chance encore une fois !

Il n'eut pas besoin d'attendre très longtemps. Il y avait en effet à la table une femme, jeune, belle, éclatante, un flirt intense – ils pouvaient avoir Willem-Goret tous les jours, mais cette petite dame, ils ne pouvaient pas la laisser s'échapper. Oublié, le vétérinaire. Cette fois, Doll lui tournait vraiment complètement le dos. Trois fois déjà il avait touché la bouteille et retiré pourtant sa main. La quatrième fois il la saisit avec détermination et se resservit…

Et aussitôt la tête de Doll se tourna sur son épaule et, cette fois sans la moindre amabilité, il dit : « Si le rythme auquel nous buvons à cette table ne vous convient pas, vous pourriez peut-être vous asseoir à une autre ? Il y a suffisamment de tables libres... » Et comme le vétérinaire le regardait d'un air incertain, incrédule, oui presque suppliant, il monta d'un ton : « Vous ne me comprenez pas ? Je vous demande de quitter cette table ! J'en ai assez de vos goujateries !!! »

Lentement, le vieil homme s'était levé. Lentement, il se dirigea vers une des tables dans le coin opposé de la pièce. (Comme il était déjà très tard, bien après l'heure de fermeture, il n'y avait pas d'autres clients qu'eux.) Un instant il avait hésité, mais il avait tout de même pris ce verre avec lequel il avait tant perdu, et il le porta précautionneusement dans sa main, comme une relique sacrée. Car c'était probablement le dernier verre de vin qu'il boirait en cette soirée funeste, qui avait si joyeusement commencé. Derrière lui, ils se moquèrent de la plus affreuse manière, ils éclatèrent presque de leur joie mauvaise, ces bourgeois gras et complètement ivres. Cela dit, Doll ne participa pas au surcroît d'humiliation infligée à cet homme déjà à terre, peut-être même qu'il regrettait ses mots de colère – c'était tout de même un vieil homme. Mais s'il les regrettait, ce fut de courte durée, car la jeune femme dit soudain : « Vous avez eu raison, Herr Doll, je ne pouvais pas supporter ce vieux fayot ! »

On continua à boire et à discuter vivement à la table des habitués – discussion qui devenait de plus en plus ivre. Le vieux vétérinaire était oublié. Mais lui était installé à sa petite table, la main toujours sur le pied de son verre, vidé depuis longtemps. Il regardait, il écoutait, il comptait. Il comptait les bouteilles qu'on portait encore à la table, il comptait les verres que chacun buvait, et à chaque verre qu'ils vidaient là-bas, il pensait : moi aussi j'aurais dû en avoir un !

Dr Wilhelm attendit que les convives de l'autre côté en aient enfin assez, et qu'ils s'apprêtent à payer. Puis le vétérinaire quitta la salle du café sans un bruit et se posta devant l'hôtel, dans le coin sombre d'une rue.

Il dut patienter longtemps jusqu'à ce qu'ils apparaissent tous les deux, chacun sur son vélo. Il vit la jupe blanche de la femme, elle conduisait tout droit, alors que l'homme faisait de grands virages, dut s'arrêter souvent. Puis il prit à nouveau son élan, percuta le vélo de son accompagnatrice et laissa tomber le sien. Il éclata d'un rire très imbibé et se retint à la femme. Dr Wilhelm constata encore qu'ils ne se quittèrent pas là où leurs chemins auraient dû se séparer. Doll raccompagnait la jeune femme jusque chez elle, en trébuchant, en tombant, en jurant, en riant. Hochant la tête, son visage tanné encore plus grimaçant, comme s'il mangeait de la bile pure, le vétérinaire rentra chez lui, lentement, avec componction et les pieds très en dehors.

Dès le lendemain matin, des rumeurs se répandirent au sujet de « l'orgie » qu'on avait fêtée dans le premier hôtel de la ville, coururent les rues et les ruelles et parvinrent avec le camion de lait bientôt jusque dans la campagne. Doll, qu'un appel à l'aide de la jeune femme avait amené en ville, apprit de sa bouche que la femme très bigote de l'hôtelier lui avait interdit aujourd'hui et pour toujours l'accès à son établissement « à cause de son comportement indécent ». La jeune femme était malheureuse et indignée ; pour la première fois de sa vie, elle se voyait confrontée à un de ces jugements de petite ville qui tombent sans audition des témoins et contre lesquels on ne peut ni se défendre ni faire appel.

« Et pourtant nous n'avons rien à nous reprocher ! Il n'y a rien eu, pas même un baiser ! Et ce cochon de vétérinaire a raconté que j'étais restée toute la soirée assise sur vos genoux et que je vous avais emmené chez moi dans la nuit ! Alors que tout l'hôtel sait que vous avez passé la nuit là-bas ! »

C'était vrai : quand il se fut avéré que Doll ne pouvait ni marcher ni pédaler, son accompagnatrice l'avait ramené à l'hôtel où il avait pris une chambre.

« Non, Herr Doll, vous devez impérativement parler avec l'aubergiste ! L'interdiction qui m'est faite dans cet établissement doit être levée et on doit mettre un terme à ces dégoûtantes rumeurs ! Il faut que vous m'aidiez, Doll, je suis très malheureuse ! Comme tout cela est méchant ! Les gens d'ici haïssent déjà une femme parce qu'elle est jolie et qu'elle aime bien rire. J'aimerais mieux vendre notre maison de campagne sur-le-champ et ne plus jamais remettre les pieds ici ! »

Des larmes perlaient dans les yeux de la jeune femme, et Doll promit tout ce qu'elle souhaitait. Il l'aurait aussi fait sans ses larmes, car lui aussi était plein de colère et de haine.

Pourtant, il s'apercevrait bien vite qu'il est malheureusement plus aisé de faire naître de tels ragots que de les éliminer. L'hôtelier qui vivait sous la coupe de sa femme bigote se tortilla comme un ver ; finalement, quand le débat s'échauffa un peu, il disparut de la pièce – et on ne le revit plus de la journée. Le juge du tribunal cantonal appelé comme témoin à décharge, visiblement jaloux de la jeunesse et du succès de Doll, fut imprécis dans ses déclarations : dans le café, il n'avait rien observé de choquant. Mais sur ce qu'il s'était passé dehors dans la rue, de nuit, il ne pouvait naturellement rien affirmer. Il n'aimait d'ailleurs pas beaucoup être mêlé à de telles histoires !

Indigné, Doll s'écria : « Que voulez-vous qu'il se soit passé dans la rue ?! Tout le monde à l'hôtel sait que j'ai dormi ici ! »

Doucement, la tête penchée, l'hôtelière fit remarquer qu'il s'était passé toutefois plus d'une heure entre leur départ à tous deux de l'hôtel et son retour à lui, Herr Doll !

« C'est tout à fait exagéré ! s'écria Doll. Il s'est passé entre les deux peut-être un quart d'heure, tout au plus une demi-heure ! »

L'hôtelière et le juge sourirent, puis la dévote ajouta qu'une demi-heure aussi c'était long, qu'il pouvait se passer beaucoup de choses aussi en une demi-heure…

Maintenant c'était au tour du juge de s'éclipser de la salle, et le cri de colère de Doll – comment avait-elle le culot d'imaginer que deux personnes irréprochables ne seraient pas capables de rester dans le droit chemin pendant une demi-heure –, ce cri, le vieux juge ne l'entendit que du couloir de sortie. Il n'écouta pas plus longtemps : tout cela ressemblait à quelque chose qui pourrait devenir un procès, et être appelé à témoigner dans ce genre de procès, il ne le souhaitait pas.

L'agressivité et l'indignation de Doll faiblirent au fil du combat contre cette femme dévote, qui ne répondait à toutes ses objections et ses revendications que par un demi-sourire et des paroles ambiguës et évasives. Elle ne voulut pas non plus répondre d'un clair oui ou non quand il lui demanda franchement quelles étaient ses intentions concernant l'interdiction d'établissement de la jeune femme.

Subitement, Doll éclata de rire et laissa l'hôtelière en plan. Contre quoi se battait-il donc ? Le combat de Don Quichotte contre les moulins à vent n'était pas plus vain que sa dispute contre cette femme, qui avait à coup sûr toujours voté pour son Führer vénéré. Non, la seule chose qu'il fallait faire, dans cette histoire, c'était de régler ses comptes avec l'inspirateur de tous ces ragots, cette commère en pantalon, ce buveur à l'œil de vétérinaire. Il allait lui faire son affaire ! Et galvanisé par une nouvelle bouffée de colère, il se mit en quête de Dr Wilhelm. Mais il chercha pour rien, il ne le trouva ni dans son logement, ni en ville, ni dans un débit de boissons. C'était comme si le vieil homme s'était caché, pressentant la menace – et il faisait peut-être exactement cela !

Il ne resta donc rien d'autre à Doll que de se rendre chez un avocat et de faire écrire des lettres, adressées au vétérinaire ainsi qu'à l'hôtelier. L'avocat apprit à Doll que, pendant la guerre, on ne pouvait plus déposer de plaintes privées pour diffamation. Toutefois les autres n'étaient pas obligés de le savoir, et donc on envoya des lettres qui les menaçaient de porter plainte, précisément, pour diffamation. Peut-être que les autres avaient aussi des avocats ou bien étaient-ils au courant, quoi qu'il en soit, ils ne répondirent pas. Les rumeurs continuèrent.

Tout cela augmenta son amertume, tout comme le départ de la jeune femme accentua sa colère : elle avait dû fuir devant le venin envieux des habitants de cette petite ville. Il avait quant à lui l'impression de chercher un chemin dans un mur de coton et de plumes, il avait beau le cogner aussi fort qu'il pouvait, il ne bougeait pas. Dans cet état d'esprit, les lettres de son avocat lui semblèrent bien trop douces et diplomates ; il s'assit à son tour et écrivit une lettre à Dr Wilhelm dans laquelle il lui annonçait qu'il giflerait publiquement le diffamateur qu'il était, quel que soit l'endroit où il le trouverait...

Lorsqu'il l'eut envoyée, vint le regret. Il n'était pas digne d'une telle chose, il s'était placé au niveau de ses adversaires au lieu de les mépriser en silence, comme cela avait été son optique jusqu'ici. Mais arriverait le moment où il regretterait encore plus cette lettre ! Lorsqu'un matin il entra dans la salle d'attente de la gare, Willem-Goret était assis sur le sofa, une bouteille de vin devant lui !

Doll aurait préféré faire demi-tour sur-le-champ, et pour sa tranquillité d'esprit, cela aurait été définitivement préférable. Mais avec lui, à côté de beaucoup d'étrangers, se trouvaient aussi plusieurs concitoyens qui regardaient avec intérêt Doll et le vétérinaire. Doll savait que le vétérinaire avait, à la façon des vieilles femmes, montré la lettre à ses compagnons de la table des habitués, ainsi qu'à la moitié de la ville – la menace que son adversaire le giflerait publiquement était connue de tous. Si Doll faisait maintenant demi-tour, alors l'autre serait vainqueur et les vannes ouvertes pour toutes les rumeurs.

Doll entra donc et prit place, face à l'autre. Sans un mot, le tenancier autrement si bavard apporta la bouteille demandée. Tous les locaux attendaient que les étrangers quittent la salle d'attente, leur train devait partir d'ici un quart d'heure. En attendant, Doll était assis à la table, la main sur le pied de son verre, luttant avec lui-même. Il n'en vaut pas la peine, disait une petite voix en lui. Ce n'est qu'un vieil homme, une commère. Qu'est-ce que cela a à voir avec ton honneur ?! Et puis, après un bref regard vers l'autre qui se tenait lui aussi muet, son verre de vin à la main : mais ils me considéreront comme un lâche, tous, lui le premier, si je ne fais rien. Je dois leur prouver, à ces habitants, que je ne me laisse pas traîner dans la boue sans représailles ! Il n'y a pas de retour en arrière possible !

Les étrangers quittèrent la salle, il ne resta que cinq ou six locaux. Le silence régnait dans la pièce. Puis le tenancier, Kurz, qui polissait ses verres derrière son comptoir tout en observant la scène très attentivement, entama une conversation à voix haute avec un maître peintre. « Ils vont avoir une sale journée à Berlin », entendit Doll, car juste à ce moment-là une escadrille ennemie survolait la petite ville en grondant…

Et il se retrouva juste devant son « ennemi ». Les deux

mains appuyées sur le bord de la table, le visage près de celui, haï, jaune, fielleux de l'autre, il demanda en murmurant : « Voulez-vous ici, sur-le-champ, retirer publiquement vos calomnies ? »

À côté de lui, le cafetier lui dit d'un ton à demi suppliant, à demi fâché : « Laissez cela, Herr Dr Doll ! Je ne tolérerai aucune bagarre dans mon établissement ! Sortez dans la rue si vous voulez… »

Imperturbable, Doll continua à murmurer : « Ou bien voulez-vous que je vous frappe ici publiquement au visage ? Que je vous punisse comme un enfant qui a menti ? »

Le lourd vieil homme restait sans bouger à sa place dans le sofa. Le jaune de son visage se muait lentement, sous le regard menaçant de Doll, en un gris de cendre, mais ses yeux de poisson regardaient sans ciller et sans expression apparente celui qui le défiait. Lorsque ce dernier se tut, ce fut comme s'il allait répondre, ses lèvres bougèrent, puis la pointe de sa langue apparut comme pour les humecter, mais pas un son ne sortit.

« Allez, vous pouvez partir, Herr Dr Doll ! dit le cafetier en le pressant. Vous voyez bien que Herr Dr Wilhelm est désolé… »

Alors le vieux vétérinaire, avec un acharnement inexplicable, se mit soudain à secouer sa tête comme une idole.

« Pschhh ! Pschhh ! reprit le tenancier, comme s'il chassait des poules. Tu ne feras pas ça, Willem ! »

Pendant un instant, Doll avait regardé fixement cette idole roulant de la tête, puis il leva la main et frappa doucement le visage du calomniateur.

Les spectateurs de cette scène émirent un « Ah ! » qui semblait provenir du plus profond de leurs poitrines.

« Voilà ! » dit le tenancier, visiblement soulagé qu'on n'ait pas frappé plus fort, ni en retour.

Pendant un instant, Doll avait regardé le visage de son adversaire d'un air menaçant, et pourtant soulagé. Les forces qui tiraillaient et contraignaient sa poitrine s'étaient calmées, il était enfin libre de sa haine comme de sa colère. Mais alors quelque chose de terrible, d'inattendu se passa : au coin des yeux inexpressifs du vieil homme surgirent deux grosses larmes claires. Pendant un instant, elles s'arrêtèrent au bord des paupières, puis elles roulèrent lentement sur ses joues. D'autres suivirent, de plus en plus, voilà qu'elles coulaient maintenant en petits ruisseaux sur le visage tanné de casse-noisettes qui brillait d'humidité. La gorge se mit à sangloter : « Oh ! Oh ! Oh ! », pleurnichait le vieux vétérinaire. « Oh mon Dieu, il m'a frappé ! Avec sa main sur mon visage, il m'a frappé ! Qu'est-ce que je vais faire ?! Oh ! Oh ! Oh ! Je ne pourrai plus jamais regarder quelqu'un en face, je vais mourir ! Oh ! Oh ! Oh ! »

Quand Doll avait frappé, la sympathie de la salle avait été nettement de son côté, le « Ah ! » de soulagement l'avait confirmé. Mais les larmes du vieux vétérinaire modifièrent l'ambiance. Doll fut dès les premiers instants convaincu qu'il ne s'agissait que de larmes de crocodile, habilement calculées pour effacer l'effet du châtiment et pour gagner la ville à son parti.

« Oh ! Oh ! Oh ! continuait de pleurer Dr Wilhelm. Il m'a frappé – justement le jour de mes soixante-trois ans !

Et je ne lui ai jamais rien fait. J'ai toujours parlé de lui en bien, quand les gens disaient du mal de lui. J'étais tellement reconnaissant pour tout ce vin qu'il m'avait offert ! »

À ces derniers mots, Doll sentit la colère et la haine éclore de nouveau. Il revoyait très nettement le moment où il avait dû chasser le vétérinaire de sa table, à cause de sa propension à s'inviter tout seul aux frais de Doll. Les calomnies avaient commencé, non pas parce qu'il avait offert « tout ce vin », mais parce qu'il lui avait une fois refusé du vin. « Maintenant, c'en est assez ! s'écria-t-il en colère. Vous n'êtes qu'une vieille commère jacasseuse – c'est pour cela que je vous ai frappé. Et si vous continuez ici à mentir, je vais vous frapper de nouveau, malgré vos larmes factices ! » Et il leva une main menaçante.

Mais Doll n'avait pas compté sur la réaction des autres dans la pièce. Ils auraient dû connaître leur vieux Willem-Goret, et en réalité ils le connaissaient depuis de nombreuses années et ne le tenaient pas en très haute estime. Mais en face de ces larmes et de ces plaintes, ils abandonnèrent aussitôt expérience et discernement. Un vieux qui pleure émeut n'importe qui, et, le tenancier en tête, ils entourèrent Doll : « Oui, maintenant, c'en est vraiment assez ! — Vous n'allez tout de même pas frapper de nouveau ce vieil homme ! — Vous feriez mieux de quitter cet établissement tout de suite, vous pouvez même prendre votre bouteille de vin entamée ! »

Un instant plus tard, Doll se retrouva éloigné de son ennemi, on lui donna son chapeau, le cafetier mit dans sa sacoche la bouteille rebouchonnée à la hâte, et soudain

Doll se retrouva sur la place devant la gare. Le cafetier le regardait toutefois d'un air soucieux, avec ses yeux bordés de rouge, et il dit : « Vous n'auriez pas dû faire cela, Herr Doll, toute la ville va se retourner contre vous ! Un homme distingué ne fait pas cela : frapper ! Bon, les choses s'arrangeront peut-être… »

Mais malheureusement, rien ne s'arrangea. Le tenancier avait vu juste : Doll perdit le reste de sympathie qu'on avait pour lui dans la ville, il devint ce qu'il devait rester pour l'avenir tout entier : l'homme le plus haï à la ronde.

Et Dr Wilhelm manœuvra dans cette situation avec une habileté démoniaque ; cette fois son cerveau fielleux lui prodigua d'excellents conseils. Après le départ de Doll, il avait continué à pleurer et à sangloter en assurant qu'il ne survivrait pas à cette honte. Qu'il allait devoir se donner la mort, et ça justement le jour de son anniversaire…

Ils lui donnèrent du vin à boire pour qu'il s'apaise, beaucoup de vin – et puis ils le raccompagnèrent chez lui. Mais la nouvelle de l'affront qu'il avait subi parcourut la ville à toute vitesse, elle lui attira des sympathies là où il n'en avait jusque-là jamais eu. Ce n'était pas pour rien qu'il avait constamment souligné à quel point c'était grave que cela lui soit arrivé le jour de son anniversaire : encore plusieurs jours après, il reçut des cadeaux – de la nourriture, du vin, du schnaps – de gens qui sans cet événement n'auraient jamais pensé à retenir la date d'anniversaire de ce buveur à l'œil.

Et puis, la guerre continua, un an, deux ans. Les gens avaient désormais d'autres soucis que Doll et la mauvaise vie qu'il menait.

Doll avait lui aussi d'autres choses auxquelles penser : cette année-là, son mariage fut dissous. Il avait des soucis de toutes sortes, et cela lui faisait d'autant plus mal, chaque fois qu'il voyait le vétérinaire, de sentir ressurgir cette haine qu'il pensait avoir déjà surmontée, avec la même virulence, inchangée malgré le temps, toujours cette ancienne humiliation…

Puis après une longue absence, la jeune femme reparut dans la petite ville. Maintenant elle portait des habits noirs. Doll apprit qu'elle était devenue veuve depuis un certain temps déjà. Mais quand les gens à cette nouvelle épièrent son visage avec curiosité, ils n'y virent qu'indifférence. Et c'était vraiment de l'indifférence que Doll ressentait. Si deux ans plus tôt, dans un moment de passion, il avait pu ressentir quelque chose d'autre pour cette femme, c'était depuis longtemps oublié, il ne s'en souvenait plus…

Mais la vie dans une petite ville a ses propres lois. Dans une grande ville, les gens se croisent pour ne plus jamais se revoir. Il y avait d'un côté le marginal Doll, cet être hautain, et qui malgré son argent ne pouvait s'attirer que des soupçons. Et puis d'un autre il y avait cette jeune femme, désormais indubitablement veuve, vingt-trois ans, pas plus, bien qu'elle soit déjà la mère d'une enfant de cinq ans, et elle avait les ongles vernis malgré son deuil, et se colorait les lèvres de pourpre. La petite ville savait à quoi s'en tenir au sujet d'une femme comme elle, tout comme elle savait aussi très bien ce qu'il fallait penser de Doll !

Avec un front de lutte tourné vers eux, exclus de la vie

des autres, espionnés, suspectés, calomniés, ils devaient un jour ou l'autre se retrouver.

« Bonjour, dit Doll en hésitant. Cela fait longtemps que nous ne nous sommes pas vus…

— Oui, répondit-elle. Et beaucoup de choses se sont passées depuis.

— C'est vrai ! » dit-il en se souvenant, et il regarda la jeune femme. Elle lui semblait encore plus belle dans ses habits de deuil. « Vous avez perdu votre mari…

— Oui, confirma-t-elle. Je viens de traverser une période difficile. Mon mari a été malade pendant une année, je l'ai soigné toute seule. Et à chaque alerte, il fallait descendre à la cave avec le malade, et puis l'appartement a brûlé à moitié…

— Une période difficile ! » confirma-t-il, et il éclata d'un rire mauvais en voyant le regard curieux de « Madame le capitaine » qui passait par là. « Mais ce patelin n'a pas changé, ce soir nous serons de nouveau dans la bouche de tous ces gens.

— À coup sûr ! confirma-t-elle. Accompagnez-moi donc un peu ? S'ils cancanent, autant qu'ils aient de quoi ! Voulez-vous venir déjeuner chez moi ce midi ? Je viens justement de recevoir un poulet de la campagne ; c'est possible aussi, sourit-elle, sans ticket de rationnement.

— Très bien ! répondit-il. Volontiers. Je n'ai plus de comptes à rendre à personne.

— Je sais », dit-elle.

Cela commença ainsi, et cela ne continua pas autrement. Ils avaient été menés l'un vers l'autre par dépit, par protestation, par un sentiment d'isolement. Enfin quelqu'un avec qui on pouvait vraiment parler, qui n'était pas un traître. Plus tard s'ajoutèrent d'autres choses : une sympathie sincère, de l'amour même. Les cancans de la petite ville les laissaient depuis longtemps indifférents. Ils emménagèrent ensemble dans la maisonnette de la jeune femme, leurs concitoyens pourraient fulminer tant qu'ils voudraient contre une telle impudeur ! Désormais, même Doll restait indifférent quand il entendait ce que le vétérinaire racontait à tout le monde, et on pouvait juger maintenant que chaque mot qu'il avait dit autrefois était *pure vérité*. Désormais, cela le laissait indifférent que cet ennemi triomphe.

Mais ensuite, quand ils s'étaient mariés, non pas dans le petit patelin mais dans la grande ville de Berlin, quand, assis côte à côte dans le petit appartement à moitié brûlé, ils avaient préparé les enveloppes pour les faire-part de mariage – alors elle avait ressurgi, cette haine, en tous deux, et ils n'oublièrent aucun de leurs ennemis. Chacun d'eux reçut un carton : Willem-Goret et l'hôtelière bigote en tout premier ! Qu'espéraient-ils obtenir en envoyant ces faire-part, ils n'auraient pas pu le dire avec précision. Ils voyaient cela malgré tout comme un triomphe, de s'être mariés – en dépit de tous ces gens, une gifle dans le visage de la pruderie !

Ils ne revenaient que rarement de Berlin dans la petite ville. Pendant des jours et des jours, ils oubliaient même souvent le patelin dans le chaos de la grande ville, dans ses ténèbres grandissantes, où seules les flammes d'incendies projetaient leurs lueurs horribles et tressaillantes dans des rues entières. Ils étaient assis l'un à côté de l'autre dans des abris antiaériens insuffisants, ils entendaient le mugissement des avions qui approchaient, les impacts de bombes qu'ils sentaient dans leur corps… Ils se prenaient dans les bras, la jeune femme disait d'un ton apaisant : « Ils sont déjà partis ! » Puis un vacarme assourdissant, craquement et claquement, la lumière tressautait d'un éclair jaune et s'éteignait… Ils avaient de la poussière de plâtre dans la bouche, c'était comme un avant-goût de leur propre mort.

Quand ils parvenaient alors à se frayer de nouveau hors de Berlin, franchissant les rails et les gares détruits, quand le train les enfonçait toujours plus loin dans des forêts qui ne montraient aucun signe de dévastation, quand, le soir, avant le dernier bout de trajet pour arriver chez eux, ils entraient au café de la gare pour y prendre un rapide quart de vin – alors ils retrouvaient tout inchangé. Le cafetier était devenu encore un peu plus avare avec ses réserves, et encore un peu plus insolent avec ses clients ; mais sur le sofa, à sa place habituelle, était toujours assis le vieux vétérinaire à la peau tannée.

Aussitôt, dès que Doll revoyait cet homme, la vieille haine se réveillait d'un coup en lui. Elle éclatait avec une violence primaire, et c'est ensuite seulement que revenaient les souvenirs de tout le mal que cet homme leur avait fait, comme une justification *a posteriori*, et pourtant inutile. Cette haine était incompréhensible pour Doll ; il fallait endurer tant de choses graves à cette période, après chaque bombardement la vie lui apparaissait de nouveau comme un cadeau. Incompréhensible, cette haine abjecte, et pourtant il fallait s'en accommoder. Il avait laissé de l'espace en lui pour cette haine, il l'avait laissée s'implanter, et maintenant il devait la supporter, probablement pour toute la vie.

Oui, toute la vie – mais toute la vie de l'autre ! Car maintenant, quand il passait devant la maison fermée, sombre et menaçante du vieux vétérinaire, en compagnie de sa jeune femme en allant au travail, et quand il passait devant la vieille plaque cabossée avec ses piqûres de vert-de-gris, seul, en rentrant chez lui, il n'évitait pas de regarder la maison parce qu'il haïssait toujours le mort. Non, avec sa mort, la haine était partie, et à sa place était resté comme un vide, le souvenir confus d'un sentiment dont il aurait dû avoir honte. À cette époque du renversement, aucun sentiment n'avait plus de consistance, la haine disparaissait, il restait le vide, le désert, l'indifférence, les gens étaient loin. On n'avait jamais été aussi seul. Personne n'avait jamais été si seul. Il n'y avait plus que la jeune femme auprès de lui. Mais à elle aussi il avait fait comprendre : « C'est bon. Nous n'en parlerons plus. C'est réglé une fois pour toutes. »

Non, quand Doll détournait le regard de cette maison de la mort, c'était pour une autre raison. Il réfléchissait toujours à ceci : je l'ai pourtant vu au café de la gare, les larmes coulaient en ruisseaux sur son visage, et il se lamentait qu'il allait devoir se donner la mort à cause de l'affront qu'on lui avait fait. Mais il ne s'était pas donné la mort, ce vieux mollasson, et de cet affront subi il avait fait commerce, sans dignité et sans honte ! Toujours, toute sa vie, ce Dr Wilhelm avait été un lâche, lâche devant la ruade d'un cheval, le coup de corne d'une vache, la morsure d'un chien, il avait sombré au rang de simple vaccinateur de jeunes cochons encore inoffensifs : Willem-Goret ! Il portait ce nom à raison, et il ne s'était jamais révolté contre ce sobriquet qu'on lui jetait sans pitié à la figure quand il buvait à l'œil, il avait toujours été sans dignité et sans courage…

Mais ce Dr Wilhelm, continuait de ruminer Doll, a eu le courage de faire ce dont je n'ai pas le courage – bien que, jour après jour, je perde toujours plus de dignité, d'estime de moi, de honte, de foi et d'espérance. Je ne peux pas le faire, et pourtant j'ai toujours cru que j'étais un homme plutôt courageux. Mais lui, le lâche, il a pu s'y résoudre. Lui, le lâche que j'ai frappé au visage, il a eu ce courage, et je ne l'ai pas.

C'est avec de telles réflexions que Doll passait devant cette maison, toujours, avec ces réflexions tourmentées qu'il cherchait à éviter à tout prix, et qu'il n'évitait pas pourtant, qu'il regarde ou non. Alors il cherchait à s'imaginer la chambre dans laquelle cet homme avait passé la dernière heure de sa vie, où il avait fait « ça ». Doll savait qu'à la fin le vieux vétérinaire ne possédait presque plus rien, qu'un lit, une table et une chaise, tout le reste avait disparu pour l'alcool. Il cherchait à se représenter cet homme sur son unique chaise, le pistolet posé sur la table devant lui – peut-être des larmes avaient-elles coulé là aussi sur son visage, peut-être avait-il là encore pleurniché « Oh ! Oh ! Oh ! » ?!

Doll secouait la tête, il ne voulait pas se le représenter, cela le tourmentait trop.

Une chose toutefois était sûre : le vieux à la peau tannée laissait Doll vide, plein de doutes et de reproches envers lui-même. Tant d'évidences pendant ces quelques jours étaient devenues troubles, et, avec le vieux vétérinaire, Doll avait en outre perdu sa haine si ancienne et sa croyance qu'il était, *lui*, un homme courageux. Vraisemblablement, il n'était rien du tout, qu'une coquille d'œuf vidé de sa substance ; il s'était nourri d'illusions, et maintenant tout se désagrégeait ! Il ne restait rien de Doll.

Comme il aurait aimé éviter le chemin qui longeait cette maison fermée. Mais la situation de cette ville construite sur une péninsule l'obligeait encore et encore à passer devant. L'obligeait à ces pensées tourmentées. L'obligeait à cet aveu, il n'était rien, il n'avait jamais rien été et pour tout l'avenir, qu'il soit désormais long ou bref, il ne serait jamais rien d'autre qu'un… rien du tout ! Encore et toujours, un rien du tout !

Alors il valait encore mieux dire à sa jeune femme : « C'est bon, il est mort. Nous allons l'oublier. Nous ne parlerons plus jamais de lui ! »

C'était un mensonge. Rien n'était bon, on ne pouvait rien oublier. Mais qu'importait donc un mensonge aujourd'hui ?! Sa femme pouvait bien se dire qu'il haïssait toujours le vieux bonhomme comme avant. Il ne pouvait plus haïr personne, mais mentir, c'était encore possible. Mentir, cela correspondait aussi mieux à son imperfection.

4

Ces messieurs les nazis

Le travail de vacher ne dura pas longtemps pour Doll, car toute une série de hasards fit que le commandant russe de la ville le nomma maire de celle-ci et de toute la campagne alentour. C'est ainsi que, dans ces temps tellement changés, l'homme le plus haï devint le régent de ses concitoyens.

Les hasards commencèrent ainsi : une nuit on jeta un sac à dos sur le terrain des Doll par-dessus la clôture. C'était un sac à dos de l'armée allemande, et il contenait l'uniforme d'un haut gradé de la SS. Ces chers voisins, qui avaient déposé cet œuf de coucou dans le nid des Doll, considéraient probablement que posséder cet uniforme, avec les perquisitions en cours de plus en plus poussées, devenait dangereux. Pourquoi n'avaient-ils pas rajouté quelques pierres dans le sac à dos et ne l'avaient-ils pas jeté dans le lac qui se trouvait, comme c'était propice, juste à côté, cela mériterait un chapitre entier : cela témoigne très bien et, en peu de mots, autant de la décence de ces voisins que du degré de popularité des Doll.

Ce dernier ne se doutait évidemment pas de cette offrande déposée de bon matin sur son terrain. Il avait veillé, et avait enfin plongé dans un bref sommeil plein de soucis, désormais habituel. Il fut réveillé cette fois avant le point du jour par une patrouille de soldats russes, très fâchée contre lui. Tout d'abord il ne saisit pas ce qu'ils voulaient de lui, et il fallut un méchant quart d'heure avant qu'il comprenne ce que pouvaient signifier ce sac à dos et cet uniforme : les Doll étaient suspectés d'avoir caché un officier de la SS ! Toute la maison, le grenier, les remises, furent retournés sens dessus dessous, et même si on ne trouva aucune trace de ce fuyard (qui n'était d'ailleurs pas là), on assit Doll néanmoins dans une voiture de chasse tirée par deux chevaux, et on le mena en ville à la kommandantur ! À droite et à gauche, des mitraillettes le surveillaient. C'est ainsi que le virent ses concitoyens, et ils ne ressentirent certainement pas de pitié à cette vue, d'une part parce qu'ils avaient déjà tous suffisamment de soucis personnels, d'autre part parce que Dr Doll était précisément Dr Doll. Ils l'imaginaient volontiers aux prises avec toutes sortes de difficultés !

Mais à la kommandantur, il n'y en eut plus : un officier menait l'interrogatoire, et un interprète en civil traduisait les propos de Doll. Maintenant qu'il avait percé le secret de ce sac à dos si perfidement déposé dans son jardin, Doll n'eut pas à rougir d'attirer l'attention de l'officier sur la maison voisine où vivait la femme du chef des SS, qui avait été aussi malveillante que stupide, car la provenance de cet uniforme aurait de toute façon été découverte.

Un quart d'heure plus tard, Doll eut le droit de

retourner chez lui, dans les bras de sa famille qui l'attendait avec un peu d'anxiété.

Le jour suivant était « Jour de la victoire », il était chômé. Toute la population devait se réunir sur la place devant la kommandantur, le commandant russe allait prononcer un discours. Lorsque Doll arriva sur la place avec sa femme, il y trouva, avec son interprète, ce même officier qui l'avait interrogé la veille. Doll le salua poliment, les deux hommes le regardèrent avec sérieux après l'avoir salué eux aussi, et ils chuchotèrent ensemble. Puis on fit signe à Doll de s'approcher, et l'interprète lui demanda au nom de l'officier s'il se sentirait capable de parler de la signification de ce jour de victoire à la population allemande.

Doll répondit qu'il n'avait jusqu'ici jamais prononcé de discours officiel, mais il était certain qu'il ne le ferait pas plus mal qu'un autre. Là-dessus, on le mena dans la kommandantur – sa femme devait rester dehors au milieu du peuple qui attendait –, on l'installa dans une pièce de l'étage supérieur. À travers une porte vitrée, il voyait le commandant parler depuis le balcon, et l'interprète glissa à l'oreille de Doll quelques mots-clés pour son discours. Puis le silence se fit dans la pièce, dehors le commandant parlait toujours. C'était un homme petit avec un visage pâle, brunâtre et agréable, une vraie silhouette de cavalier. Il avait ôté les gants blancs, qu'il ne quittait jamais ; il les tenait d'une main et parfois soulignait avec eux une phrase qu'il avait prononcée. Le commandant parlait toujours pendant deux ou trois minutes, puis il faisait une pause et laissait à l'interprète l'occasion de traduire. Mais sa version durait moins d'une minute, ce qui est souvent le cas d'une interprétation incomplète. Parfois, des bravos surgissaient de la profondeur invisible.

C'est ça, attendez donc un peu ! pensait Doll, agacé. Il n'y a pas trois semaines que vous criiez encore « *Heil Hitler !* », que vous faisiez des courbettes devant les SS et que vous vous pistonniez pour des fonctions dans le Volkssturm – je vais vous le dire, ce que j'en pense de vos « bravos » actuels !

Toutefois, il trouvait qu'il faisait bien chaud. Certes, c'était une belle journée de mai, mais il n'était que dix heures du matin et la sueur perlait déjà sur son front. L'interprète se pencha vers Doll et lui demanda s'il était agité. S'il voulait peut-être un verre d'eau.

En souriant, l'interrogé indiqua qu'il préférerait un verre de schnaps. Là-dessus, on le mena sans attendre au mess des officiers et on lui versa un verre entier d'une vodka puissante.

Cinq minutes plus tard, c'était lui qui se tenait à la rambarde du balcon, un peu derrière lui se tenait le commandant avec son interprète, qui devait maintenant traduire le discours de Doll. Il y avait par ailleurs encore d'autres officiers sur le balcon, des officiers que Doll apprendrait à bien connaître dans les prochaines semaines. Mais à ce moment précis, il ne les vit pas, il ne vit que les gens en dessous de lui, une grande masse, ses concitoyens, qui tournaient tous leurs visages vers lui, pleins d'attente.

Tout d'abord ces visages se confondirent en un seul trait grisâtre au-dessus de la bande plus foncée des vêtements.

Puis, pendant qu'il prononçait les premières phrases d'introduction, il les distingua soudain. Alors qu'il écoutait encore un peu inquiet le timbre de sa voix, qui n'avait jamais été forte, mais qui maintenant semblait bien remplir la place au-dessous de lui, il découvrit soudain sa femme, presque à ses pieds. Elle se tenait là, elle fumait tranquillement sa cigarette à sa manière insouciante, et les personnes se maintenaient à une certaine distance d'elle, alors que tout le reste des gens sur la place se pressaient les uns contre les autres. Ils confirmaient maintenant encore, consciemment ou involontairement, cet isolement dans lequel avaient toujours vécu les deux Doll dans cette petite ville, et dans lequel Doll lui-même se trouvait en cette minute, désormais exposé aux yeux de tous, sur le balcon de la kommandantur.

Il hocha la tête, sans s'interrompre, ce qu'elle seule pouvait remarquer, elle sourit et leva la main avec sa cigarette pour lui adresser un signe. Son regard continua de glisser, il s'arrêta sur le visage grisonnant de barbe d'un édile de la ville, un national-socialiste, un entrepreneur dans le bâtiment, un homme calme à vrai dire, mais qui avait toujours sournoisement abusé de sa position dans le parti pour empêcher tous ses concurrents, de près ou de loin, de vivre correctement. Non loin de cet homme s'en tenait un plus petit avec un visage rusé autant que brutal : il avait encaissé les cotisations au parti et avait joué les espions pour les grosses légumes, ces mêmes légumes qui avaient toutes fui à l'Ouest...

Mais il en restait suffisamment de plus petites : le secrétaire général de la poste qui avait joué les sergents dans le

Volkssturm ; là-bas un instituteur, dénonciateur redouté ; le cafetier de la gare, Kurz le tyran et, comme il s'était avéré, également espion ; et puis aussi – les yeux de Doll s'allumèrent – serrées l'une contre l'autre, avec des expressions presque railleuses comme si elles assistaient à une représentation de guignol, deux femmes, l'épouse et la fille de ce chef des SS dont l'uniforme, le matin précédent, aurait presque pu le mener à sa perte.

Doll s'avança, il parla plus vite, plus fort, il évoqua l'époque qui venait de s'achever, ses profiteurs, ses coupables et ses complices. Et, alors qu'il continuait de parler, alors que, bornés, comme si aucun d'entre eux ne pouvait être visé, ils criaient des « Bravo ! » et des « C'est bien vrai ! », il remarqua à quel point l'apparence de ses concitoyens avait changé. Ce n'était pas seulement les visages blêmes de peur, de soucis, de chagrins et de veilles, ce n'était pas seulement ceux qui, pour éviter le premier choc, étaient restés des jours entiers dans les bois et dont les vêtements maintenant étaient décolorés et usés – non, ils avaient tous soudain quelque chose de mendiant, de déguenillé, ils semblaient tous avoir dégringolé plusieurs rangs de l'échelle sociale, avaient abandonné, pour une raison ou pour une autre, une position défendue toute une vie durant, et avaient rejoint sans aucune pudeur les autres impudents : voilà à quoi ils ressemblaient vraiment, peu importait que tout le monde puisse le voir désormais, voilà à quoi ils avaient toujours ressemblé quand ils étaient seuls avec eux-mêmes. Il n'y avait plus rien qui vaille la peine d'être dissimulé chez ces gens, ce peuple qui supportait sa défaite sans dignité aucune, sans une once de grandeur.

Il y avait là le vieil hôtelier, avec son visage d'habitude rouge de vin, gras et souriant, et qui maintenant était blafard, assombri par une barbe de plusieurs jours. Et sa femme bigote, cette hôtelière économe qui exigeait des pauvres jusqu'aux derniers pfennigs et qui aurait volontiers repesé elle-même tous les paquets, elle qui portait toujours des robes grises ou noires coupées comme des sacs, elle avait maintenant son visage entouré d'une serviette autrefois blanche, qui rappelait celles nouées contre le mal de dents dans les albums de Wilhelm Busch. Sur son corps maigre elle avait mis un tablier bleu comme ceux des blanchisseuses, et ses mains étaient enveloppées dans des bandes de gaze crasseuses.

Il a abandonné la partie, il est perdu, ce peuple, pensa Doll. Dans l'ardeur de son discours, il n'eut pas le temps de penser à lui-même, qui en privé se trouvait dans une situation tout à fait semblable. Il fit une ovation au 7 mai, à l'Armée rouge et à son généralissime Staline, il les regarda crier et jubiler (car en plus de la justice et de la liberté, on leur promettait de la viande et du pain), et lever les bras, pour beaucoup encore le droit, comme on le leur avait impatronisé depuis des années.

Le commandant et ses officiers semblèrent eux aussi apprécier le discours. Doll fut invité à boire un verre au mess avec sa femme. Les verres de vodka semblaient plus grands, l'alcool plus fort encore – et on ne but pas qu'un seul verre. Lorsque Doll et sa femme marchèrent dans les allées ensoleillées pour rentrer chez eux, ils penchaient tous les deux, mais Doll un peu plus. Dieu merci, les habitants étaient encore tous assis à leur table pour le déjeuner, tous en train de maudire à cause de son discours celui qui passait justement sous leurs fenêtres, le traitant de transfuge et de traître, et ils auraient pourtant tous tellement aimé être à sa place !

Alors qu'ils étaient déjà bien en dehors de la ville, là où il n'y a plus que quelques maisons, sur cette route qui traverse un clair bois de feuillus et qu'officiellement on appelle *Kuhdamm*, la « chaussée des vaches », Doll trébucha. Du fait de la vodka, une fois qu'il eut trébuché, il tomba, et il resta sur le sol comme il avait chu. Il s'endormit. Frau Doll encouragea beaucoup son mari, qui continua toutefois de dormir, mais elle n'osa pas se pencher vers lui pour le relever. Elle-même ne se sentait pas très stable sur ses jambes. Elle essaya donc avec un coup de pied dans les côtes, mais ce coup de pied, qui l'aurait presque mise à terre, ne put réveiller le dormeur.

La situation était délicate. Il y avait encore dix bonnes minutes de marche jusque chez eux, et si elle se sentait capable de faire ce chemin, il lui répugnait toutefois de laisser son mari allongé sur la route, et de fournir une superbe occasion aux habitants de la petite ville de se livrer à de nouveaux ragots. Par chance pour le couple Doll, deux soldats russes apparurent sur la route. Frau Alma leur fit signe et leur fit comprendre par de volubiles pantomimes ce qu'il s'était passé et ce qu'il devait se passer. Que les Russes l'aient ou pas comprise, ils eurent toutefois de la compassion pour cet homme ivre et endormi. Ils le chargèrent sur leurs épaules et le portèrent jusque chez lui. Ils prirent congé de la jeune femme en riant…

Mais si elle avait cru que pour autant les ragots en seraient évités dans le patelin, elle s'était une fois de plus trompée. Dans la petite ville, il y a des yeux partout, aussi sur la chaussée des vaches où pourtant il n'y a même pas une maison, et ce que l'on n'avait pas vu, on l'inventa. Aussitôt une rumeur courut de maison en maison, on raconta, en se moquant et en triomphant : « Ce gars, ce Doll qui a voulu servir la soupe aux Russes avec son discours, ça alors, il s'est bien fait avoir ! Vous êtes déjà au courant ? Vous ne savez pas ?! Alors écoutez-moi bien : ce discours a tellement déplu aux Russes qu'ils l'ont joliment démoli ! Ils l'ont tellement tabassé qu'il ne pouvait plus marcher, deux soldats russes ont dû le ramener chez lui ! Il va sûrement rester longtemps alité – c'est bien fait pour lui ! »

C'est ce que l'on raconta, et c'est ce que tout le monde crut, même ceux qui avaient vu Herr et Frau Doll tituber devant leurs fenêtres. Leur triomphe était si grand qu'il leur fut d'autant plus douloureux d'apprendre, à peine une semaine plus tard, que le même Doll, qu'on avait roué de coups, avait été nommé maire de la ville par le commandant russe.

Dès cet instant toutefois, tout le monde ou presque changea de point de vue : on avait toujours pensé beaucoup de bien de Doll et on lui avait toujours souhaité le meilleur. Une fois qu'ils eurent tous répété cela une demi-douzaine de fois à leurs voisins et amis, ils le crurent eux-mêmes et auraient traité de menteur et de calomniateur quiconque leur aurait rappelé leurs propos.

Doll, quant à lui, n'avait pas accepté volontiers le poste de maire, et ne le prit que lorsqu'on lui en intima l'ordre. Il n'avait jamais été homme fait pour la vie publique, encore moins fonctionnaire, et, parce qu'une fois, exalté par la vodka, il avait prononcé un discours, cela ne signifiait pas pour autant qu'il avait envie de continuer à jouer les orateurs publics. En outre, comme précédemment rapporté, il se trouvait à cette époque dans une grave crise intérieure. Il était tourmenté par son manque de foi, ses doutes sur lui et sur le monde, un profond découragement paralysait ses forces, et une apathie abjecte venait troubler son intérêt pour chaque événement de ce monde. Par ailleurs, son instinct lui disait que cette fonction, où les heurs et malheurs de ses concitoyens lui étaient confiés, ne lui apporterait personnellement que du chagrin et des soucis, et un travail excessif. Sa femme lui dit : « Si tu deviens maire, je me jette dans le lac ! » Lorsqu'on le lui ordonna, certes elle ne le fit pas, elle resta auprès de lui et ne vécut plus que pour lui, essayant de rendre les heures qu'il passait chez eux les plus belles possible. Mais c'en était fini de la vie en commun.

Car Doll avait vu juste, sa fonction de maire ne lui apporta pas beaucoup de joie, mais une quantité infinie d'agacements et de soucis. Une somme presque insurmontable de travail le submergea, et même si son district n'était pas grand avec la petite ville et les trente communes rurales alentour, il devait pourtant travailler depuis le matin jusque tard dans la nuit – et même le maire de la plus grande ville du monde ne peut pas travailler plus. Il fallait reconstruire, régler, aménager et arbitrer un nombre infini de choses, et il n'y avait presque aucun moyen : tout avait été pillé et détruit par les nazis et la SS, et ce jusqu'à l'envie de travailler des habitants. Ils étaient si mauvais, si mesquins, tellement centrés sur eux-mêmes, il fallait les commander, les pousser, les sanctionner continuellement. Dans son dos, ils faisaient tout ce qui était possible pour nuire au bien commun et pour tirer les choses à leur profit. Oui, souvent même, ils causaient des dommages par simple plaisir pervers, sans même en tirer bénéfice.

Mais tout cela, Doll l'avait prévu à peu près, et quand ils étaient revêches et méchants, cela le stimulait plutôt, et il trouvait toujours appui auprès des officiers de l'Armée rouge. Eux voyaient loin et préparaient le long terme, eux ne pensaient pas seulement au présent. Mais ce que Doll n'avait pas prévu, c'était une nouvelle défaite de son estime personnelle, ce travail lui fit perdre un peu plus de la consistance de son être intérieur. C'était vraiment comme si, et plus cela durait, plus ce sentiment se renforçait, comme si même dans cette vie très active, Doll – et probablement comme lui beaucoup d'Allemands – devait encore être dépouillé des derniers lambeaux de son être intérieur. Ils allaient devoir rester vides et nus, et avec les mensonges qu'on leur avait serinés une vie durant comme les plus profondes vérités et les plus grandes sagesses, disparaîtrait aussi ce qu'ils possédaient encore d'amour et de haine, de souvenirs et d'estime d'eux-mêmes, de dignité. Dans ces moments-là, Doll se demandait souvent si le vide dans sa poitrine se remplirait un jour de nouveau.

Il sortait de douze années où il avait été brimé et poursuivi par les nazis, qui l'avaient interrogé, arrêté, avaient parfois interdit, parfois autorisé ses livres, avaient espionné sa vie de famille, en bref, lui avaient pris toute joie de vivre. Mais de toutes ces petites et grandes vexations, et de tout ce qu'il avait pu voir et entendre de méchancetés, d'ignominies, d'atrocités pendant ces douze années, de tout ce qu'il avait pu lire entre les lignes glorifiantes des informations et des éditoriaux, de tout cela était né un sentiment durable : une haine très profonde de ces destructeurs du peuple allemand, une haine qui était tellement ancrée en lui que pas seulement la couleur « brune », mais aussi le seul mot « brun » le répugnait. Autour de lui, il recouvrait, il repeignait tout ce qui était brun, c'était devenu une manie.

Il avait si souvent dit à sa femme : « Patience ! Notre tour viendra aussi ! Mais quand on y sera, *moi* je n'aurai rien oublié, je ne pardonnerai à personne, je ne pense même pas à être magnanime – qui donc est magnanime avec un serpent venimeux ?! »

Et il avait décrit comment il tirerait l'instituteur et sa femme de leur logement, comment il les interrogerait tous les deux, comment il les harcèlerait et enfin les punirait, ce couple qui n'avait pas eu honte de faire d'enfants de sept et huit ans les espions de leurs parents ! « Où est-ce que ton père a accroché la photo du Führer ? Qu'est-ce que ta mère dit à ton père quand vient le receveur du secours d'hiver ?

Il fait comment ton père le matin – il dit bonjour, ou bien il dit *Heil Hitler* ? Est-ce que parfois votre radio parle dans une langue que tu ne comprends pas ? »

Oh oui, cette haine qu'il avait contre ces éducateurs qui avaient montré à des enfants de sept ans des photos de cadavres horriblement mutilés, cette haine semblait durablement fondée.

Et maintenant, ce même Doll était devenu maire, et ainsi il avait pour obligation d'accomplir une part de cette vengeance si souvent évoquée, et dont les fantasmes avaient nourri sa haine. Il lui incombait – parmi d'autres tâches – de départager ces nazis entre complices inoffensifs et criminels actifs, de les dénicher jusque dans les repaires où ils s'étaient recroquevillés à la hâte, de les écarter des postes de planqués qu'ils s'étaient déjà attribués avec une grande habileté et une tout aussi grande impudence, de leur reprendre les biens qu'ils avaient escroqués, dérobés, extorqués, de les déposséder de leurs provisions de hamster, de réquisitionner une partie de leurs grands logements pour les apatrides – tout cela était devenu son devoir. Certes, les vrais « Führer », les principaux coupables avaient depuis longtemps fui à l'Ouest, mais les petits nationaux-socialistes étaient eux aussi dégoûtants. Ils assuraient tous – solennellement indignés ou bien avec des larmes dans les yeux – qu'ils n'avaient adhéré au parti que parce qu'ils y étaient obligés, ou tout au plus pour des raisons économiques. Ils étaient prêts, tous autant qu'ils étaient, à signer une déclaration sur l'honneur, oui, ils auraient même voulu jurer tout cela d'un serment sacré devant le monde et devant Dieu. Parmi ces deux cents ou trois cents nationaux-socialistes, il n'y en avait pas un seul qui était entré au parti par « conviction intime ». « Signez donc la déclaration sur l'honneur, disait alors Doll avec impatience. Certes, ça ne changera absolument rien, mais si cela vous fait plaisir ! Nous savons tous ici, dans ce bureau, qu'il n'y a jamais eu que trois vrais nationaux-socialistes dans le monde entier : Hitler, Göring et Goebbels ! C'est réglé, au suivant ! »

Plus tard, le maire, accompagné de quelques policiers (qui dans les tout premiers temps étaient eux aussi parfois de bien louches individus) ainsi que d'un greffier, visitait les maisons et les logements de ces nationaux-socialistes. Dans leurs armoires, il trouvait des montagnes de linge – dont certains étaient à peine utilisés, alors que, sous les combles, une mère évacuée de Berlin suite aux bombardements ne savait pas comment habiller ses enfants. Leurs hangars étaient remplis jusqu'au plafond de bois sec et de charbon, dont les portes étaient garnies de gros cadenas, et on n'en donnait même pas un tout petit peu à ceux qui n'avaient pas de quoi se faire chauffer une soupe. Dans les caves de ces hamsters bruns se trouvaient des sacs de céréales (« De la nourriture pour les poules ! »), des sacs de semoule (« Obtenue avec des tickets de rationnement pour mon cochon ! »), des sacs de farine (« Pas de la vraie farine, c'est juste de la poussière ramassée au moulin ! »). Dans leurs celliers on trouvait des étagères pleines de provisions, mais pour chaque denrée ils avaient un mensonge à disposition. Sur leurs visages était inscrite la peur de perdre leur précieuse vie, mais même maintenant cette peur ne les retenait pas de défendre ces provisions jusqu'à la dernière seconde : tout avait été obtenu par des voies légales ! Ils venaient encore à côté de la voiture qui leur enlevait leurs trésors de hamsters, ils n'osaient pas proférer de menace, mais sur leurs traits on pouvait lire une sainte indignation contre l'injustice qu'ils subissaient !

Lors de ces perquisitions, Doll affichait toujours une expression mauvaise et cassante, mais il se sentait pourtant seulement dégoûté et las. Lui qui avait toujours préféré vivre pour lui seul, lui qui avait défendu comme un sanctuaire, jusque dans le mariage, son droit à être seul, il devait maintenant presque chaque jour côtoyer des gens, leur parler, obtenir d'eux quelque chose par la force, voir des larmes, entendre des sanglots, des protestations, des objections, des suppliques : sa tête lui semblait souvent un insondable abîme rempli de bruits.

Parfois une pensée fugace le traversait : mais où est donc passée ma haine ? Les voilà donc ces nazis dont j'ai juré de me venger, dont je ne voulais jamais ni oublier ni pardonner les infamies. Et me voici devant eux, et je ne ressens rien que du dégoût, et je ne désire rien d'autre que d'être dans mon lit pour dormir, dormir, dormir et oublier tout cela – et enfin, ne plus rien voir de toutes ces dégueulasseries !

Mais dans ces journées et ces semaines surchargées de travail, il n'avait jamais de temps pour lui. Il ne pouvait jamais penser quelque chose jusqu'au bout, son cerveau était toujours occupé ailleurs. Parfois, il avait le sentiment nébuleux de se vider de lui-même, qu'un jour il ne serait plus qu'une carcasse vide, juste recouverte de peau. Mais il n'avait pas le temps d'y réfléchir, il n'arrivait pas à savoir si vraiment il ne haïssait plus les nazis, ou bien s'il était seulement trop fatigué pour ressentir encore quelque chose de vivant en lui. Il n'était plus un être humain, il n'était plus qu'un maire, une machine à travailler.

Dans une unique affaire, la haine sembla encore montrer quelques signes de vivacité en Doll. Depuis la nuit des temps, un Herr Zaches vivait dans la petite ville, comme avant lui ses parents et ses grands-parents, un vrai autochtone donc, tels qu'ils sont uniquement reconnus par la population originelle. Ce Zaches donc, jusqu'à la prise de pouvoir des nazis, avait un tout petit négoce qui vivotait misérablement, il faisait commerce de bière, fabriquait avec de l'eau de source, du gaz carbonique et des colorants, des limonades qui réjouissaient les enfants, il distribuait aussi du tabac en gros aux débits de boissons. Mais tout cela ne suffisait pas à nourrir Zaches et sa famille. Leurs deux rosses qui transportaient la bière devaient aussi tirer tout un tas d'autres charrettes, ils ramenaient des valises et des malles de la gare, prenaient du bois dans la forêt et labouraient et cultivaient les champs des petites gens. Et tout cela ne leur offrait qu'une existence de crève-la-faim ; à tout instant Zaches était menacé de ruine, un client faisant défaut le mettait en danger, et les jours de règlement de la brasserie étaient des jours de terreur et d'angoisse pour tous ceux qui appartenaient à la maison Zaches.

Avec la fameuse « prise de pouvoir », tout cela avait fondamentalement changé. Comme beaucoup d'entrepreneurs au bord de la catastrophe avant 1933, Zaches avait adhéré au parti, aveuglé par les grandes formules sur la rupture de l'asservissement aux intérêts, et sur le bien-être général qui en résulterait. Ce n'était évidemment pas la politique qui l'intéressait, mais bien plus sa réussite personnelle, et c'est ce qu'il trouva après 1933. Insensiblement d'abord, puis de façon de plus en plus insolente, il prit à la gorge ses concurrents qui n'avaient pas eu l'intelligence d'adhérer au parti suffisamment tôt. Il força les cafetiers à ne plus se servir que chez lui, et, à ceux qui étaient complaisants envers lui, il rendait aussi quelques menus services. Il aplanissait quelques petites difficultés politiques, procurait des avantages en intercédant auprès du maire et il usait sans vergogne de sa position dans tous les comités, conseils d'administration et autres aréopages, pour son propre profit. Si quelqu'un lui résistait, alors il rassemblait en secret des éléments contre lui, faisait espionner ses paroles et ses actes, menaçait ou bien resserrait son étreinte, selon ce qui lui semblait le plus avantageux.

Son activité s'épanouit. En plus de ses chevaux de trait, il attela désormais une voiture pour transporter les fûts et les caisses de bouteilles. Et le crève-la-faim Zaches, toujours poli, toujours serviable, était devenu monsieur le membre du parti national-socialiste Zaches, siégeant à des comités ici et là, un homme qui parlait avec vivacité, sachant qu'il avait derrière lui beaucoup d'argent, mais aussi un parti qui régnait sans partage sur le bonheur et le malheur, la vie et la mort de ses concitoyens. Avec tout cela, Zaches était devenu un homme gros et gras, et seuls la pâleur maladive de son visage et le regard perçant de ses yeux sombres qui ne regardaient jamais vraiment personne en face rappelaient encore ses années de misère passées. Lorsque la guerre éclata, que précisément dans son domaine les marchandises devinrent particulièrement rares et demandées, cela ne changea rien à ses revenus, au contraire, il gagna avec son peu de marchandise de mauvaise qualité encore plus qu'avec la bonne. En outre, le départ de nombreux hommes pour la guerre lui octroya encore toute une série de nouvelles fonctions, et, tout comme l'ensemble des nationaux-socialistes, il ne se sentit pas concerné par le rationnement alimentaire. À la campagne il allait chercher ce dont il avait besoin en lard, œufs, volailles, beurre et farine, et, ce qu'il ne pouvait pas manger, il le revendait à des prix exorbitants, certain qu'il ne pouvait rien arriver à un vieux membre du parti.

Cela se confirma – jusqu'à ce que l'Armée rouge entre dans le pays. Zaches fut un des tout premiers à être arrêté. Pour lui, la déclaration sur l'honneur selon laquelle il n'était entré au parti que pour des raisons économiques n'était certes pas mensongère, mais il était devenu, pendant toutes ces années, un tel parasite égoïste et si grand ennemi du peuple que les raisons économiques n'atténuaient rien du tout. Et pourtant il eut encore de la chance, plus que ce qu'il méritait. Il fallut bientôt lui octroyer une certaine liberté de mouvement car on avait besoin de lui à la laiterie de la ville. Zaches avait dans sa jeunesse appris les métiers du lait, et il avait travaillé aussi quelquefois à la laiterie dans les périodes difficiles, si bien qu'il était parfaitement en mesure de reprendre l'activité. Il fallait qu'on l'embauche là-bas, bon gré mal gré, cela ne plaisait à personne. À Doll encore moins. Mais l'alimentation des mères et des enfants nécessitait de façon impérieuse que les intérêts politiques cèdent d'abord le pas.

Cela dura ainsi un moment, jusqu'à ce que certaines rumeurs reviennent aux oreilles du maire et que ce dernier convoque dans son bureau l'ancien marchand de bière et actuel chef de la laiterie, Herr Zaches. « Écoutez-moi, Zaches ! » interpella-t-il l'homme pâle et encore gras qui n'osait le regarder dans les yeux, « les gens me racontent beaucoup de choses au sujet d'une grosse réserve de marchandises que vous garderiez secrète. Qu'en est-il ? »

Comme il fallait s'y attendre, Zaches assura qu'il n'avait plus aucune réserve secrète. Il admettait ouvertement qu'il avait enterré des caisses de vin et d'eau-de-vie à sept endroits de son jardin. Ces planques avaient toutes été découvertes, et maintenant il n'y avait plus rien de caché.

Alors que Zaches parlait ainsi en toute bonhomie, Doll l'observait attentivement et il dit : « Cette histoire des sept trous dans le jardin, tout le monde la connaît en ville. Et pourtant, la rumeur continue de courir, tenace, que ce que l'on a trouvé n'est qu'une bricole par rapport à la grosse cachette qu'on n'a pas encore découverte…

— Il n'y a plus de grosse cachette, monsieur le bourgmestre, certifia encore Zaches vigoureusement. Tout a été retrouvé. Je n'ai rien d'autre.

— Dites-moi ça encore une fois, Zaches, en me regardant dans les yeux !

— Quoi ? » Zaches fut troublé par cette demande si inhabituelle. « Je dois… quoi ?

— Vous devez me certifier encore une fois – bourgmestre ou maire, peu importe – qu'il n'y a plus de grosse cachette, tout en me regardant droit dans les yeux ! »

Mais Zaches n'y parvint pas. Déjà au troisième ou quatrième mot, son regard s'égara et, quand il fut rappelé à l'ordre, il ne put s'empêcher de fuir de nouveau. Zaches se troubla, bégaya et finalement se tut...

« Oui, dit lentement le maire après une pause plus longue, maintenant je sais que vous mentez. Cette rumeur dit vrai.

— Sûrement pas, monsieur le bourgmestre ! Sur la vie de ma mère...

— Ah, laissez donc ce genre de choses, Zaches ! dit Doll, dégoûté. Maintenant réfléchissez un peu, utilisez votre raison... Vous avez toujours été un nazi...

— Jamais un vrai, monsieur le bourgmestre ! C'est seulement parce que j'avais le couteau sur la gorge que je suis entré dans ce parti dégueulasse. Seulement parce que, sinon, j'aurais fait faillite, c'est vraiment vrai, monsieur le bourgmestre !

— Vous n'avez pas la moindre chance de retrouver la possession de vos biens, et encore moins de profiter des marchandises volées ! Cela dit, Zaches, la situation est la suivante, poursuivit Doll pour le convaincre. Les choses cachées que je retrouve en tant que maire, j'ai le droit de les garder pour les Allemands. Vous le savez aussi bien que moi, Zaches, il y a des centaines de gens dans cette ville à qui manque le strict nécessaire. Et puis il y a l'hôpital qu'on vient de reconstruire – il s'y trouve déjà quatre-vingts malades –, et un verre de vin ferait du bien à plus d'un, et quelques cigarettes remonteraient le moral de beaucoup ! Zaches, soyez quelqu'un de bien, pour une fois ne pensez pas qu'à vous, pensez à tous ceux qui vont mal, aidez-les ! Pensez simplement que vous faites un don généreux. Dites-moi où se trouve votre planque !

— J'aimerais tellement aider les gens », répondit l'homme grassouillet, et il avait des larmes dans les yeux tant il était ému. « Mais je n'ai plus rien, je n'ai vraiment plus rien, monsieur le bourgmestre ! Que je tombe mort foudroyé si j'ai encore quelque chose de caché…

— Pendant douze ans vous avez eu une vie bonne et riche, Zaches », continua Doll comme s'il n'avait pas entendu ce que l'autre lui certifiait avec ardeur, « et vous n'avez alors jamais pensé aux autres. Maintenant vous pouvez deviner – seulement depuis six semaines, Zaches, seulement depuis six semaines ! – à quel point il est difficile de se faire à un travail inhabituel, à quel point la faim peut faire souffrir. Pour une fois, pensez aux autres, qui doivent se priver de tout. Prouvez à la ville que c'est à tort qu'on vous a dénigré et calomnié, que vous aussi vous pouvez être quelqu'un de bien ! Indiquez-moi votre cachette ! »

Pendant un instant, Zaches sembla vaciller, mais il revint aussitôt avec ses protestations et ses horribles serments. Pendant une heure, le maire s'acharna sur l'ancien marchand de bière. Plus cela allait, plus il était convaincu que cet homme avait quelque chose à cacher, et peut-être même vraiment beaucoup, mais il était impossible de lui soutirer quoi que ce soit. Pourri et perverti, jusqu'à la moelle. Et cela n'aida en rien de lui décrire les malheurs qui tomberaient sur lui, si d'aventure on finissait par trouver quelque chose. Alors peu importait ce qu'il adviendrait de la laiterie, on le fourrerait dans un trou noir au pain et à l'eau, obligé de transporter de lourds sacs de céréales toute la journée. « Vous ne tiendrez pas longtemps, Zaches, tout bouffi d'alcool que vous êtes ! Et vous avez aussi sûrement du sucre ! Vous paierez probablement ce mensonge inutile de votre mort ! »

Tous les discours étaient vains, aucun n'aurait amené cet homme à révéler l'endroit de sa planque. Il était assis sur ses provisions comme un méchant petit hamster et préférait mourir que de les donner. Une heure de perdue, et, avec un haussement d'épaules, Doll fit reconduire l'homme à la laiterie. Mais pas un instant il ne douta que cette planque existât, et peut-être même avec des marchandises très précieuses ! Puis le maire ne pensa plus au marchand de bière – pris par des centaines d'autres affaires.

Ce n'est que quelques jours plus tard, grâce à son agent de police, que Doll apprit à quel point cette réserve de hamster était grande et richement dotée. « Allez donc voir rue See, monsieur le maire, et regardez tout ce que les Russes sont en train de sortir de la cave de Zaches !

— Tiens, tiens », répondit Doll, et il fit l'indifférent bien que son cœur souffrît déjà, accablé de peine et de colère. « On a donc fini par trouver sa planque ? J'ai toujours su qu'il y en avait une, depuis que je l'avais interrogé. J'aurais voulu aller moi-même fouiller un peu de ce côté-là, mais je n'en ai pas eu le temps…

— Vous n'auriez rien trouvé de toute façon, le consola le policier. Zaches a fait murer une cave à charbon, il y a déjà un an – ces nazis, on voit encore une fois à quel point ils étaient intimement convaincus de la victoire de leur "Führer" ! Non, personne n'aurait trouvé cette planque, elle a été donnée, évidemment.

— Et par qui ? demanda Doll.

— Par une ancienne bonne de Zaches. Elle s'imaginait sûrement que les Russes allaient lui donner quelque chose. Mais ils lui ont soufflé dans les bronches, ils savent à quoi s'en tenir avec ce genre de délateurs ! »

Lorsque Doll apprit, au fil de la journée, l'ampleur de la réserve de hamster de ce membre ordinaire du Parti national-socialiste des travailleurs allemands, la colère le reprit et il fit chercher Zaches à la laiterie toutes affaires cessantes.

« Eh bien, Zaches ! » dit-il alors au bonhomme, qui naturellement savait déjà tout, car de telles nouvelles font le tour d'une petite ville à toute vitesse. « Maintenant votre réserve est découverte, et combien y a-t-il de jours que vous vous teniez ici et que vous juriez sur la vie de votre mère que vous n'aviez plus rien de caché ?! Espèce de parjure ! »

Zaches ne répondit pas, il gardait la tête baissée, ses yeux erraient de-ci, de-là, jamais il ne regarda le maire en face. « Savez-vous aussi à quel point vous avez nui à la ville, nui à tous les Allemands ?! » Et le maire commença à énumérer : « Une caisse pleine de tabac, de cigares, de cigarettes. Deux caisses pleines de vin et d'eau-de-vie – ce sont des biens volés au peuple allemand, car vous aviez reçu tout cela pour le distribuer. Mais vous avez toujours menti et prétendu qu'aucune marchandise n'était arrivée, et vous avez tout gardé pour vous, d'après la bonne vieille expression de votre parti : le bien personnel avant le bien commun ! »

Encore plus pâle, encore plus livide, l'homme restait debout, laissant bouillonner la tempête de colère au-dessus de lui sans répondre un mot. « Mais ce n'est même pas tout », et Doll continua son énumération. « Une caisse pleine de linge – et je n'ai plus un seul drap, plus une serviette pour l'hôpital. Cinq gros transistors radio, trois machines à écrire, deux machines à coudre, une lampe à ultraviolets – et toute une charrette de vêtements et d'objets en tout genre. Pouah ! Quel dégoût, espèce de pervers, de traître à votre propre peuple, tout ce que vous avez volé ! »

Doll regardait l'homme, et sa colère montait, son immobilité impassible l'indignait de plus en plus. La fois d'avant, il n'était pas parvenu à susciter de vie chez lui, un quelconque signe de sentiment humain, et cette fois il n'en allait pas autrement !

« Est-ce que vous savez aussi, continua Doll en se reprenant, est-ce que vous imaginez à quel point vous avez nui au peu de respect qui existe encore peut-être quelque part pour les Allemands ?! Quand je vais quémander à la kommandantur parce que je n'ai toujours rien à donner à manger aux petits enfants, aux tuberculeux, aux grands malades, parce que je ne peux pas distribuer de lits à l'hôpital – savez-vous ce que l'on me répond : “Maire doit chercher lui-même. Allemands ont tout, juste caché. Allemands tous mentent et trompent. Cherche, maire !” Et vraiment, les Russes ont raison ! Et pourquoi croiraient-ils autre chose quand ils font une découverte comme chez toi, espèce d'ordure ?! Et maintenant, des centaines de gens vont continuer à se geler parce que tu n'auras pas ouvert la bouche suffisamment tôt, espèce d'ordure ! »

Et c'est alors que l'homme, amené et réprimandé ainsi, ouvrit pour la première et unique fois sa bouche, et la phrase qu'il prononça était une phrase authentiquement nationale-socialiste, tout droit sortie de l'idéologie de ses membres : « J'aurais bien dit à monsieur le maire où était ma cachette s'il m'avait garanti une partie, si petite fût-elle, des choses qui s'y trouvaient… »

Pendant un instant, le maire Doll se figea, abasourdi par cet égoïsme éhonté, atroce, qui supportait très bien la souffrance des autres tant que lui-même ne souffrait pas. Et il se rappela une discussion qu'il avait eue peu de temps auparavant avec un aide de camp de la kommandantur. Cet aide de camp avait raconté que les simples soldats de l'Armée rouge avaient imaginé que les Allemands vivaient de façon semblable à leur propre peuple : acculés par la guerre à la plus extrême misère, menacés par la famine… Ce n'est qu'ainsi qu'ils pouvaient s'expliquer le pillage complet de leur patrie par les Allemands. Mais alors, avec l'avancée de l'armée, ils étaient entrés vraiment en pays allemand, et ils avaient vu de leurs propres yeux : des villages paysans riches et très bien approvisionnés comme il n'y en avait plus du tout chez eux, des étables débordant de bétail bien nourri, une population saine et rassasiée. Et dans les solides maisons de pierre de ces paysans, ils n'avaient pas seulement trouvé d'énormes appareils de radio, des réfrigérateurs, toutes les commodités de la vie, non, au milieu de tout cela ils avaient encore trouvé de pauvres petites machines à coudre de Moscou, des châles colorés d'Ukraine, des icônes prises dans les églises russes, tous des biens dérobés, pillés : l'homme riche et possédant avait volé le pauvre, qui n'avait plus rien. Alors les soldats de l'Armée rouge avaient été pris d'une immense colère contre les Allemands, et de mépris pour ce peuple qui n'avait aucune honte, qui ne pouvait dompter sa rapacité, qui voulait tout rafler et tout posséder pour lui tout seul, sans égard pour ceux qui en succomberaient peut-être.

Un digne représentant de ce peuple se tenait devant le maire. Oui, ils étaient comme ça à la fin, ils se fichaient de savoir si les Russes ou les Allemands succomberaient. On ne décelait plus aucune trace de la *communauté du peuple* chez eux, qui figurait pourtant en bonne place dans les principes du parti. Ils cherchaient à tirer profit de tout, peu importe que ce profit fasse succomber des milliers de personnes. Celui-ci n'était qu'un parmi tant d'autres. Et Doll demanda à l'agent de police d'emmener cet individu, mais cette fois-ci au trou, au pain sec et à l'eau, on trouverait quelqu'un d'autre pour la laiterie. Il devrait porter des sacs toute la journée sous la plus stricte surveillance, en espérant que, ce faisant, ce traître à son propre peuple disparaîtrait bientôt !

C'est ainsi que l'ancien marchand de bière Zaches fut emmené ; Doll ne le revit plus jamais ; il ne sut pas non plus ce qu'il advint de lui. Car Doll tomba là-dessus très malade, d'une maladie dont cet événement avait *a minima* accéléré le déclenchement.

L'homme avait été emmené, et le maire resta seul dans son bureau. Il était assis à sa table de travail, la tête dans les mains. Il sentait que la colère en lui était complètement consumée, remplacée par une profonde et indicible détresse. La colère était plus facile à supporter que cette détresse n'offrant aucun espoir. Soudain il découvrit que, dans cette détresse, sa haine aussi avait disparu. Il se remémora tant bien que mal tout ce que les nazis lui avaient fait : persécution, emprisonnement, espionnage, menaces, interdictions sans fin. En vain, il ne ressentait plus aucune haine contre eux. Et il découvrit aussi qu'il ne les haïssait plus depuis longtemps déjà. Quand il avait mené les perquisitions chez les membres du parti, quand il avait alors paru sec et cassant, cela n'avait été que par sens du devoir. Avec un léger effroi, il reconnut qu'il n'aurait pas agi autrement dans les maisons de ceux qui n'étaient pas membres du parti. Tous, il les trouvait tous méprisables, tous autant qu'ils étaient. Il ne pouvait plus les haïr, ils n'étaient rien d'autre que de méchantes petites bestioles – c'est ainsi, exactement ainsi que les premiers soldats russes les avaient regardés, sa femme et lui, et maintenant lui-même les regardait ainsi : tous les Allemands.

Mais il appartenait à ces Allemands, il était un Allemand, un mot devenu une injure dans le monde entier. Il était l'un d'eux, rien n'aurait pu le distinguer des autres. C'était une vieille expression, mais elle n'était pas moins vraie : on est toujours de moitié avec les siens. Lui aussi avait mangé le pain des peuples pillés : maintenant cela se retournait contre lui ! Oh oui, tout était bien vrai, il ne pouvait plus les haïr, rien que parce qu'il était l'un d'eux. Seul lui restait un mépris sans force – et il ne se méprisait pas moins qu'eux tous.

Comment lui avaient-ils dit à la kommandantur ? Tous les Allemands mentent et trompent ? Une série de hasards avait voulu qu'il soit devenu maire de cette petite ville, et en tant que maire, justement, il éprouvait chaque jour la vérité de cette phrase sur le mensonge et la tromperie. Les souvenirs se précipitèrent en lui : il revoyait la mère de deux petits enfants venue à sa permanence. Son visage était couvert de larmes, les bombes lui avaient tout pris à Berlin et elle n'avait plus de lit, pas une casserole, rien pour habiller ses enfants : « Ayez pitié, monsieur le maire, vous ne pouvez pas me renvoyer comme ça ! Je ne peux pas retourner auprès des enfants comme ça ! »

Le maire n'avait rien lui non plus, mais il s'était mis en route. Il avait cherché là où les membres du parti avaient de tout en profusion, et il donna un peu de cette profusion à cette femme du peuple, pas énormément, mais suffisamment. Le lendemain, une autre femme en pleurs se tenait devant lui, la voisine de la femme tout juste approvisionnée, elle aussi mère de plusieurs enfants, elle aussi très pauvre, et celle qui avait été équipée, tout juste approvisionnée, avait dans la nuit volé les quelques loques pendues au fil de sa voisine ! Allemands contre Allemands, chacun pour soi, se battant toujours contre le monde entier et contre tous.

Le maire pensa aussi au charretier qui devait transporter

les affaires d'un vieillard paralytique jusqu'à l'hospice, mais lorsqu'il arriva, il manquait tout ce qui était encore utilisable, volé par le charretier lui-même ou par les passants dans la rue, comme il l'avait prétendu. Allemands contre Allemands !

Il pensa aussi à ce pitoyable médecin qui, pour assouvir une vengeance personnelle datant de temps anciens, avait déclaré valide une femme malade, oui, apte même à de très lourds travaux, ce même médecin qui avait toujours pour ses amis quantité de médicaments pourtant rares, et jamais pour ceux qui lui étaient indifférents ou ennemis. Qu'ils souffrent, oui, qu'ils souffrent tant et plus ! Allemands contre Allemands !

Il se rappela aussi qu'ils se volaient mutuellement les chevaux dans les écuries, et les volailles, et les lapins péniblement engraissés, qu'ils entraient par effraction dans les jardins des autres, arrachaient les légumes de la terre et les fruits encore verts des arbres, que ce faisant ils brisaient les branches pleines de fruits, ce qui ne profitait à personne et nuisait à beaucoup. C'était comme si une horde de fous avaient été relâchés et agissaient désormais sans complexe, suivant leurs folles impulsions. Il connaissait aussi leurs dénonciations, souvent d'absurdes accusations dont les mensonges ne résistaient pas au plus petit contrôle, inventés par pure méchanceté, seulement pour angoisser un peu le voisin et lui faire une frayeur ! Allemands contre Allemands !

Doll était assis à son bureau de maire, la tête dans les mains, maintenant il était vraiment vide. Cela avait été une illusion de croire que le monde souhaitait ardemment aider les Allemands à se relever de la boue, cet immense trou de bombe dans lequel la guerre les avait tous jetés. Et cela avait été une autre illusion de croire que lui, le maire Doll, dût être considéré autrement que tous ses compatriotes : comme eux tous, il n'était rien d'autre qu'une méchante petite bestiole. On ne lui donnait pas la main, on regardait à travers lui comme s'il était un mur.

Et ils avaient raison de haïr et de mépriser le peuple allemand, tous autant qu'ils étaient. Doll lui aussi avait haï, en privé, le vieux vétérinaire Willem-Goret, et quelques autres aussi, ainsi que tous les nazis d'une haine générale, et chacun d'entre eux. Mais sa haine, la petite et la grande, l'avait quitté parce qu'il était tout aussi haïssable que ceux qu'il haïssait.

Il ne restait rien, Doll était vide – et une profonde apathie l'envahit. Cette apathie qui l'avait déjà menacé durant les derniers mois, qui n'avait été que par moments masquée par son activité intense et forcée de maire, elle se déclarait maintenant. Il regarda sur son bureau, des douzaines de choses devaient être réglées de toute urgence – mais quel sens pouvait encore avoir tout cela ? Condamné à disparaître, lui avec tous les autres ! Tout effort était vain !

Sa secrétaire ouvrit la porte : « Quelqu'un de la kommandantur est là – vous êtes attendu tout de suite auprès du commandant, monsieur le maire !

— Oui, c'est bon, répondit-il. J'y vais tout de suite... »

Mais il n'y alla pas tout de suite, il resta encore un long moment assis ; la secrétaire dut lui rappeler encore plusieurs fois l'appel du commandant. Non pas qu'il ait pensé à quelque chose de particulier, qu'il ait pris la décision dans son apathie que cela n'avait pas non plus de sens de faire ce chemin, car à vrai dire aucun chemin n'avait de sens, puisque, pour les Allemands, tous les chemins débouchaient sur rien…

Non, il était assis là, sans pensée distincte. Aurait-il voulu décrire l'état de son for intérieur, il aurait peut-être dit qu'il n'y avait que du brouillard en lui, un brouillard gris, opaque, que rien ne pénétrait, aucun regard, aucun bruit. Et rien d'autre…

Finalement – après un rappel très insistant de sa secrétaire – il se leva et se rendit à la kommandantur, tout simplement parce qu'il y était déjà allé des centaines de fois. Ce n'était ni meilleur ni pire que tout ce qu'il pouvait faire désormais. Cela ne dépendait plus de rien – pas non plus de Herr Dr Doll. Il était blessé au cœur même de sa vie, il n'avait plus aucun instinct de conservation.

Peu de temps après, le maire Doll tomba très malade ; il ne fut plus maire. Sa femme, malade elle aussi, entra en même temps que lui à l'hôpital du canton…

5

L'arrivée à Berlin

Le 1er septembre de cet an de disgrâce 1945, Herr et Frau Doll se rendirent à Berlin. Ils avaient passé presque deux mois à l'hôpital du canton, et ils étaient encore maintenant bien loin d'être guéris. Toutefois, l'inquiétude de perdre complètement leur logement berlinois, en retardant trop leur retour, les avait poussés à partir.

Le train, pourtant prévu à midi, n'était sorti de la gare qu'à la tombée de la nuit ; avec ses vitres cassées et ses compartiments sales, il était complètement bondé. Tous ceux qui s'étaient rués pour monter dans les wagons plongés dans la pénombre étaient de méchante humeur, grondaient au moindre mot de travers et considéraient leurs concurrents, prétendant comme eux à une place assise, comme des ennemis personnels.

Les Doll avaient vraiment obtenu deux places assises, où ils se retrouvèrent aussitôt cernés par des personnes assises et d'autres debout. On poussa des caisses contre leurs jambes, des sacs à dos griffaient leur visage. Il faisait si noir que l'on ne pouvait absolument rien voir, mais la haine de chacun contre tous semblait toutefois se manifester par la puanteur qui, malgré les vitres brisées, ne voulait pas quitter le wagon. C'était une odeur vraiment infernale, et cette puanteur grossit encore chaque fois qu'au cours du trajet de nouveaux voyageurs montèrent, remplissant le wagon au-delà de tout ce qui était supportable et insultant quiconque avait déjà une place.

Les nouveaux passagers étaient pour la plupart des cueilleurs de champignons qui posaient simplement leurs paniers sur les genoux des voyageurs assis, marmonnant d'un air maussade qu'ils les reprendraient plus tard. Mais comme tout débordait déjà avant leur arrivée, les paniers restaient là où ils étaient : Frau Doll en avait quatre sur les genoux, Doll trois.

Mais ils ne protestèrent pas, ils ne répondirent absolument pas à leurs compagnons de voyage et ne se mêlèrent de rien : ils étaient encore bien trop las et malades pour s'engager dans de telles querelles. L'idée de pouvoir conserver ne serait-ce que l'appartement avait saisi particulièrement Doll, elle lui semblait être la dernière possibilité de recommencer une nouvelle vie.

Doll savait certes que cette idée d'appartement n'était qu'une paille, mais il voulait au moins permettre au destin de pouvoir le conserver – comme il lui arrivait de dire d'un air moqueur à sa femme qui, complètement découragée par de constantes crises de bile, avait elle aussi sombré sous l'influence de son humeur dépressive. « Nous devrons probablement tous mourir sous peu, mais c'est bien plus discret et plus commode dans une grande ville. Pense donc au gaz ! »

Si les autres avaient pris trop de bagages, les Doll n'en avaient peut-être pas tout à fait assez. Ils n'emportaient qu'une petite mallette qui contenait un peu de pain, une conserve de viande et un petit cornet de café en grains, ainsi que deux livres et à peine quelques accessoires de toilette. Doll avait sur les épaules un léger costume d'été, Frau Doll avait pu au moins encore emprunter un clair manteau d'été à une amie. Dans la poche, Doll avait tout juste trois cents marks qu'une connaissance lui avait prêtés ; la seule possession de valeur qu'ils détenaient était le solitaire de la jeune femme, monté sur une bague.

Dans chaque gare, le train s'arrêtait interminablement, et quand il roulait, ce n'était que lentement. Les Doll regardaient d'un air triste les traits et les points de feu que la cheminée de la locomotive, alimentée au lignite, projetait dans la nuit – ils avaient vu pendant la guerre un peu trop de feux d'artifice pour avoir encore goût à ce spectacle. Chaque souvenir était douloureux. Mais à la lueur de ces vermisseaux de braise qui dansaient, ils découvrirent des silhouettes sur les trépieds, penchées en avant pour tourner le dos au panache chargé d'étincelles. Le chargement de leurs sacs à dos devait être bien précieux pour justifier de brûler et de roussir de précieux vêtements, et de rester suspendus d'une seule main à la froide barre en laiton, risquant à chaque instant de tomber.

Dans la plupart des sacs, toutefois, il n'y avait rien d'autre que des pommes de terre, ou un sachet de farine, ou bien quelques livres de petits pois : de quoi se nourrir pendant une semaine dans le meilleur des cas. Pourtant ils restaient suspendus dans les étincelles et dans le froid, et ils laissaient roussir leurs vêtements avec une résignation presque stupide. Ce n'étaient que des petites gens qui voyageaient ainsi ; une femme et beaucoup d'enfants attendaient ce qu'ils allaient rapporter. Les trafiquants, ceux qui se procuraient contre marchandises des choses plus précieuses : du beurre, du lard, des œufs, qui allaient chercher des pommes de terre et de la farine par sacs entiers, ceux-là ne voyageaient pas au péril de leur vie, ils recrutaient des chauffeurs de camion contre une participation, ils n'étaient pas attendus par des enfants criant famine, eux…

Mais qui était trafiquant et qui ne l'était pas ? Lorsque les Doll, dans la plus complète obscurité, mangèrent leur pain et leur viande, quelques-uns le sentirent malgré toute la puanteur, et commencèrent à faire des remarques acerbes sur ceux qui pouvaient encore manger de la viande aujourd'hui. Ce n'était certainement pas légal, et il faudrait aller y regarder de plus près, à la lumière !

Les Doll ne répliquèrent rien, ils mangèrent rapidement ce qu'ils avaient dans la main, mirent le reste dans leur petite mallette et se serrèrent encore un peu plus ; Frau Doll passa le manteau prêté autour de leurs épaules, il faisait de plus en plus froid. Ils se blottirent l'un contre l'autre. Doll roula une cigarette avec les restes de son tabac, et aussitôt une voix perçante s'écria : « C'est déjà la troisième qu'il fume ! C'est toujours comme ça, je vous dis : y en a qu'ont tout, et les autres qu'auront jamais rien, tout arrive mais rien ne change ! »

La discussion continua avec des généralités sur les trafiquants et les pontes qui n'en finiraient jamais de régner, et on oublia les Doll. Ils parlèrent à mi-voix de leur appartement berlinois ; maintenant qu'ils se rapprochaient de leur but, qu'ils avaient même de nouveau un but, il leur pesait de ne pas avoir eu de nouvelles de leur appartement depuis le mois de mars. Il y avait eu entre-temps de terribles combats dans la ville, la rumeur disait même qu'il y avait eu beaucoup de nouvelles destructions – peut-être leur appartement n'existait-il plus ?

« Ce serait la meilleure ! Tout ce voyage, ce froid, et il n'y aurait plus d'appartement ! Ça me ferait bien rire !

— Je le sais au fond de moi, tout est encore exactement dans l'état où nous l'avons laissé. Nous pourrons sans trop d'efforts rénover la chambre de Petta, elle n'est pas si abîmée !

— Ma chère consolatrice !

— Qu'est-ce que tu crois, j'ai quelques bons amis à Berlin ! Quand mon premier mari vivait encore, nous avons aidé tant de gens – maintenant ils pourront bien, pour une fois, faire quelque chose pour nous ! J'ai surtout beaucoup d'espoir en Ben. Ben a eu une mère anglaise, il va très sûrement faire carrière maintenant. Ernst » – c'était le premier mari de la jeune femme – « l'a sorti du camp de concentration, ça, il ne l'oubliera jamais !

— Nous l'espérons, Alma ! Nous allons espérer le meilleur, mais ne rien considérer comme sûr. La seule chose qui soit sûre, c'est que nous nous avons, tous les deux, et que nous serons toujours ensemble ! Que rien ne pourra nous séparer. Rien du tout !

— C'est bien vrai ! » approuva-t-elle. Elle se pelotonna encore un peu plus dans ses bras en frissonnant. « Il fait froid ! murmura-t-elle.

— Oui, il fait froid ! » confirma-t-il, et il la serra un peu plus contre lui.

Berlin ! Berlin, encore une fois Berlin ! Cette ville aimée, dans laquelle ils avaient tous les deux grandi – lui certes trente ans plus tôt qu'elle –, cette cité éclairée de mille lumières, frénétique, infatigable ! Enchevêtrée en apparence dans un tourbillon infini de plaisirs et de divertissements – mais cela seulement si on ne pensait pas aux vastes et sombres faubourgs ouvriers : Berlin, la ville du travail ! Encore une fois, ils y retournaient pour reconstruire leur vie ; s'il y avait un endroit au monde où ils avaient une chance, c'était dans ce Berlin détruit, incendié, exsangue !

Il était deux heures et demie lorsque les Doll sortirent du train à la station Gesundbrunnen, le couvre-feu courait jusqu'à six heures. Un vent glacial soufflait dans la gare, pas une seule vitre ne semblait intacte. Il n'y avait aucune protection contre ce froid, contre ce vent ! Ils essayèrent ici et là, ils gelaient partout jusqu'à la moelle. Même la petite cahute d'information qui tenait encore miraculeusement sur le quai n'était pas plus chaude. Le vent se ruait à l'intérieur par les vitres cassées, les gens étaient assis en grosses grappes sur le sol, attendant le matin, désespérés ou engourdis.

Frau Doll se fraya un passage parmi eux pour trouver

un peu d'abri contre le vent. À peine se fut-elle assise sur la tranche de sa mallette qu'on l'en chassa : cette place devait rester libre pour garder le passage ! Et elle, qui avait toujours eu de la repartie, elle si joyeuse, si combative, elle s'assit sans un mot à la marge du bloc humain. Elle se recroquevilla dans son petit manteau, y chercha une protection contre le vent qui pourtant la touchait de plein fouet.

Doll fouilla dans ses poches pour récupérer les dernières miettes de tabac, il se roula une cigarette tordue avec ses mains tremblant de froid et marcha de long en large. Un instant il resta dans les décombres de l'ancien bâtiment de la gare, et il observa la ville sombre, ténébreuse sur laquelle une demi-lune jetait une faible lueur, il eut l'impression de ne reconnaître que des ruines.

« Ne sortez pas ! l'avertit une voix venant de la pénombre. C'est encore couvre-feu. Les patrouilles tirent parfois sans sommation.

— Mais je ne sors pas ! » répondit Doll, et il envoya le mégot de sa toute dernière cigarette dans les décombres.

Et en lui-même : ça commence bien ! On s'imagine toujours tout à l'envers, ce qu'on prévoit de difficile est souvent simple, et ce à quoi on ne pensait même pas s'avère être le plus ardu. Ces deux heures glaciales, ici dans cette gare complètement détruite, plus rien à fumer – et Alma est malade ! Son visage était tellement jaune…

Il fit demi-tour et retourna auprès d'elle.

« Je ne vais pas supporter ça plus longtemps, dit-elle. Il doit bien y avoir un poste de secours ou bien un médecin quelque part qui pourra m'aider. Viens, allons demander. Je suis gelée, et j'ai tellement mal !

— Mais nous n'avons pas le droit de sortir dans la ville. C'est couvre-feu ! Il paraît que les patrouilles tirent parfois sans sommation.

— Qu'ils tirent ! répliqua-t-elle, désespérée. S'ils tirent sur l'un de nous deux, au moins nous amèneront-ils au chaud, auprès d'un médecin qui pourra nous aider.

— Viens, Alma, répondit-il doucement. Nous allons voir si nous pouvons trouver un poste de secours ou un médecin. Tu as tout à fait raison : tout sera mieux que de rester ici dans le vent glacial et de mourir de froid. »

Ils sortirent de la gare, au milieu des ruines. Le faible clair de lune troublait plus qu'il n'éclairait le chemin. Doll, avec sa mauvaise vue, ne voyait presque rien. « Viens ! dit-elle, et elle passa devant. Là, on dirait une rue qui commence ! D'après les panneaux, c'est celle où il y a – peut-être – un poste de secours. »

Il la suivit d'un pas incertain. Soudain, il trébucha sur un obstacle et tomba la tête la première dans un trou sombre.

« Oh ! s'écria la jeune femme. Tu t'es fait très mal ?

— Mais a-t-on déchà vu za ? » s'écria, indignée, une authentique voix berlinoise, depuis la plus profonde obscurité. « La bonne femme laisse zon bonhomme se gasser la vigure et elle tombe mème pas avec lui ! C'est abchect !

— En quoi cela m'aurait-il aidé », demanda Doll, qui ne put s'empêcher de rire malgré la douleur, « que ma femme soit tombée avec moi ?! Où sommes-nous, d'ailleurs ?

— Station de métro Gesundbrunnen, répondit une

autre voix. Mais le premier ne roule qu'à six heures et demie.

— Merci bien ! » répondit-il, et ils continuèrent leur chemin, cette fois bras dessus bras dessous. « C'était un authentique accueil berlinois, un peu douloureux certes, mais authentique. Comme un explorateur, j'ai baisé le sol de cette ville et ainsi je l'ai prise en ma possession, et ce que Berlin a répondu n'était pas si mal.

— Tu t'es blessé ?

— Rien du tout – je me suis un peu écorché la peau des mains et cogné les jambes. »

Ils s'enfoncèrent dans la sombre mer de ruines, le clair de lune ne parvenait pas à atteindre le sol dans les boyaux des rues. Ils allaient lentement, ils avançaient en tâtonnant. La rue était vide, il régnait un silence de mort, leurs pas résonnaient.

« Ici nous entendrons la moindre patrouille arriver d'aussi loin qu'il est possible, affirma Doll. Nous aurons tout le temps de nous cacher.

— Attends, répondit-elle. Il semblerait que le poste de secours soit là. Craque une allumette. »

En effet, c'était le poste de secours, mais il n'y avait pas de lumière, ni la sonnette ni les coups à la porte ne purent animer cet obscur rez-de-chaussée.

« La sonnette ne marche probablement pas, dit Doll finalement. Et maintenant ? On retourne à la gare ?

— Non, non, surtout pas ! Nous pourrons peut-être trouver un médecin ou un poste de police. Oui, le mieux ce serait un poste de police. Ils nous autoriseront sûrement à nous asseoir à l'intérieur pour nous réchauffer. »

Ils continuèrent donc à errer dans la ville silencieuse comme la mort, aucune lumière ne brillait, pas même à une fenêtre, et finalement ils trouvèrent le poste de police. Après un certain nombre de coups de sonnette, un fonctionnaire de police sortit.

« Gu'ess fous foulez ? demanda-t-il rudement.

— Nous sommes arrivés depuis un petit moment de la région, par le train, et ma femme est malade. Le poste de secours est fermé. Est-ce que vous nous autorisez à entrer dans votre poste de garde pour nous asseoir et nous réchauffer un peu ?

— Je peux pas vous l'autoriser, c'est interdit », répondit le policier.

Ils se mirent à demander, à quémander. Cela ne nuirait à personne, ils resteraient très tranquillement assis !

Mais le fonctionnaire de police resta intraitable : « Ce qui est interdit, je peux pas l'autoriser ! Et d'ailleurs, qu'est-ce que vous faites à cette heure-ci dans la rue ? C'est couvre-feu !

— Alors arrêtez-nous un petit peu pour cela, monsieur l'agent ! demanda la jeune femme. Dans ce cas, il ne sera plus interdit de rester à l'intérieur ! »

Mais cette proposition non plus ne parlait pas au policier. Il ferma tout d'un coup la porte et tous deux se retrouvèrent de nouveau seuls dans la rue sombre.

Ils se regardèrent, perplexes et blêmes. Soudain, ils s'aperçurent que l'aube pointait, le jour approchait. « Il sera bientôt six heures. Continuons à marcher. Un tramway passera sans doute bientôt. »

Plus tard, ils s'assirent dans un omnibus qui conduisait les ouvriers à l'usine, pour le service du matin. L'omnibus n'allait pas vraiment à côté de chez eux, il les amenait toutefois à une station de trains de banlieue, dont une première rame partait sous peu. Mais nouvel obstacle : la fonctionnaire au guichet ne s'était pas réveillée, et le poinçonneur refusait de laisser passer quiconque sans billet, c'était contre le règlement !

« Et si le guichet n'ouvre que dans une heure ?

— Eh bien, personne ne passera pendant cette heure ! Les consignes sont les consignes !

— Mais nous devons aller sur notre lieu de travail ! protestaient beaucoup de gens.

— Gu'ess za peut m'faire ?! Ch'ai mes gonsignes !

— C'est ce que nous allons voir ! s'écria quelqu'un qui connaissait les lieux. Venez avec moi ! »

Ils passèrent par une entrée latérale, franchirent une barrière puis, dans la pénombre, ils traversèrent les voies, les rails électrifiés, puis enjambèrent encore un mur. Les Doll étaient les plus lents, elle avait soudain des douleurs à la jambe, et lui avait encore mal à tous les membres à cause de sa chute. Hors d'haleine, ils parvinrent sur le quai juste à temps pour voir les lumières rouges du dernier wagon s'éloigner.

Et à nouveau, attendre, geler, prendre le train, tomber de fatigue, changer de ligne et attendre à nouveau – et ils avaient tellement envie de se retrouver chez eux maintenant ! Comme ils rêvaient de leur canapé ! Rester allongés tranquillement, et se réchauffer, et dormir ! Ne plus rien savoir ! S'éteindre !

Finalement ils arrivèrent ; ils descendirent. « Dans cinq minutes nous serons à la maison ! dit-il pour l'encourager.

— À la vitesse à laquelle nous nous traînons, ce sera plutôt vingt minutes, répondit-elle. Mais j'aimerais bien savoir ce qu'il se passe avec ma jambe. Il n'y avait qu'une toute petite griffure… Oh mon Dieu, le pont aussi a disparu, en mars il était encore là ! »

Et tandis qu'ils se traînaient toujours plus péniblement sur ce chemin interminable, car la destruction du pont les obligeait à faire un grand détour, ils ne virent soudain plus que les destructions, les anciennes, celles qu'ils connaissaient déjà, et les nouvelles, celles qui étaient survenues depuis leur départ de Berlin. Ils se turent tout à fait, ils ne dirent plus un mot, il y en avait beaucoup, beaucoup d'autres. Doll pensa : qu'est-ce que je fais d'elle si l'appartement n'est plus là ? Elle est malade et complètement découragée.

Puis ils tournèrent au coin de la rue en guettant. Cette fois, ce fut lui le plus rapide. « Je vois les jardinières sur notre balcon ! Les croisées de fenêtre ont même été remises ! Alma, notre appartement est encore debout ! »

Ils se regardèrent avec un sourire las.

Ils n'avaient pas de clé, ils devaient d'abord aller chez le portier. Mauvaises nouvelles, très mauvaises nouvelles ! Le petit portier avait disparu depuis le mois d'avril, peut-être tombé pendant les combats, peut-être fait prisonnier, sa femme ne savait pas. Rien du tout.

« Parti, fous foulez dire, enfui ? Naan, mon mari y est pas gomme ça, gui laisse femme et enfants, mon mari a chamais été gomme ça, Herr Doll ! Et pourguoi aussi ? Il a chamais fait de mal à personne ! Les clés de l'appartement ? Naan, che les ai pus. Y a guegu'un gu'est venu du service lochement et gu'a emménaché, ça fait gue guegues chours, une danseuse ou chanteuse ou gueguechose du théâtre, ch'en sais rien. Avec mère et enfant, oui oui, avec enfant aussi ! Elle a fait un peu réparer la chambre de d'vant, oui. Et derrière y a touchours la vieille gu'habite, la Schulz, celle gue vous laissiez déchà dormir là de temps en temps, quand fous alliez à la gampagne, pour gue guelqu'un surveille fos affaires. Bah, gomment elle a surveillé fos affaires, fous verrez bien par vous-même, Frau Doll, che vais me mordre la langue. Guoi gu'il en soit, fotre grosse marmite est partie, mais z'est le Volkssturm gui l'a prise. Et si fotre aspirateur est parti aussi, et fos livres, et tous fos seaux, et si y a plus augune provision dans le zellier, de tout ça che ne sais rien de rien du tout, Frau Doll, il fous faudra voir avec la Schulz, si fous arrivez à la voir, che veux dire. Elle dit gu'elle habite ici, mais est-ce gue che sais moi, où elle habite ! Souvent che la vois pas de toute la zemaine, et elle a encore chamais payé de loyer ! »

Lentement, oh, très lentement, les Doll grimpèrent les quatre étages montant à leur appartement. Ils n'avaient rien répondu à toutes ces horribles nouvelles dont ils avaient été littéralement submergés, ils n'avaient pas même échangé un mot. Leurs visages étaient seulement devenus un peu plus pâles encore qu'ils ne l'étaient déjà par la maladie, et la nuit de voyage sans sommeil, et la longue attente dans le froid...

Longtemps, oh ils durent appuyer bien longtemps sur la sonnette avant que quelque chose ne bouge dans l'appartement – leur propre appartement ! Il leur en coûta beaucoup de patience jusqu'à ce qu'une jeune femme brune, habillée sommairement, les fît entrer. (Mais on n'était que le matin, autour de huit heures.)

« Votre appartement ? Ceci ici est *mon* appartement, attribué en bonne et due forme par le service logement. — Il n'y a rien à y faire, ma bonne dame. Les trois pièces de devant m'appartiennent, j'y ai mis quelques milliers de marks pour pouvoir y vivre à peu près convenablement. — Les deux autres pièces sont complètement brûlées, vous le saurez mieux que moi, ma bonne dame, si c'est bien votre appartement ! La grande chambre qui donne à l'arrière – c'est là qu'habite Frau Schulz, mais elle n'est pas là pour le moment, et je ne sais pas si elle viendra aujourd'hui. Quoi qu'il en soit, elle a tout fermé à clé. — Oui, je suis désolée, ma bonne dame, il fait très froid ici, et je suis en chemise, je vais retourner au lit. — Dites tout cela directement au service logement, ma bonne dame, c'est le mieux. Bonne journée ! »

Sur ce, elle claqua la porte et les Doll se retrouvèrent seuls dans le vestibule. Il prit sa femme par le bras et la conduisit lentement – elle s'appuyait de tout son poids sur lui – à l'intérieur de l'appartement. Mais tout était verrouillé, ils ne purent entrer dans aucune pièce. Il la mena dans la cuisine et l'installa entre la gazinière et la table, sur la seule et unique chaise (n'y en avait-il pas trois avant ?).

Sa jeune femme était assise, mais elle n'avait plus l'air jeune en cet instant, avec son regard fixe qui pourtant ne voyait rien, avec son visage maladif et jaunâtre. Doll prit ses deux mains dans les siennes, les caressa et dit : « Oui, ça commence mal, mon Alma ! Mais nous n'allons pas nous laisser abattre par cela, nous allons nous en sortir d'une façon ou d'une autre. Nous ne sommes pas du tout du genre à nous laisser abattre ! »

À ces paroles d'encouragement, Frau Doll tenta de répondre par un sourire, le sourire le plus las, le plus misérable, le plus bouleversant qu'il ait jamais vu aux lèvres de sa femme. Elle releva la tête et regarda autour d'elle dans la cuisine, longuement, très longuement ; elle considéra chaque objet, puis elle se plaignit : « Ma cuisine ! Regarde autour de toi et dis-moi s'il n'y a pas un seul élément de cette cuisine qui ne nous appartienne pas ! Et cette ménagère qui m'expédie dans le couloir, et qui ne m'offre même pas une chaise sous mon propre toit ! » C'était comme si Frau Alma allait pleurer, mais ses yeux restaient secs. « Et – tu n'as pas remarqué ? – par sa porte entrebâillée, j'ai vu notre table de radio au milieu de son salon, et le gros fauteuil jaune dans lequel tu aimes tellement t'asseoir ! Mais attends donc, je vais tout de suite aller au service logement ! »

Mais elle ne bougea pas, elle resta assise, elle se remit à regarder fixement devant elle. Elle avait toujours été une femme choyée, rayonnante. Et elle était maintenant assise là, dans ce petit manteau premier prix qui ne lui allait pas et n'était même pas à elle, ses bas étaient filés à cause des paniers de champignons, sur son visage et sur ses mains on distinguait encore les traces du long et crasseux voyage en train...

Tout est perdu – liquidé – comme nous tous ! pensa Doll tristement, et il continuait à malaxer machinalement ses mains. Mais il se reprit et pensa que c'était maintenant à lui de faire quelque chose, ils ne pouvaient tout de même pas rester assis comme ça dans la cuisine. Un peu plus tard, il la mena quelques étages plus bas chez la concierge attentionnée, et si là aussi ils se retrouvèrent dans la cuisine, celle-ci au moins était chaude. Dans une petite poêle, ils firent torréfier le reste des grains de café des Doll. On coupa le pain, on sortit le reste de viande de la conserve et on la mit comme il faut dans une petite coupelle. La situation était déjà un peu moins désespérée au regard de ce petit-déjeuner.

Mais la jeune femme ne semblait pas en ressentir les effets. Maintenant, sur-le-champ, Doll devait aller rendre visite à son ami Ben, l'Anglo-Allemand, et lorsque Doll objecta qu'il préférerait faire le chemin après le petit-déjeuner, elle devint très impatiente : elle savait très bien que Ben était un lève-tôt et qu'il allait toujours de bonne heure au bureau. S'il ne se mettait pas tout de suite en route, il ne trouverait plus Ben, ils ne parviendraient pas à le joindre de toute la journée, et il fallait pourtant qu'elle lui parle aussitôt !

Doll avait bien des choses à opposer à cela, mais la jeune

femme semblait si agitée, si fébrile et désespérée, et il était tellement épuisé, réticent à la moindre dispute qu'il se mit effectivement en route pour aller chez Ben. « Je t'attends d'ici une petite demi-heure ! » s'écria la jeune femme, tout à coup animée. « Et dis simplement à Ben de venir avec toi. Je vous attends pour le petit-déjeuner ! »

Il était impossible de faire le trajet en une petite demi-heure, car le tramway qui passait autrefois ici n'avait pas encore été remis en service. Doll dut faire tout le chemin à pied. À pied, non – en se traînant !

Au moins l'immeuble était encore debout, mais il manquait le nom sur la porte, et personne ne répondit à son coup de sonnette. Le portier lui apprit finalement que le monsieur avait déménagé il y avait seulement quelques jours de cela. (Cela ne fait que quelques jours qu'on a emménagé dans notre appartement, et qu'ici Ben a déménagé : c'est un début prometteur à Berlin, je dois bien l'admettre !) Où était allé le déménagement, le portier ne voulait pas le savoir. Je ne peux pas revenir ainsi auprès d'Alma ! pensa Doll, et, après quelques efforts, il découvrit effectivement un vieux monsieur dans l'immeuble qui connaissait l'adresse, quelque part au bord de la ville, dans le nouveau quartier Ouest, une marche de quelques heures. Inimaginable de s'y rendre maintenant. Retourner auprès d'Alma et du petit-déjeuner !

Elle l'avait vraiment attendu, elle avait même réussi à trouver quelques cigarettes, certes au prix de cinq marks pièce, ce que Doll trouva fantasque alors que les Russes l'avaient jusqu'ici généreusement fourni en tabac. Alma prit la nouvelle du déménagement de Ben avec sang-froid. « Nous irons chez lui après le petit-déjeuner, même si c'est de plus en plus difficile avec ma jambe. Crois-moi, je suis sûre de mon intuition : Ben nous aidera à nous sortir de tous nos problèmes ! Tu vas voir, continua sa femme, de plus en plus animée, il a déjà réussi à percer. La preuve, il s'est installé à l'Ouest, dans ce quartier inabordable. Il habite sûrement une villa. Et il sera heureux de pouvoir nous aider ! »

C'est ainsi que, revigorés par le petit-déjeuner et par une toilette soigneuse, ils firent leurs adieux à la femme du portier, amicale mais toujours oppressée. « Je reviendrai dans les prochains jours, promit Frau Doll, et je vais aller au service logement pour régler cette histoire avec l'insolente installée là-haut. Ne même pas me proposer une chaise, sous mon propre toit – elle dégage ! »

Et avec quoi lui rembourserons-nous les « quelques milliers de marks » dépensés pour remettre l'appartement en état ? pensa Doll. Par ailleurs, même en comptant Petta et la grand-mère, nous n'obtiendrons jamais le droit de garder les sept pièces de l'appartement.

Mais il n'en toucha pas un mot à sa femme. Les choses viendraient comme elles viendraient maintenant. Cela n'avait aucun sens de s'énerver sur quoi que ce soit ni de faire des plans. Tout finirait par se résoudre, certes, probablement pas pour le mieux.

Le réconfort procuré par la toilette et le vrai café n'avait pas duré longtemps, et la jambe de sa femme devait aller vraiment très mal, car ils n'avançaient guère. Doll se jurait chaque fois de rester à côté de sa femme malade, mais avant même qu'il ait pu le remarquer, il était déjà dix ou vingt pas devant. Quand il revenait auprès d'elle, l'air coupable, elle lui souriait gentiment. « Va ! disait-elle. Avant de te perdre je sifflerai. Ça doit être une torture de marcher à côté d'un escargot comme moi. Va donc ! »

Après la nuit froide, le soleil réchauffait de cette agréable chaleur de l'automne qui n'oppresse pas et fait seulement du bien. Ici, dans les rues bordées de villas, les arbres avaient encore leur feuillage. Il était clairsemé et coloré, mais c'était agréable, après toutes ces ruines, de voir enfin des arbres sains. Beaucoup de villas étaient certes détruites, mais ici, entre les buissons et les arbres, au milieu des pelouses et des fleurs, cela ne semblait pas aussi grave.

Frau Doll dit à son mari, qui revenait une fois de plus vers son escargot : « C'est certain que Ben a déjà une voiture à lui, et c'est certain qu'il nous emmènera souvent dedans. Le bel automne arrive maintenant – nous allons pour une fois en profiter rien que tous les deux, sans nous soucier de rien. Ben pourra aussi sans doute nous procurer un camion, comme ça nous pourrons aller au patelin chercher les meubles et tes livres, et nous nous installerons joliment. Tu vas voir la fantastique maison que je vais nous concocter ! Grâce à Ben, nous pourrons recevoir de nombreux Anglais, et tu pourras inviter tes amis écrivains… Je vais vous préparer les plus fabuleux cocktails – je suis une grande créatrice de cocktails, moi ! Ben s'occupera de fournir les matières premières ! »

Ben ! Ben par-ci ! Ben par-là !! Elle était comme une

enfant ! Et elle concentrait maintenant toutes les espérances de son jeune cœur crédule sur cet ami auquel elle n'avait plus pensé depuis des semaines et des mois ! Capable comme une enfant de croire et de faire confiance – aucune déception n'avait jusqu'ici pu éradiquer de son cœur sa foi et son espérance.

En fin de compte, ils s'assirent effectivement dans le grand salon d'une immense villa. Depuis les fenêtres, au-delà du jardin, ils pouvaient voir les garages où un chauffeur nettoyait justement l'automobile – l'automobile de Ben, en cela au moins les attentes d'Alma avaient été comblées. Son ami Ben avait étonnamment bien réussi, les plaques officielles, accrochées au portail du jardin de sa villa, montraient que Herr Ben occupait déjà un très haut poste.

Pour l'instant, il n'avait toujours pas fait son apparition, une réunion le retenait encore pour quelques minutes au rez-de-chaussée. En revanche, tourbillonnant autour des Doll, eux-mêmes perdus au milieu de la somptueuse pièce garnie de meubles anciens, trois décorateurs d'intérieur pliaient en chuchotant des rideaux vaporeux, montaient et descendaient des échelles, serraient des cordelettes. Et lorsque Doll contempla cette splendeur nouvelle, comme il n'en avait plus vu de telle, intacte, depuis des mois et des années, il ressentit deux fois plus, dix fois plus son propre délabrement. Le tulle blanc neigeux amena son regard sur son clair costume d'été qui présentait des taches et des marques affreuses de leur voyage de nuit ; sur le brocart du fauteuil où Alma était assise, son pauvre manteau et ses bas filés ressortaient particulièrement.

Oui, ils étaient devenus des mendiants – dans cette maison qui, même dans des temps meilleurs, avait dû être celle d'un homme *très* riche, Doll le ressentit particulièrement. Il n'y avait pas si longtemps que cela, lui-même se considérait comme un homme plutôt fortuné. Mais maintenant lui et sa femme étaient – il le voyait soudain très clairement – semblables aux réfugiés dont il avait dû, encore peu de temps auparavant en tant que maire, conduire les convois interminables, plaintifs et affamés traversant sa petite ville. Les Doll eux aussi, déguenillés, une valise pour seule possession, sans refuge, devaient s'en remettre à l'aide d'amis, d'étrangers, peut-être même à l'aide publique. Maire, propriétaire d'une maison, avec un inventaire abondant, un compte en banque jamais complètement épuisé, nourri convenablement – et soudain rien, rien, rien !

Oh mon Dieu ! pensa Doll. Espérons qu'Alma n'en dira pas trop ici ! Pourvu qu'elle ne demande rien à ces deux dames – je ne le supporterai pas, nous ne sommes pas encore des mendiants !

Entre-temps, en effet, la femme de l'ami Ben était entrée avec une amie ; on avait considéré d'un œil un peu étonné les deux visiteurs, et puis Alma avait commencé à raconter…

Non, il n'y avait aucun danger qu'elle en dise trop. Impossible d'aller jusque-là. Car il se produisit quelque chose que Doll allait observer encore souvent dans les prochains temps : à peine Alma eut-elle commencé à raconter qu'il fut clair que les deux femmes ne pouvaient plus tenir sur leurs sièges et qu'elles brûlaient de raconter à leur tour !

Alma avait tout juste fait une pause que les deux autres se mirent à parler. Hors d'haleine, dans la précipitation, se relayant l'une l'autre, elles racontèrent elles aussi à quel point elles avaient souffert, qu'elles avaient failli mourir de faim, qu'elles avaient tant perdu... Oui, dans cette demeure somptueuse, dans ces fauteuils anciens recouverts de brocart, les Doll apprirent que la misère avait affreusement frappé ses propriétaires et qu'elle les menaçait à vrai dire encore.

Puis le maître de maison entra, juste pour cinq minutes, entre deux rendez-vous. Il fit un baisemain à Frau Alma et exprima ses regrets que la vie soit devenue tellement, tellement difficile ! Il ne pouvait même pas offrir une cigarette à ses hôtes, c'était dire l'état pitoyable de sa maison. Oui, la jambe de Frau Doll avait vraiment mauvaise allure, ça ressemblait tout à fait à une septicémie, Doll ferait bien de l'emmener à l'hôpital sans attendre !

Un quart d'heure plus tard, ils étaient de nouveau dans la rue, la visite chez l'ami le plus cher et le plus reconnaissant d'Alma était derrière eux – Dieu soit loué. Le soleil clair et amical brillait toujours, devant la villa, à travers le feuillage épars des arbres, la pelouse était vert foncé, les asters étaient en fleur. Doll prit doucement le bras de sa femme (son visage était affreusement pâle et maladif), et il dit gaiement : « Et tu sais ce que nous allons faire maintenant, Alma ? Maintenant nous allons soigner nos nerfs, nous allons prendre un peu de bon temps – ce qui fera aussi guérir ta petite jambe malade. Et où allons-nous ? J'y ai pensé tout à l'heure, quand on a évoqué l'hôpital. Il y a ici, à peine à un quart d'heure de marche, un sanatorium où j'ai déjà soigné mes nerfs. On me connaît là-bas, on nous prendra sûrement.

— Fais de moi ce que tu veux, répondit Frau Doll. Mais arrange-toi pour que je sois bientôt en position allongée ! »

Ainsi débuta la marche vers le sanatorium qui, du fait de l'avancée pénible de la jeune femme, ne dura pas un quart d'heure, mais presque une heure. Il ne fut plus question de ce très cher ami Ben pendant cette marche vraiment misérable, Frau Doll dit seulement, du plus profond de ses pensées : « Je ne serai plus jamais aussi convenable et aussi généreuse qu'avant avec les gens ! Plus jamais !

— Dieu soit loué, dit-il, et il la regarda tendrement. Dieu soit loué, Alma, c'est quelque chose qui ne dépend pas de toi seule. Tu resteras toujours – malgré les pires expériences – quelqu'un de convenable ! »

Le sanatorium, un bâtiment grand et laid de briques rouges et de ciment, tenait encore debout – essuyer ici encore une déception aurait été à peine supportable. Ils s'assirent dans la salle d'attente. « Déploie tous tes charmes, Alma, chuchota Doll. Il faut qu'ils nous prennent. Où irions-nous sinon ? »

Frau Doll s'affaira rapidement avec de la poudre, du fard et du rouge à lèvres, donnant comme elle pouvait un coup de pouce à son charme. « Bien sûr que nous allons vous prendre, ma petite dame ! dit la doctoresse aux cheveux blancs, en lui caressant la tête. En ce qui concerne votre mari, nous allons d'abord attendre l'avis du professeur. Pour vous, quoi qu'il en soit, j'ai un lit disponible dans mon service. »

Le professeur fit son apparition. Il avait l'air plus jaune, plus ridé, plus défait de souci et encore plus malin qu'autrefois, pensa Doll. « Pour Herr Doll, j'ai une chambre de libre, annonça-t-il après un court instant de réflexion. Mais malheureusement pas pour la jeune femme – on pourra peut-être faire quelque chose d'ici trois ou quatre semaines. »

Les Doll, qui venaient tout juste de voir s'envoler leurs plus graves préoccupations, se regardèrent décontenancés, puis regardèrent la doctoresse aux cheveux blancs qui tournait maintenant un visage fermé et humble vers son chef. Inutile de s'appuyer sur elle désormais, le destin s'acharnait décidément contre les Doll. Des protestations auraient été vaines. Un échec après l'autre, il leur fallait retourner à la rue…

« Je ne me séparerai pas de ma femme, dit Doll après un long silence. Viens, Alma. Au revoir, professeur. Au revoir, doctoresse ! »

Une fois dans la rue, ils ne remarquèrent plus le soleil qui brillait ni les feuilles des arbres. La question « Et maintenant ? » jetait son ombre sur tout le reste. Certes, ils avaient beaucoup d'autres amis, ils avaient aussi de la famille dans la grande ville, mais pouvaient-ils encore se lancer, dans l'état actuel de la jeune femme, dans de longs trajets à pied pour finalement se retrouver devant un immeuble détruit par les bombes ?

« Et maintenant ? Et maintenant ? » Et soudain, en se retournant vers le sanatorium : « Comme je déteste ce bonhomme, avec son visage rusé et poli ! Bien sûr qu'ils avaient des lits – et pour nous deux. Mais il a connu ta première femme – j'ai tout de suite senti qu'il me comparait à elle et me désapprouvait. Mais où pouvons-nous aller maintenant ? Oh, mon Dieu, il faut que je m'allonge quelque part, ne serait-ce que quelques heures, ça suffirait à me retaper.

— Je pense que nous pourrions tout simplement retourner chez notre bonne concierge. Elle aura bien un canapé ou un sofa où tu pourras t'allonger. Et pendant ce temps je trouverai autre chose ! »

Et comme sur le moment ils ne virent aucune autre issue, c'est ce qu'ils décidèrent. L'interminable retour commença, les trajets dans des rames de métro bondées où personne ne pensait à céder sa place à la malade, les escaliers qu'il fallait péniblement monter et descendre, bousculés, poussés, insultés à cause de leur lenteur. Il portait à la main la petite mallette avec leur dernier bout de pain, il n'y avait plus de viande, plus de café. C'était midi, ils n'avaient ni logement ni tickets de rationnement, et pas la moindre perspective d'en obtenir sous peu. Après l'achat extravagant de cigarettes d'Alma, ils ne possédaient même plus deux cents marks.

Nous sommes au bord du vide, pensa Doll. Mais comment faire ? Le poison nous est inaccessible. L'eau ? Nous nageons tous les deux trop bien. La corde ? Répugnant ! Le gaz – mais nous ne possédons même plus de cuisine avec gazinière. Et à voix haute, à sa femme appuyée contre lui : « Ce sera bientôt derrière toi ! Nous serons bientôt à la maison !

— À la maison », répondit-elle, et elle sourit d'un air à peine moqueur. Et pourtant elle ajouta aussitôt, pleine de culpabilité : « Tu vas voir, la maison épatante que je vais nous faire !

— Je te crois, dit-il. Une maison épatante – je m'en réjouis d'avance. »

6

Le nouveau fardeau

Puis ils furent presque comme à la maison. Alma Doll était allongée sur un canapé chez la femme du portier, recouverte d'un édredon car elle avait soudain froid. Ses dents claquaient. Lui était assis sur le bord du canapé, il lui tenait les mains et regardait d'un air inquiet le visage devenu si maigre.

Puis l'accès de froid prit fin, Alma resta longtemps sans dire un mot, comme mortellement épuisée. Maintenant elle ouvrait les yeux. « Chéri, dit-elle, tu serais très fâché si je t'envoyais encore une fois dehors ? Je crois que j'ai besoin d'un médecin…

— Mais je vais bien volontiers dehors, répondit-il. Je ne suis pas du tout fâché. Je vais tout de suite chercher un médecin. »

Elle attira son visage vers elle, elle l'embrassa. Il sentit ses lèvres sèches et gercées s'animer sous son baiser, s'assouplir, le sang y refluer.

« C'est terrible tous ces soucis que je te cause, chuchota-t-elle. Je sais, je sais tout cela. Mais je vais me rattraper, tu me connais. Laisse simplement ton Alma se remettre d'attaque, et puis je te dorloterai de nouveau, tu sais bien !

— Ma grande dorloteuse ! dit-il tendrement. Oui, je sais, je sais tout cela. » Il l'embrassa de nouveau. « Et maintenant j'y vais.

— Tu n'as pas besoin d'aller bien loin, cria-t-elle dans son dos. Rien qu'ici, dans cette rue, habitent six ou huit médecins. »

Oui, ils y avaient habité, ou bien ils y habitaient encore, mais il s'avéra qu'aucun n'avait le temps de faire une consultation à domicile maintenant. Celui-ci ne pouvait venir que tard le soir, celui-là seulement le jour suivant. Impossible de laisser encore souffrir sa femme aussi longtemps. Il continua à grimper et à descendre des escaliers, à moitié abruti par la fatigue, la faim et la tension, ses pieds chauds le brûlaient…

Finalement, il trouva tout de même un médecin qui était prêt à venir tout de suite. Pas vraiment la bonne sorte de médecin, c'était un spécialiste de la peau et des organes génitaux, mais sur le moment, cela lui fut égal. L'essentiel était qu'un médecin vienne la voir ! Je ne peux pas retourner auprès d'elle avec un nouvel échec ! Aujourd'hui, il y a déjà eu assez d'échecs comme ça. Notre vie entière ne consiste plus qu'en échecs.

Le visage du médecin avait l'air recouvert non pas de peau, mais d'un papier-parchemin tendu presque au point de se déchirer. Un homme tel un fantôme, il avait des mouvements lents et précautionneux comme s'il allait se briser à chaque instant, et une façon de parler douce, à vrai dire presque inaudible, comme s'il parlait dans le brouillard...

Ils marchaient tous les deux dans la rue. Le médecin avait quelques instruments dans une sacoche. Soudain il demanda : « Vous êtes écrivain, Herr Dr Doll ? » Doll approuva. « Je suis moi aussi écrivain, dit le médecin, toujours de sa voix basse et impersonnelle. Vous le saviez ? »

Doll réfléchit au nom qui figurait sur sa plaque. Mais il ne se souvenait que de « Maladies de la peau et des organes génitaux ». C'est pour cela qu'il répondit : « Non. Je ne le savais pas.

— Et pourtant ! répéta le médecin. J'ai même été autrefois un écrivain très connu. Il n'y a pas si longtemps que cela. »

Il fit une pause et ajouta sans transition : « Au fait, ma femme s'est donné la mort sur une route. »

Quel fantôme ! pensa Doll bouleversé. Et il fallait que j'amène un fantôme de ce genre au chevet d'Alma ! Espérons qu'elle ne sera pas trop effrayée !

Mais à son chevet, le médecin se comporta tout à fait normalement. On aurait même dit qu'un sourire avait effleuré sa face de papier quand il avait vu le beau visage enfantin de la jeune femme. « Eh bien, qu'est-ce qu'il nous arrive, ma belle enfant ? » demanda-t-il doucement. Il ne l'ausculta pas longtemps, puis il dit, s'adressant plus à Doll qu'à la jeune femme : « Une septicémie au premier stade. Le mieux serait que la jeune femme aille tout de suite à l'hôpital. Je vais vous faire une demande d'admission.

— Et qu'adviendra-t-il de mon mari pendant ce temps-là ?! s'écria Frau Alma. Je ne vais dans aucun hôpital. Je ne vais pas laisser mon mari tout seul maintenant ! »

Doll tenta de la convaincre : « Mais tu connais notre situation, ma douce. Pour l'instant c'est peut-être la meilleure solution. À l'hôpital tu auras au moins un lit ! Et des repas ! Et du calme ! Et des soins ! Dis oui, Alma !

— Et toi ? Et toi ?! demandait-elle sans cesse. Où iras-tu pendant ce temps, tandis que j'aurais du calme et des repas et un lit et des soins ?! Tu crois que je vais prendre du bon temps alors que toi tu trimes ?! Jamais ! Jamais ! »

L'étrange médecin avait écouté cette discussion la tête baissée, sans dire un mot. Puis il prit sa sacoche et dit d'une voix blanche et sans écho : « Je vais tout d'abord vous faire une piqûre pour que vous n'ayez plus mal et que vous puissiez dormir un peu. Je repasserai vous voir ce soir.

— Mais ce soir, il faudra que nous ayons libéré ce canapé ! objecta Doll. C'est le lit de la portière. Ce soir nous devrons peut-être coucher à la rue ! »

Le médecin ne répondit pas, il fit seulement l'injection. Sur le visage de sa femme, Doll vit aussitôt l'expression de détente, de bonheur presque, déjà, alors que la piqûre venait tout juste d'être faite. (Ce n'était certes pas la première piqûre de morphine qu'elle recevait. Elle la connaissait déjà – de ses crises de bile.) Puis elle sourit soudain, son corps s'étira doucement, se blottit littéralement dans le matelas. « Mon Dieu ! Ça fait du bien ! » chuchota-t-elle, et elle ferma les yeux.

En l'espace de cinq secondes, elle avait oublié son mari, et ses douleurs, et ses déceptions, et sa faim. Elle avait oublié plus encore. Elle avait oublié qu'elle était mariée et qu'elle avait un enfant. Elle était parfaitement seule avec elle-même, en elle-même. Un sourire flottait sur ses lèvres et y demeura. Doll la regarda respirer doucement, et il comprit que le simple fait de respirer était un plaisir.

Le médecin avait rangé sa seringue. « Je vous accompagne un peu, Herr Doktor ! » dit Doll. À cet instant, il lui semblait impossible de rester auprès de cette femme partie si loin. Lors de tous les désaccords survenus dans les mois et semaines passés, il n'avait jamais été aussi seul que maintenant.

« Je reviendrai vous voir ce soir », dit le médecin, prononçant exactement les mêmes mots que plus tôt, comme s'il n'avait rien entendu. « Entre huit et neuf heures. Assurez-vous que l'immeuble soit encore ouvert. »

Doll ne refit pas d'objection, cela lui semblait inutile avec ce médecin qui n'écoutait pas. Ils marchèrent un moment en silence. Puis le médecin recommença : « Cela me semble une éternité vu d'aujourd'hui, mais autrefois, j'étais vraiment un écrivain très connu ! »

Il n'y avait aucune trace de vanité, on aurait plutôt dit une phrase sortie tout droit de ses pensées et qui le poursuivait avec entêtement. Et celle qu'il prononça alors semblait appartenir à ce même fil de pensée : « Pour faire la piqûre à votre femme, j'ai pris sur la dose prévue pour mon suicide. Il y a de la scopolamine dedans, pour un tiers environ. Elle dormira quand vous reviendrez. »

Et puis de nouveau, après un moment : « Oui, je vais me suicider, peut-être demain, peut-être seulement dans un an. » Il tendit à Doll une main lasse, moite. « Je suis arrivé chez moi. Je vous remercie de m'avoir raccompagné. Naturellement, je n'ai jamais été autant lu que vous. Quoi qu'il en soit, je repasserai ce soir, n'oubliez pas la porte de l'immeuble. »

Et sans s'arrêter de marcher : « Aujourd'hui je ne me suiciderai certainement pas. Vous le savez, bien sûr, que votre femme est une vraie toxicomane ?! »

Doll était assis auprès de sa femme. Elle dormait à poings fermés. Son visage semblait maintenant insouciant et gai, elle dormait comme une enfant. Les rayons automnaux du soleil perçaient par la fenêtre, et de l'air frais venait de la rue, dehors les enfants jouaient joyeusement et à grand bruit. Doll n'était pas joyeux, il était très fatigué et complètement désespéré. En outre, il était tourmenté par la faim. Le dernier bout de pain était mangé depuis longtemps. Ils n'avaient plus rien.

Ah ! pensa Doll. Pourquoi n'ai-je pas demandé qu'il me fasse la même piqûre ?! Une seule fois, pouvoir tout oublier, pendant un court instant ! Ce demi-fou l'aurait fait. C'est donc Pernies son nom. Je me souviens, il a été connu. Je crois que je n'ai rien lu de lui, ses écrits portaient sur l'art plus qu'il n'était artiste lui-même. Et maintenant il pense au suicide, et sa femme s'est donné la mort sur une route !

Doll sursauta sur sa chaise. Il s'était presque endormi, et pourtant il fallait qu'il se passe quelque chose. Il y avait moins de trois heures avant l'obscurité, avant de ne plus avoir aucun abri !

Il se leva. En sortant de l'appartement, il ne savait pas

encore où il irait. Puis il monta une fois de plus les escaliers vers leur ancien appartement.

Cette fois-ci, on lui ouvrit la porte à son coup de sonnette. Et ce n'était pas la danseuse impertinente qui lui ouvrit, mais Frau Schulz, cette dame à qui Alma avait confié le soin de leurs affaires et dont l'honnêteté avait tellement été mise en doute par la femme du concierge.

Le visage blanc, un peu gras de la femme du major Schulz s'éclaira quand elle vit celui de Doll. « Ah vous voilà, Herr Dr Doll ! J'ai défendu votre appartement comme un lion – mais pourquoi n'êtes-vous pas revenu quinze jours plus tôt ?! Maintenant vous allez avoir des problèmes avec le service logement, et avec celle de devant. Où est donc votre femme ? Elle dort… Dieu soit loué qu'elle dorme, je vais vous arranger la chambre d'ici là. Il faudra vous contenter d'un seul canapé pour cette première nuit, l'autre est parti, mais il vous suffira d'y aller pour le récupérer. Souhaitez-vous une cigarette ? Comment cela, vous n'en avez plus aucune ? Voilà, prenez le paquet ! Ah, ne dites rien, j'en ai autant que je veux, des américaines aussi, cinq marks pièce, monnaie allemande… Attendez, j'étais en train de me faire un café quand vous êtes arrivé, buvez donc une tasse avec moi. Pas de l'ersatz, non, du vrai café ! Je l'ai eu pour quatre cents marks la livre. C'est bon marché, mon cher, je n'achète qu'à bas prix. Nous mangerons du pain blanc avec cela, j'ai encore une boîte de fromage et, je crois, encore un peu de beurre.

« Ah, ne m'en parlez pas. Vous avez tout perdu ? Eh bien, mon cher, vous n'avez pas idée, comme vous me voyez je n'ai littéralement plus rien du tout ! Tout juste ce que j'ai sur le dos. Non, non, aujourd'hui vous êtes mon invité ! Nous devrions peut-être réveiller la jeune femme ? Vous avez raison, gardons-lui quelque chose. Mais vous pouvez tout de même tout manger, sans problème, je vais en recevoir d'autre, aujourd'hui encore. Tout le monde me gâte… Et je n'ai jamais besoin de payer les prix des trafiquants. Oui, la couette n'est plus là, volée. Je sais aussi par qui, mais comme je ne peux rien prouver, je vais garder ma langue.

« Vous avez appris que son mari est parti ? Évidemment, il a été emmené, nazi comme il était. Ils devraient aussi venir chercher la femme, c'était elle la pire des deux ! J'ai fait relever le mur et je l'ai aussi fait un peu colmater, j'ai noté quelque part ce que cela a coûté, je vous le dirai plus tard. Ce n'était pas très cher, un ouvrier l'a fait pour moi, par amitié. Les deux cadres de fenêtre avec la cellophane et le contreplaqué, on me les a seulement prêtés, mais il y a le temps, en attendant vous pouvez tranquillement rester comme ça.

« Mais naturellement que la chambre est à votre disposition, c'est votre chambre, avec vos meubles dedans ! La vaisselle aussi vous appartient. Je peux toujours dormir chez des connaissances, et vous ferez expulser la jeune chanteuse avec sa famille par le service logement. Par ailleurs, ce sont des gens très bien – mais à quoi bon ? De nos jours, on est soi-même son prochain ! Elle a une telle peur de vous ! Ils n'ont absolument rien, pas une cuillère, pas une tasse… Cela dit, la théière où nous avons fait le café n'est pas à vous, toutes vos théières ont été brisées dans le bombardement. Une vieille dame me l'a donnée, elle ne veut pas d'argent en échange, bien sûr. J'ai pensé, une livre de sucre et un pain. Ce n'est pas grand-chose, mon cher, le sucre est à cent et le pain à quatre-vingts – il est indispensable que vous ayez une théière ! Bien, j'en reparlerai à votre femme.

« Bien sûr, vous pouvez manger tout le pain blanc, il a bon goût mais il ne rassasie pas. J'irai en chercher du frais tout à l'heure. Peut-être que j'aurai aussi de la confiture. Si vous étiez arrivés hier, je vous aurais offert du gâteau, un vrai gâteau au beurre, avec une belle croûte de sucre. Dommage. Mais je sais, dimanche je vous ferai préparer un gâteau. Mon boulanger vous le fera pour un prix modique… »

Cela continua ainsi encore et encore, Doll n'avait besoin que de rester assis et d'écouter. Un « oui », un « ah bon », un « merci » suffisaient largement. Il était arrivé au port, enfin, enfin, alors qu'il était déjà complètement désespéré, il avait fini par trouver un havre pour eux deux. Il était assis confortablement dans un fauteuil, ses jambes fatiguées étaient allongées, ses pieds échauffés loin devant lui, il mangea une tranche, trois tranches, sept tranches de pain blanc, but du café, fuma une cigarette, et se remit à manger. La Schulz, elle, continuait de parler.

Elle était assise devant lui, une femme dans la quarantaine, au début de la fanaison – ce qu'elle ne voulait pas admettre –, ses vêtements un peu froissés et crasseux, certes, mais une dame, sans aucun doute. Ou plutôt, elle avait été une dame autrefois – car qui était encore une dame au sens où on l'entendait autrefois ?!

Puis dehors l'obscurité est tombée, au chevet des Doll le grand lampadaire électrique est allumé, la radio diffuse une légère musique dansante. Le médecin, le fantôme au visage de papier, est venu et est déjà reparti. Il a certes encore dit que madame devrait aller à l'hôpital, mais il leur a fait sans aucune difficulté une injection à tous les deux. Maintenant ils sont tous deux détendus et apaisés, la morphine leur fait miroiter qu'il n'y a plus aucune difficulté.

Sur la table à côté du canapé se trouvent suffisamment de cigarettes, une théière avec du vrai thé, une boîte de lait, du sucre – il y a même du pain blanc. Ce sont des gens bien approvisionnés, ils sont chez eux, ils écoutent de la musique de qualité. Sur le mur, des tableaux les regardent, des originaux, rien de sensationnel, mais de bonne valeur.

Les Doll ne dorment pas encore. Cette fois, c'était de la morphine pure que le médecin leur a administrée, ils papotent doucement ensemble, ils font des projets… des projets ? Maintenant ils ont complètement perdu le sens de la réalité, ce sont des rêveries, chaque espoir est, à peine apparu, déjà exaucé. Le logement leur appartient, ils ont des tickets de rationnement, un camion apportera Petta et les affaires de la petite ville. Il commencera dès demain à écrire des livres, soudain sa tête est pleine de projets, il va connaître le succès dans le monde entier.

Le salon de la jeune femme va devenir *le* salon de Berlin. Le « ressac » raconte les vêtements qu'elle se fera couper, ceux qu'elle a possédés autrefois ; il a à peine besoin de rajouter un mot, il peut poursuivre ses propres rêveries. Oui, il entreprendra avec elle et l'enfant les voyages autour du monde dont il rêvait déjà avant cette guerre. Désormais, ces horribles meurtres sont terminés, quelques mois encore et ils pourront quitter cette ville de ruines pour des contrées plus gaies où le soleil brille toujours, où les fruits exotiques mûrissent aux arbres...

Ils restent allongés, plongés dans leurs rêves à demi éveillés, c'est l'euphorie, l'extase ; ils ont enfin échappé à l'amère réalité. Mille espoirs les habitent tous deux, il n'y a plus d'obstacles. Ils se regardent, ils se sourient l'un l'autre doucement, non pas comme des époux mais comme le feraient de tout jeunes amoureux, ou des enfants...

Le vent fait parfois crépiter le papier de cellophane mal tendu dans le cadre de la fenêtre, une porte claque dans le bâtiment côté cour. Des bruits mystérieux continuent dehors. Des gravats qui dégringolent ? Des rats à la recherche d'horreurs dans les caves ? Un monde détruit qu'il faut reconstruire, qui a besoin de chaque bonne volonté, de chaque main disponible. Eux pourtant sont allongés et rêvent. Ils n'ont plus rien, et ils ne sont plus rien. La moindre des contrariétés peut les souffler dans l'abîme et les éliminer définitivement. Mais ils rêvent.

« Tiens, donne-moi encore une cigarette ! Nous en trouverons d'autres. J'ai l'impression qu'à partir d'aujourd'hui tout va bien se passer pour nous. »

Mais alors – il n'est pas encore minuit – ils s'agitent. L'effet de la piqûre est passé, la charmante illusion s'est envolée.

« Je ne peux pas dormir ! » Et : « Les douleurs sont insoutenables ! Il faut rappeler le médecin.

— Trop tard. Couvre-feu ! Nous n'avons plus le droit d'aller dehors !

— Quelle absurdité ! Et si j'allais avoir un enfant ?! Ou si j'étais en train de mourir ?!

— Heureusement que ce n'est pas le cas ! À la première heure demain matin j'irai chez le docteur !

— Demain matin… je ne supporterai pas ces douleurs aussi longtemps, j'y vais tout de suite !

— Pas toi, Alma, à cette heure et dans l'état où est ta jambe ! Dans ce cas, laisse-moi plutôt y aller !

— Non, moi justement. Si une patrouille arrive, ils ne me feront certainement rien, *à moi* !

— Mais les immeubles sont fermés à clé !

— Je parviendrai bien à entrer. Tu connais ton Alma. Je vais y arriver, c'est sûr ! »

Et elle partit, le laissant seul. La musique continuait toujours, la lampe était toujours allumée à côté du canapé. Mais maintenant l'extase était passée, il revoyait leur situation comme elle était vraiment : malades, sans aucun moyen de subsistance, sans énergie, sans envie de travailler, sans espoir… Un fantôme de papier, une dame douteuse leur avaient fait oublier pour quelques heures la réalité de leur situation, mais maintenant il la voyait de nouveau. Oui, pour l'instant ils avaient un toit au-dessus de leur tête, mais dans l'ensemble ça n'allait pas mieux, oui, ça allait même plutôt en empirant : sa femme courait les rues à une heure dangereuse pour se procurer une piqûre de morphine ! Il se rappela aussi la nuit précédente quand elle l'avait pressé de trouver un poste de secours à la gare de Gesundbrunnen. Elle s'était plainte de coliques hépatiques : maintenant qu'elle avait mal à la jambe, elle ne mentionnait plus le foie. Elle n'avait déjà en tête que sa piqûre, hier soir, très certainement. Toxicomane – un fardeau de plus, donc !

Une heure du matin – elle voulait être de retour aussitôt, et maintenant voilà déjà une heure qu'elle était partie ! Il fallait qu'il se lève, qu'il la cherche, qu'il s'occupe d'elle ! Mais il ne bougea pas. Que pouvait-il faire ? Peut-être qu'elle avait été arrêtée et se trouvait quelque part, dans un poste de police. Ou bien elle était chez un médecin dans l'un de ces sombres immeubles – comment la retrouverait-il ? Il ne lui restait qu'à attendre son retour, encore une fois attendre, et attendre encore, une vie passée à attendre et qui n'attend que la mort.

Ses pensées s'emmêlèrent. Fatigue intense, peut-être aussi contrecoup de l'injection, il s'endormit. Ou plutôt : il bascula dans le sommeil comme dans un abîme mortel.

Plus tard il sentit qu'elle se rallongeait à côté de lui sur le canapé. Elle était de la meilleure humeur. Oui, une patrouille l'avait arrêtée, mais ils avaient été chevaleresques. « Allez, va chez ton docteur, avaient-ils dit. Garde un mouchoir blanc à la main et personne ne te fera rien ! »

Non, elle n'était pas entrée dans l'immeuble de l'étrange Dr Pernies, mais elle avait trouvé un autre médecin, un médecin bon vivant et prévenant, qui lui avait ouvert en pyjama et lui avait aussitôt fait une piqûre. Elle rit de bonheur. Elle lui avait rapporté des cachets, non elle n'oubliait pas son mari, jamais. Il pouvait prendre ces cachets tout de suite, le médecin avait dit qu'ils étaient aussi bien que la morphine et très forts. Elle rit de nouveau. « Regarde, et j'ai même quelques cigarettes. Un des hommes de la patrouille me les a offertes. Regarde voir, huit, dix, douze – est-ce que ce n'est pas gentil ? »

Pas comme ça ! allait protester Doll. Comme ça, nous ne suivons pas le bon chemin. Il ne faut pas que nous agissions ainsi ni pour les cigarettes, ni pour la morphine. Déjà avec la Schulz c'était beaucoup, beaucoup trop. Il ne faut pas en arriver là, même si j'ai cent fois pensé que j'étais complètement vide. Il ne faut pas en arriver là, sinon nous serons tout à fait perdus. Ne plus jamais quémander des cigarettes, ne plus jamais courir pour une piqûre…

Mais il ne dit rien. Une fatigue de plomb l'étreignait, l'apathie était retombée sur lui avec une puissance renouvelée. Parler était inutile : de toute façon, Alma n'en ferait jamais qu'à sa tête. Elle était si loin. Il vivait et écoutait le monde comme de l'autre côté d'un rideau, comme si rien n'était vraiment en relation avec lui. Plus rien ne le concernait ; bien qu'il s'efforçât autant que possible d'être *là*, il n'y parvenait pas. Bien entendu, il prit les cachets, ceux qui étaient censés agir comme de la morphine et être très forts. Peut-être qu'ils éteindraient ses pensées torturantes, qu'ils l'emporteraient loin de ce monde pour un temps…

Il resta dans cet état pendant des jours et des jours – combien de jours ? Il ne s'en souvint plus après, et elle ne s'en souvint pas non plus. De temps en temps, il se réveillait d'un sommeil artificiel et profond, et il regardait vers la petite fenêtre de cellophane. Dehors, qu'il fasse clair ou obscur, jour ou nuit, peu importait, il restait couché. Pourquoi se lèverait-il ? Dehors il n'avait rien à faire, il n'y avait plus ni tâches ni obligations pour lui.

Il rassemblait péniblement ses pensées, puis il se retournait lentement et regardait autour de lui. Parfois elle dormait près de lui, parfois elle était partie. Parfois lui aussi était parti (cela sonne bizarre, et pourtant c'est ainsi que c'est le mieux exprimé !), elle l'avait tant harcelé qu'il était allé chez un médecin. Oui, il faisait ça lui aussi quand il le fallait absolument, mais en réalité il restait toujours allongé et il ne faisait rien, parce qu'il n'avait plus aucune obligation, il était complètement vidé... Toutefois la plupart du temps, c'est elle qui y allait, même si de sa jambe coulait désormais constamment du pus et que tous les médecins disaient qu'elle devait absolument se rendre à l'hôpital sur-le-champ. Ils avaient un certain nombre de médecins maintenant, mais aucun ne devait apprendre l'existence des autres. Parfois, lorsque Alma avait donné plusieurs rendez-vous pour le même soir, elle angoissait qu'ils puissent se croiser et que l'on puisse découvrir le nombre d'injections qu'on lui faisait tous les soirs. Mais tout se passait toujours bien. Elle recevait la plupart du temps beaucoup d'injections, il n'en obtenait presque jamais, mais elle le fournissait généreusement en somnifères. Quand les médecins venaient, il devait s'habiller et jouer à l'époux en bonne santé. Il se faisait lui-même l'impression d'être un fantôme à rester assis, à parler poliment de l'état de sa femme malade.

S'il n'était pas capable de se lever, alors il se cachait dans les toilettes de service le temps de leur visite, ou bien il s'accroupissait dans la chambre ravagée par l'incendie à regarder les ruines ; toute cette rue n'était presque constituée que de ruines. Elles ne l'oppressaient plus autant, elles lui convenaient bien maintenant…

Quand les médecins étaient partis, il se recouchait et se rendormait bien vite. Ou bien il restait allongé pendant des heures, comme étourdi. Et pendant toutes ces journées, si nombreuses fussent-elles, ils ne firent rien, absolument rien. Ils ne se rendirent pas au service logement, ils n'essayèrent pas d'obtenir des tickets de rationnement. Ils n'allèrent même pas chercher le deuxième canapé. Ils ne donnèrent aucun signe de vie à leurs amis et à leurs familles, ils restaient allongés – comme terrassés, étourdis, paralysés, incapables aussi bien de penser que d'agir. Seule la préoccupation de trouver des médicaments et peut-être des cigarettes pouvait les ramener encore un peu à la vie…

Naturellement, ils auraient depuis longtemps succombé de faiblesse si Frau Schulz ne s'était pas occupée d'eux et, outre Frau Schulz, une amie de la jeune femme, Dorle, qui était apparue d'une manière ou d'une autre – Doll ne savait ni d'où ni pourquoi. (En temps normal déjà, il ne s'y était jamais retrouvé parmi les nombreuses amies de sa femme.)

Mais Frau Schulz n'aurait pas été Frau Schulz, un personnage douteux même dans la bonté, si le soin qu'elle apportait aux deux malades avait eu ne serait-ce qu'un peu de régularité. Elle disait qu'elle repasserait les voir le lendemain et ne revenait pas avant deux jours. Les Doll ne s'en rendaient même pas vraiment compte, un jour, trois jours ou une semaine ne signifiaient plus rien pour eux. Quand la faim était vraiment trop forte, elle se faufilait dans la cuisine. Entre elle et la petite danseuse, qui n'était toutefois pas danseuse mais comédienne – et pas de petit rang, encore ! –, et d'ailleurs surtout avec sa mère était née une sorte d'amitié. Chacune des parties avait convenu que celle d'en face n'était pas aussi mauvaise que ce qu'on avait d'abord cru. De ces visites à la cuisine, Alma revenait souvent avec un petit bout de pain ou même un pot rempli de confiture, parfois aussi avec une assiette pleine de pommes de terre froides ou de quelques carottes crues. Doll ne protestait plus – il mangeait ce qu'elle obtenait, et puis ils essayaient de se rendormir et d'oublier le monde.

Et il y avait donc Dorle, l'amie de sa femme. Elle était encore une très jeune fille, elle avait un enfant et une mère. Sa mère était à l'hôpital depuis la prise de Berlin, elle avait reçu une balle dans la jambe qui ne voulait pas guérir. Et il était impossible de faire manger l'enfant à sa faim. Non, Dorle ne pouvait pas contribuer comme Frau Schulz à l'approvisionnement des Doll, c'était plutôt elle qui mangeait avec eux. Mais elle nettoyait la chambre, faisait la poussière, lavait leurs quelques vêtements et pansait la plaie de Frau Doll comme elle le pouvait. Et elle était toujours prête à aller chercher des médecins, encore de nouveaux médecins en plus des anciens. Il ne pouvait pas y en avoir assez.

La situation financière des Doll, toutefois, aurait été désespérée sans le solitaire de Frau Doll. Pendant une ou deux semaines, Frau Schulz avait pu procurer de la nourriture aux Doll, mais pas plus longtemps que cela – probablement par manque d'argent. Elle n'avait rien dit de la sorte, mais soudain il n'y avait plus eu ni de pain blanc, ni de bon café, ni de cigarettes ; et au lieu des exclamations « Ce n'est pas cher ! Pas cher du tout ! », une seule plainte sortait désormais de la bouche de Frau Schulz : « Ce que cela coûte ! Les enfants, les enfants ! »

Un jour, Frau Doll avait tout d'un coup expliqué qu'elle voulait mettre sa bague en gage, non, pas la vendre, pour cela elle l'aimait beaucoup trop, seulement la mettre en gage. Doll avait protesté, mais faiblement seulement – car, en fin de compte, avaient-ils une autre solution ? Ils passaient leur temps allongés, las et malades, personne ne leur apportait de l'argent mais tout coûtait de l'argent – donc voilà ! Mettre en gage, c'était très bien, ainsi Alma pourrait récupérer sa bague. Un jour, les choses prendraient certainement une meilleure tournure, ce qui leur permettrait d'aller retirer la bague. (Cela étant, il savait très bien qu'il se mentait à lui-même et à elle aussi, il n'y avait pas la moindre perspective que les choses prennent une meilleure tournure.) Frau Schulz fut chargée de la mettre en gage.

Mais dès le lendemain, elle revint avec la bague. Elle avait trouvé des acheteurs sérieux et qui payaient cher mais personne ne voulait la prendre en gage. Prêter de l'argent, aujourd'hui, ce n'était pas une affaire : personne ne pouvait payer autant d'intérêts en un mois que ce qu'on pouvait gagner au marché noir en un jour. Oui, on voulait bien acheter la bague, et après avoir longuement questionné,

Frau Doll réussit à savoir qu'on en donnerait douze mille marks. C'est assurément un bon prix, n'est-ce pas ? Certes, la bague était bien elle aussi, la monture en platine, le diamant aux feux blancs, pur à la loupe, presque cinq quarts de carats.

Dans ses affaires commerciales, Frau Alma était toujours un peu étonnante – même pour son mari. Elle se fit rendre sa bague. « Non, dit-elle plus tard à son mari, s'ils offrent douze mille, alors ils paieront aussi quinze mille, d'ailleurs ils ont probablement proposé quinze mille, et la Schulz va empocher les trois mille de différence. Non, je vais demander à Ben de la vendre, il a de bien meilleures relations que la Schulz… »

Ben ! Sans aucun doute possible, c'était le solitaire d'Alma, un présent de son premier mari, et Doll était tout à fait résolu à ne pas intervenir, à ne rien dire à sa femme au sujet de cette vente. Mais il s'écria tout de même, se réveillant pour un instant de son apathie et de son intoxication aux somnifères : « Et pourquoi précisément à Ben ! Lui qui a été si minable avec nous !

— C'était juste les deux femmes ! le contredit Frau Alma. Tu te souviens, justement ce jour-là il n'avait pas le temps.

— Il n'avait même pas une cigarette à t'offrir ! s'exclama Doll.

— Nous non plus, souvent nous n'avons pas de cigarettes, répliqua Alma. Laisse-moi faire ! Tu vas voir, grâce à Ben nous en tirerons un prix bien plus élevé.

— Fais ce que tu veux ! » Et sur ce, Doll retourna à son

apathie. « Je souhaite simplement que Ben ne te déçoive pas une fois de plus ! » Après quoi, Herr Ben se présenta un jour chez le couple, qui se trouvait encore au lit bien qu'on approchât de midi. Herr Ben ne laissa paraître aucun étonnement, cheveux poivre et sel mais avec des yeux sombres et ardents, il baisa la main de la jeune femme, regarda attentivement le solitaire, expliqua alors qu'il n'y connaissait rien en pierres précieuses mais il allait voir s'il arriverait à en obtenir les vingt mille marks demandés par la jeune femme. Ce qu'on pourrait en obtenir, dans tous les cas, il l'obtiendrait, Alma le connaissait. Après que Ben, pour sortir les Doll de leur très mauvaise passe, eut encore déposé mille cinq cents marks que par hasard il avait sur lui, il disparut de nouveau, baisant la main, emportant la bague…

Peut-être que Frau Schulz était fâchée qu'on lui ait repris la bague (et avec elle peut-être une jolie petite commission), ou peut-être pas, quoi qu'il en soit elle possédait un flair extraordinaire pour l'argent. Les mille cinq cents marks de Ben n'étaient pas depuis une demi-journée chez les Doll qu'apparut Frau Schulz avec un petit carnet, et il s'avéra qu'elle s'imaginait pouvoir exiger des Doll une somme qui dépassait plus qu'un peu ces mille cinq cents marks. Éberlués, les Doll l'écoutèrent égrener une interminable litanie de cigarettes, de café, de sucre, de sel, de gâteaux et de pommes de terre. Le mur qu'un ouvrier avait relevé « par amitié » ne manquait pas – et cet homme s'était grassement fait payer son « amitié ». Depuis le premier jour, tout avait été exactement noté, et ce qu'elle avait aussi gracieusement offert, et ce pour quoi elle s'était fait chaleureusement remercier, on le retrouvait maintenant sous forme de livraison commerciale, et pas à prix modique, modique ! Oui, on ne pouvait pas non plus tout à fait écarter la possibilité que Frau Schulz n'ait pas mis seulement sur sa note les cigarettes et le café qu'elle avait apportés, mais aussi certaines cigarettes qu'on n'avait jamais fumées, et certain café qu'on n'avait jamais bu…

On en serait peut-être déjà venu, à cette occasion, à une vigoureuse mais salutaire dispute, si les deux Doll n'avaient pas été complètement indifférents à tout ce qui se passait autour d'eux et avec eux. Un bref accès d'agacement – mais qui ne survint qu'après le départ de Frau Schulz (cette bonne dame, après avoir lâché cette bombe, s'était tout d'abord retirée et attendait judicieusement d'en voir l'effet à distance) –, quoi qu'il en soit, Alma jura qu'elle n'accepterait plus jamais rien de la Schulz, ne serait-ce qu'une seule cigarette. Puis les mille cinq cents marks changèrent de propriétaire, et Ben fut prévenu, par Dorle, qu'il devait très vite leur rapporter de l'argent.

Mais cette fois, Herr Ben se laissa quelques jours. Et lorsqu'il vint enfin, la bague n'était, selon ses dires, pas encore vendue. Malheureusement, et il devait à son grand regret leur en faire part, les cours de l'or et des pierres précieuses étaient justement en baisse, c'était un mauvais moment pour vendre. Mais il avait quelqu'un en vue qui voudrait peut-être tout de même donner le prix souhaité, peut-être pas vingt, mais sûrement dix-neuf ou dix-huit. Quoi qu'il en soit : « Tu le sais bien, Alma, je ferai pour toi tout ce qui est possible ! »

Par ailleurs, il apportait deux mille marks, avancés sur ses propres fonds, ce qui lui coûtait de lourds sacrifices, souligna-t-il plusieurs fois.

Mais la frêle embarcation des Doll était de nouveau à flot, on paya le reste de ses exigences à la Schulz, et de ce moment-là, c'est Dorle qui effectua tous les achats pour les Doll.

7

Séparation des Doll

Exprimé en jours et en semaines, les Doll n'auraient pas su dire depuis combien de temps ils étaient allongés sur leur canapé. Quoi qu'il en soit, ce fut une période interminable, jamais tout à fait réveillés, jamais occupés à quoi que ce soit d'autre que leurs plus stricts besoins vitaux.

Les besoins de la jeune femme en injections de narcotiques grandissaient de façon inversement proportionnelle au penchant des médecins à lui en administrer, l'abcès jamais vraiment soigné sur sa cuisse se montrait de plus en plus menaçant. Les médecins exigeaient toujours plus fermement : « C'est soit l'hôpital, soit on arrête le traitement ! »

La situation financière des Doll devenait elle aussi de plus en plus intenable. Ben se présentait chaque fois un peu plus décontracté et apportait toujours moins d'argent. La bague n'était pas encore vendue, il devait toujours « se sacrifier » pour leur faire une avance sur ses propres deniers, de sommes toujours plus petites, d'abord mille marks, puis seulement cinq cents. La situation sur le marché des pierres précieuses était vraiment trop mauvaise. C'était déconseillé de vendre maintenant, on n'en obtiendrait même pas quinze mille, oui peut-être même moins encore. Mais il continuait à chercher, en tant qu'ami fidèle d'Alma...

Jusqu'à ce qu'un jour la jeune femme dise, résolue : « Aujourd'hui je vais à l'hôpital ! » Et un instant plus tard elle ajouta : « Et avant, je t'emmène au sanatorium ! »

Cette fois, il en résulta vraiment quelque chose. La jeune femme déploya une énergie comme elle ne l'avait pas fait depuis des jours et des mois. Elle rassembla un peu de linge et quelques affaires de toilette pour son mari, et quand il demanda : « Et toi, que vas-tu prendre ? », elle répondit seulement : « Ne te préoccupe pas de cela, je prends soin de moi ! »

Si Doll avait été un tant soit peu plus éveillé et moins apathique, il n'aurait cessé de s'étonner du soudain regain d'activité de sa femme : elle alla même jusqu'à contacter le maire de leur district et lui demanda une voiture pour conduire son mari gravement malade au sanatorium.

Plus tard, Doll se réveilla d'un profond sommeil qui avait été comme la mort, sans souvenirs et sans rêves, oui, on aurait même dit sans respiration... Il regarda péniblement autour de lui, encore sonné, pour comprendre où il se trouvait, et où était passée Alma. Il l'avait toujours sentie près de lui dans le lit, maintenant elle était partie et il était tout seul. Cette découverte l'inquiéta beaucoup, elle déchira plus vite le brouillard des somnifères dans son cerveau, il se redressa dans son lit et regarda où il se trouvait...

Il était assis dans un châlit en fer autrefois laqué de blanc, maintenant très cabossé ; sur son corps était étendue une couverture à carreaux bleus. La pièce était petite et ne contenait rien d'autre que ce châlit. Jusqu'à hauteur d'homme environ, le mur était peint en vert, puis il était blanc jusqu'au plafond, où une ampoule électrique était allumée, très haut au-dessus de lui. Un morceau de l'enduit était tombé du plafond, découvrant le réseau des tuyaux et les poutres où il avait été accroché…

Il observa cela pendant un instant. Il lui fallut réfléchir un peu où il avait déjà vu ce plafond abîmé. Puis soudain il sut. Soudain il se souvint de la nuit du 15 au 16 février lors de l'une des pires attaques aériennes, selon lui, qui avait pilonné Berlin pendant cinquante-cinq minutes. Pendant cinquante-cinq minutes, des bombes étaient tombées à proximité du sanatorium, et une bombe explosive avait rasé le pâté de maisons voisin. Eux, les malades et les infirmières, qui étaient installés dans un abri antiaérien à moitié enterré et tout à fait insuffisant, avaient vu de tous les côtés la lueur des incendies. Et lorsqu'ils étaient remontés après la fin de l'alerte, dans les chambres les vitres étaient brisées par terre, les plafonds s'étaient pour la plupart effondrés, et c'est durant cette nuit que ce bout de plâtre s'était lui aussi décroché du plafond.

Il s'en souvenait maintenant très précisément ; soudain, c'était comme s'il sentait de nouveau l'horreur, la frayeur de cette nuit. Soudain, c'était comme si la sirène pouvait se déclencher de nouveau et le chasser dans la cave pour une nouvelle heure de tourmente.

Puis il reprit ses esprits : c'était la paix maintenant, la paix… Plus aucune sirène ne retentissait. Il pouvait tranquillement se remettre à dormir jusqu'au matin dans la cellule matelassée du sanatorium, dans cette cellule matelassée que sœur Emerentia appelait seulement « le petit salon ». Mais comment s'était-il retrouvé, lui, Herr Doll, dans le petit salon ?! Avait-il été aussi agité que cela, s'était-il débattu ? Il n'avait encore jamais été ici lors de ses précédents séjours au sanatorium ! Quoi qu'il en soit, il n'y avait pas qu'un matelas, on lui avait laissé son châlit, cela n'était probablement pas si grave ! Et puis, il s'en aperçut à cet instant : la porte blindée de la cellule était entrouverte, son cas ne pouvait pas être sérieux.

Doll s'assit prudemment sur le bord du lit. Il se sentait encore un peu chancelant à cause du somnifère, mais il arriverait bien à marcher en s'appuyant de temps à autre sur le mur. Il chercha instinctivement ses chaussons et son peignoir. Avant de se souvenir qu'il ne possédait plus rien de tel. Il prit alors la couverture qu'il enroula autour de ses épaules et sortit dans le couloir, et de là alla dans le vestibule.

Dans le gros fauteuil en velours, l'infirmier de nuit était comme toujours assis à la lumière d'une petite lampe d'appoint. Pendant un moment, Doll l'observa de loin. Non, ce n'était pas le gentil Hollandais qui avait fait les gardes de nuit ici pendant toute la guerre, et qui traînait les derniers malades jusqu'à la cave, souvent encore quand les bombes avaient commencé de tomber. Il ne connaissait pas cet infirmier. Pourtant !

Doll se racla la gorge, avança. L'infirmier sursauta un petit peu, sortant d'une légère torpeur, il scruta l'obscurité et reposa sa tête, rassuré, quand il reconnut Doll. « Ça alors, vous aussi vous êtes réveillé de temps en temps ? » demanda-t-il. Et il ajouta : « N'allez pas vous enrhumer avec vos pieds nus !

— Allons donc ! » répondit Doll. Il s'assit en face de lui dans un fauteuil en rotin et replia la couverture sur ses jambes. « Je ne m'enrhume jamais. Je suis un dur. Une fois, en hiver, j'ai passé une demi-journée allongé là-bas, sur le carrelage rouge devant la petite cuisine, et ça ne m'a rien fait du tout.

— Merci bien ! dit l'infirmier. Et pourquoi avez-vous fait ça ?

— Je n'en ai plus aucune idée ! répondit Doll. Probablement pour obtenir un médicament que sinon ils ne m'auraient pas donné. Vous êtes arrivé juste après Simon Boom ?

— Qui c'est ? Ah oui, bien sûr, l'infirmier hollandais ! Non, je ne l'ai pas rencontré. Il a mis les voiles juste après le renversement. Je ne suis là que depuis quelques semaines.

— Y a-t-il encore quelques anciens dans le service ? On vous a sûrement dit que j'ai souvent séjourné ici, je suis en quelque sorte un habitué du service. »

Il ne dit pas cela sans une certaine fierté. C'était un établissement où il était toujours allé quand ses nerfs irrités, qui n'avaient jamais été très solides, l'avaient laissé en plan. Il avait vécu des heures difficiles entre ces murs, des dépressions pendant lesquelles il avait totalement renoncé, durant lesquelles il avait lui-même douté de l'état de sa raison, mais il s'était toujours retapé. Soudain – du jour au lendemain –, il s'était déclaré guéri et était retourné à son travail…

Il aimait cet établissement, et en particulier ce service avec le long couloir jusqu'aux toilettes où l'on entendait les pas des malades de jour comme de nuit, ce couloir avec son linoléum rouge brique sur lequel donnaient tant de portes blanches, toutes sans poignée toutefois, on ne pouvait les ouvrir qu'avec les clés des soignants, et avec de grandes fenêtres qui permettaient d'observer chaque chambre depuis l'extérieur, garnies de vitres si solides que même le plus excité des malades n'aurait pas pu les briser avec un barreau de chaise.

Il aimait l'atmosphère mystérieuse qui se répandait après chaque trépas, les infirmiers qui traînaient désœuvrés et qui refoulaient constamment les malades dans leurs chambres puisqu'ils ne devaient rien savoir de cette mort. C'était toujours « gênant » quand quelqu'un mourait dans le sanatorium, le personnel le ressentait en quelque sorte comme une honte, on ne mourait pas ici, ici on guérissait ! Et la plupart du temps, d'ailleurs, la direction parvenait juste avant la fin à transférer subrepticement un de ces moribonds à l'hôpital de la ville.

Il aimait les « jours de choc », quand on administrait des chocs aux malades avec du cardiazol, de l'insuline ou même avec du courant électrique. Depuis sa chambre, il entendait alors le cri soudain des choqués quand ils perdaient conscience, qui sonnait exactement comme le cri d'un épileptique. Et alors le silence se faisait, comme si les épargnés n'osaient pas bouger afin de ne pas attirer sur eux un semblable destin.

Il aimait tout particulièrement traîner dans la petite cuisine, ce qui était interdit, et où on ne cuisinait plus mais où on faisait la vaisselle, ses longues conversations là-bas avec l'infirmière qu'il connaissait depuis des années... Elle le choyait autant que possible avec les repas. Il aimait bien cette femme un peu plus jeune, encore attirante, qui vivait depuis maintenant vingt ans parmi ces hommes succombant lentement et qui avait su garder – malgré la perte de toutes ses illusions – sa gentillesse et son bon sens naturel.

Et il aimait les visites des médecins dans leurs longues blouses blanches et impeccables, qui considéraient chaque malade comme un cas, perdant aussitôt tout intérêt dès lors qu'était surmontée la phase aiguë. Il s'amusait humblement de ces psychiatres qui observaient le plus petit tressaillement des humeurs de leurs patients, mais pour qui les maladies du corps n'existaient pas. Il aimait justement ces médecins parce que, plus ils avançaient en âge et en savoir, plus ils ressemblaient à leurs malades, parce qu'ils paraissaient n'avoir aucun rapport avec la vie réelle.

Il aimait les promenades dans les petits jardins entourés de murs hauts qui ressemblaient à tout sauf à des jardins, et qui étaient des lieux profondément sinistres. Il aimait les bruits qui surgissaient soudain dans le couloir quand on emmenait un malade agité dans la cellule matelassée, ou bien dans la salle de bains. Il aimait tout cet établissement avec son atmosphère épaisse et étouffante, avec le sentiment de sécurité qu'il offrait, cette vie derrière les étroites fenêtres en fonte, c'était comme une maison pour lui.

« Dites, demanda-t-il plus tard à l'infirmier de nuit qui s'appelait Bachmann, pourquoi est-ce que je suis installé dans le bunker ? J'étais si agité ? J'ai cassé quelque chose ?

— Ah, mais que dalle ! répondit l'infirmier. Vous étiez doux comme un agneau. Mais il n'y avait rien d'autre de libre quand vous êtes arrivé, alors on vous a mis là-bas.

— Vous étiez là quand je suis arrivé ? Vous avez vu ma femme ?

— Non, vous êtes arrivé avant mon service, l'après-midi. Je ne sais rien du tout. Vous aviez déjà une bonne dose, mais on vous en a redonné tout de même.

— Ah bon ! » dit Doll. Et : « Ah bon ! » Mais il ne poursuivit pas la conversation, il resta assis, resserra la couverture sur lui. Soudain, il pensa qu'il ne savait même pas dans quel hôpital se trouvait Alma ! Il ne pouvait pas lui écrire, ne pouvait pas lui envoyer de messager, ne pouvait pas l'appeler. Il était seul, depuis bien, bien longtemps il était de nouveau tout à fait seul, et soudain il sentit qu'il était encore faible et qu'il allait encore mal. Il se leva, il commença machinalement à faire les cent pas, la couverture autour des épaules, exactement comme il avait déjà arpenté ce long couloir pendant de nombreuses nuits pour mettre les interminables heures d'insomnie derrière lui.

C'est là que le trouva la vieille infirmière de nuit. Avec sa claire voix de vieille dame, elle s'écria, sans égard pour le sommeil nocturne des autres : « Mais revoilà notre bon Dr Doll ! Eh bien, Herr Doktor, comment allez-vous ?

Vous vous plaisez dans le petit salon ? Hihi, hihi, sœur Emerentia s'est bien amusée quand elle a mis Herr Doll dans le petit salon, notre vieil habitué ! Allons, ce n'est pas grave, Herr Doll, la roue tourne ! C'est juste que nous avons plus de deux cents demandes et pas un lit de libre depuis des semaines. Alors évidemment, quand quelqu'un arrive sans avoir pris rendez-vous…

— Mais j'avais pris rendez-vous », grogna Doll. Ce n'était pas complètement vrai, mais…

« Oui, oui, bien sûr ! s'écria l'infirmière avec un peu plus d'ardeur et encore plus fort. Il n'y a pas de honte, non plus, à être dans la cellule matelassée quand on est aussi brave et gentil que le Herr Doktor, n'est-ce pas Herr Bachmann ? » L'infirmier de nuit grogna une approbation. « Mais maintenant nous allons gentiment retourner au lit ! C'est encore beaucoup trop tôt pour se promener comme ça, il n'est que deux heures et demie… Vous allez vous enrhumer !

— M'enrhume jamais.

— Allons, si, si, bien sûr que vous vous enrhumez. Et si vous n'arrivez pas à dormir, je vais vous donner un joli petit quelque chose. Qu'est-ce que vous aimeriez avoir pour dormir ? »

Si toutefois il n'y était pas déjà revenu, cette question le ramena aussitôt aux vieilles manigances qu'on pratiquait dans cette maison pour extirper le plus de somnifères possible. En rechignant il dit : « Ah, laissez-moi me balader tranquillement ! Vous n'allez rien me donner de sérieux, vous ne voulez que berner les pauvres et malheureux malades ! »

Trudi, l'infirmière de nuit, poussa un cri d'horreur. « Mais, Herr Doktor, comment pouvez-vous dire une chose pareille, vous, un homme cultivé ! Quand est-ce que je vous ai berné ? Bien sûr, continua l'infirmière de nuit, quand quelqu'un est sans cesse malpoli et fait du tapage, alors naturellement je lui donne de la scopolamine au lieu de véronal. Mais jamais de la vie cela ne s'appelle berner quelqu'un, c'est une mesure médicale !

— Ah bon !

— Mais avec vous il n'est pas nécessaire d'en arriver là, Herr Doktor ! Vous savez quoi, je vais vous donner du paraldéhyde ! Vous avez toujours appelé ça votre gnôle, vous en avez toujours pris volontiers !

— Ah bon, et combien voulez-vous m'en donner ? », demanda Doll déjà vivement intéressé. Le paraldéhyde, ce n'était pas une mauvaise proposition de Trudi, elle connaissait son public, elle qui assurait les gardes de nuit depuis plus de trente ans. Elle remplaçait parfaitement le médecin de garde, et pour cette raison, d'ailleurs, le professeur la laissait complètement libre dans la médication.

« Combien je vais vous en donner ? » demanda l'infirmière, et elle jeta un coup d'œil rapide et scrutateur sur Doll pour estimer combien il lui faudrait. « Eh bien, je vais vous donner trois traits de graduation de paral… »

D'un geste, Doll remonta la couverture sur ses épaules et fit mine de reprendre sa marche. « Vos trois paral, vous pouvez tranquillement vous les garder, infirmière Trudi ! répondit-il avec mépris. Je préfère encore passer la nuit à me promener plutôt que de me laisser administrer des doses pour enfants. » Et en partant, il insista : « J'en veux au minimum huit ! »

Des cris, des palabres, des implorations. Herr Dr Doll savait pourtant très bien que la dose maximale était de cinq traits. Herr Doll ne se souciait pas d'une invention aussi ridicule que la notion de dose maximale : il était mithridatisé ! Il avait reçu une fois seize traits de paral. (Une affirmation absolument inventée !) Le marchandage commença, l'infirmière Trudi suppliait et implorait, Doll fier comme un Espagnol négligeait les cadeaux de mendiant, toujours sur le point de se remettre à marcher, mais intérieurement excité à l'extrême par tout cela. Il pensa en lui-même : vous êtes bien bêtes, tous autant que vous êtes. Je pourrai divinement dormir sans rien du tout, j'en ai encore plein dans le sang. Mais maintenant je ne vais rien lâcher ! Finalement, ils se mirent d'accord pour six traits de graduation. Doll promit d'aller aussitôt au lit, l'infirmière s'engagea à ne pas diluer le paraldéhyde avec de l'eau. « Si la gorge vous brûle, Herr Doktor, ce n'est pas à moi que cela fera mal ! »

Doll était retourné au lit, dans le petit salon. Cet établissement était comme il fallait, dans son genre il était tout à fait fantastique. Il était allongé, attendant son équivalent-gnôle pour dormir, les mains croisées derrière la tête, agréablement installé dans son lit. Il pensa brièvement à Alma, mais maintenant sans désir aucun, sans le besoin urgent de se précipiter auprès d'elle. Ce n'était pas nécessaire. Alma était elle aussi à l'hôpital, sa plaie était maintenant soignée et pansée chaque jour – elle était entre de bonnes mains, tout comme lui, il n'y avait pas de raison de s'inquiéter !

Comme toujours dans cette maison, le somnifère se fit drôlement attendre. C'était leur combine à eux pour vous faire sentir que le médicament était vraiment très précieux, ou peut-être aussi, ce n'était que du lambinage ! Les patients avaient bien assez de temps, ils pouvaient attendre. Doll entendait l'infirmière Trudi parler avec l'infirmier de nuit dans la salle de repos, tout haut et sans se gêner. Avant, il avait parfois fulminé contre ce manque d'égards, ce manque de respect du précieux sommeil des malades. Mais maintenant il ne faisait qu'en sourire. Cela aussi faisait partie de cet établissement. Qui avait seul l'inconvénient de ce tapage nocturne : il faudrait donner d'autant plus de somnifères !

Pendant un instant, Doll fut tout à fait lucide que c'était une conclusion idiote : cela ne nuisait certainement pas aux médecins si les malades prenaient trop de somnifères. Cela ne nuisait qu'aux malades, qui alors passaient la journée entière avec la tête à moitié abrutie. Pour son cas à lui, peu importait à l'infirmière Trudi que Doll reçoive trois ou seize traits de graduation de paraldéhyde. À vrai dire, il n'en avait plus besoin, il se sentait agréablement bien dans son lit. Progressivement ses membres glacés se réchauffaient, il n'avait plus besoin que de se retourner et de s'endormir.

Mais non, c'était mieux de se faire anéantir d'un coup, de pouvoir disparaître, soudain.

Il y avait un poème qui se trouvait au début d'un tome de nouvelles d'Irene Forbes-Mosse. Il s'appelait « La petite mort », et commençait à peu près ainsi : « La petite mort, oh j'en mourrais volontiers, une petite mort aux premières étoiles allumées… »

C'était, certes, une tout autre mort dont parlait la poétesse, mais cette rapide extinction par les médicaments, Doll l'appelait sa Petite Mort. Il l'aimait. Ces derniers temps, il avait si souvent pensé à sa grande sœur, la Grande Mort, il avait vécu avec elle, d'une certaine manière peau à peau ; il s'était habitué à la considérer comme le dernier espoir qui lui restait, le seul qui ne le décevrait certainement pas. Il lui faudrait un tout petit peu plus de détermination que celle dont il disposait pour l'instant, et ce serait passé. Et d'ici à ce qu'il trouve ce supplément de détermination, il avait toujours la Petite Mort. Pour l'instant, il attendait justement ses six grammes de paral, et dès qu'ils seraient en lui, c'en serait fini de toutes ces réflexions et de tous ces écartèlements. Il ne se tourmenterait plus, il n'aurait plus aucun compte à se rendre à lui-même, et pourquoi Herr Doll faisait ceci, et pourquoi ne prêtait-il pas attention à cela, il n'y aurait plus de Doll…

Tout de même, il était vraiment temps qu'elle vienne avec son somnifère. D'un seul coup Doll sort de son lit. Il va de l'autre côté dans la salle de repos, la porte est ouverte. L'infirmier de nuit l'aperçoit déjà. « Revoilà Herr Doll ! Allez, infirmière, donnez-lui donc son machin ! »

L'infirmière a déjà le flacon brun à la main, elle s'écrie (en fait, elle est encore vexée par le soupçon injustifié de Herr Doll qu'elle puisse berner les malades) : « Là, voilà, Herr Doktor peut se convaincre lui-même que je ne le berne pas ! Moi le berner ! J'en donnerais plutôt trop que pas assez ! »

Et elle verse. Déjà se répand l'odeur caractéristique du

paral, à dire vrai ce truc pue atrocement. Mais pour Doll, cela sent bon, délicieusement ! Il observe avec attention comment l'infirmière le verse et approuve d'un hochement de tête lorsqu'elle s'exclame : « Là, vous voyez, il y en a presque sept ! Comment je suis avec vous, Herr Doktor ? »

Mais il n'a plus envie de parler. Il a déjà le petit verre avec son médicament, enfin, enfin il a dans la main un sommeil profond, la Petite Mort, il est tout enveloppé de son odeur. Non, il ne fait plus la conversation. Son visage est devenu sérieux, presque sombre : il est tout seul avec lui et son sommeil. Il verse le contenu du petit verre d'un seul coup dans sa bouche. Cela brûle bien plus que le plus fort des tord-boyaux, on dirait que ça ronge la peau dans la bouche, ça bloque la respiration. Il y répugne certes, mais il lui faut boire ensuite deux petites gorgées d'eau, il faut qu'il apaise ce délicieux goût de mort. Puis il regarde encore une fois les deux infirmiers, marmonne un bref « Nuit » et retourne dans sa cellule, au lit. Il reste encore un instant les mains croisées derrière le crâne, il regarde fixement vers la lumière.

Il y a comme des nuages qui traversent sa tête, il aimerait encore penser à ceci ou à cela, et le voilà loin de ce monde dans sa Petite Mort tant aimée…

Plus tard il se réveille, et chaque fois son humeur est différente. Parfois il reste allongé pendant des heures dans sa cellule, renfrogné, il dit à peine quelques mots indispensables, se retourne vers le mur et se refuse à donner la moindre réponse lors des visites des médecins. Ou bien il pleurniche doucement des heures durant ; alors il ressent une infinie pitié pour lui-même et pour sa vie ratée, il sent qu'il doit mourir. Ces jours-là, il ne mange pas et ne boit pas, qu'ils le regardent donc mourir dans sa cellule puante… D'autres jours, il est de belle humeur, la couverture sur les épaules il va de tous côtés, il discute avec les autres malades.

Le jeune médecin du service était aimable avec lui, il essayait de l'aider, il tentait de saisir d'où provenait ce mélange d'apathie et de désespérance chez Doll. Mais Doll ne voulait pas parler de cela, il ne pourrait peut-être jamais en parler, pas même avec sa femme, avec Alma. Peut-être pourrait-il un jour s'en libérer par l'écriture – mais seulement une fois que tout serait passé. Parfois il croyait qu'il allait guérir de nouveau, qu'il y aurait encore une fois quelque chose qui pourrait remplir le vide à l'intérieur. Mais c'étaient des moments rares.

La plupart du temps, il essayait de détourner l'attention du jeune médecin ; alors il lui racontait un épisode de sa vie, il parlait des livres ; ou bien il laissait aussi le jeune médecin s'exprimer, parler de son mauvais salaire, de la nourriture plus mauvaise encore, du travail excessif, des façons méprisantes du professeur envers ses collaborateurs. Ou bien il essayait de soutirer au jeune médecin des informations sur les différentes façons de se suicider. Il possédait une grande habileté à cela : il réunissait des informations sur le cyanure, la morphine, la scopolamine, les doses qui sont absolument mortelles, sur l'injection d'air dans les veines pour provoquer une embolie, sur l'insuline qui permettait un suicide ensuite difficilement vérifiable. Il réunissait des informations, il voulait être prêt quand viendrait l'heure où il aurait suffisamment de force pour faire *cela*, pour recourir à l'unique issue qui restait encore à un Allemand.

DEUXIÈME PARTIE
La convalescence

8

Sortie autodéclarée

Pendant que Doll menait une vie désœuvrée dans le service « Étage Hommes III », tout en étant obligé, les doses de somnifères diminuant, d'être chaque jour un peu plus éveillé, il ne pouvait lui échapper, en tant qu'habitué des lieux, que la patientèle de ce service avait radicalement changé par rapport à avant. Les paralytiques et les schizophrènes avaient complètement reflué derrière une clientèle qui ne séjournait qu'assez peu de temps, et ne semblait souffrir ni de dépression ni de maladie mentale.

Ces patients arrivaient la plupart du temps aux heures du soir, rarement accompagnés de leurs proches. Ils étaient souvent animés d'une gaieté toute sinistre, très enclins à faire la conversation et à distribuer généreusement leurs coûteuses cigarettes anglaises et américaines. Plus tard les soignants les exhortaient doucement à les suivre à la salle de bains, et, pendant qu'ils étaient dans la baignoire, l'infirmière en chef et une soignante fouillaient toutes leurs affaires avec ardeur. Doll les voyait parfois faire et constata que l'on inspectait minutieusement chaque enveloppe, les replis de chaque poche, alors qu'avant on s'était contenté de prendre tout ce qui était coupant et pointu, d'ôter aussi peut-être la ceinture du peignoir que certains dépressifs utilisaient pour se suicider.

Quand les nouveaux venus ressortaient de la salle de bains, ils étaient aussitôt mis au lit, malgré leurs protestations. Il n'y avait plus de conversation possible avec les autres patients, une infirmière se postait à leur chevet, le jeune médecin faisait son apparition, il procédait la plupart du temps à une injection en intraveineuse, et le patient s'endormait. Il était maintenu dans cet état de sommeil pendant une semaine environ. Certes, on entendait parfois aussi du bruit dans la chambre d'à côté, des cris, le tumulte des pieds qui battent le sol, Doll voyait parfois, par la vitre des portes, une silhouette fugitive en pyjama qui se débattait avec l'infirmière et le soignant, il entendait : « Mais vous allez me rendre fou ! Je veux… » Et les paroles apaisantes : « Un petit peu de patience, Herr Doktor ! (Presque tous ces patients étaient appelés "Herr Doktor".) Le médecin arrive tout de suite… »

Et en effet le médecin appelé au téléphone arrivait en toute hâte, il n'était pas rare que ce soit le professeur en personne, de nouvelles piqûres, d'autres somnifères, et le calme revenait.

Quand cette première semaine était passée, le patient émergeait de temps à autre au bras de l'infirmière. Le visage gonflé, il déambulait dans le couloir, allant ou revenant des toilettes, et cela arrivait assez souvent qu'il s'arrête en chemin, appuie la tête contre le mur et soupire : « Je n'en peux plus, oh, je n'en peux plus ! Quel idiot j'ai été de venir ici ! »

Mais, idiot ou pas, même un béotien aurait vu que l'état de ces malades évoluait rapidement. La plupart d'entre eux allaient et venaient déjà dans le couloir, tout habillés, à la troisième semaine, ils s'adossaient près de la fenêtre et regardaient fixement au-dehors, disant d'un ton impatient : « Il est grand temps que je sorte de cette boutique ! » Le plus souvent, ils disparaissaient aussi vraiment très vite, en particulier lorsque l'adresse « Herr Doktor » leur revenait de plein droit, et de nouveaux malades, semblables, les remplaçaient dans leurs chambres.

Même un homme un peu moins familier de ces maisons que ne l'était Doll aurait compris en trois jours ce qu'il en était de ces malades. Il n'était pas besoin que l'un de ces « docteurs » dît un jour ouvertement à Doll : « Oui, mon cher, vous avez de la chance, vous pouvez rester ici autant que vous le souhaitez. Moi, je dois sortir aussi vite que possible. Personne dehors ne doit remarquer que je suis ici et pourquoi. »

Évidemment que personne ne devait le remarquer. C'étaient des médecins, des médecins devenus accros à la morphine qui se faisaient soigner ici de leur dépendance en toute discrétion, cachés de tous et surtout de la redoutée commission sanitaire. La plupart étaient médecins, parce que c'étaient eux qui pouvaient le plus aisément trouver de cette morphine devenue si rare. Ce narcotique eût-il été disponible en quantités plus grandes, eût-il été facile à acheter, alors probablement que les trois quarts de la population allemande auraient tenté de noyer de la sorte leur désespoir abyssal et leur apathie, maladies de l'époque.

Ainsi, c'étaient essentiellement des médecins, et dans tous les cas des personnes riches, qui pouvaient se payer les prix du marché noir pour la morphine. Ils commençaient par une ou deux piqûres. Ces piqûres les libéraient de leurs soucis ; le froid, la faim, la douleur d'avoir perdu des proches et des biens, tout cela ne comptait plus. Ce qui une semaine auparavant faisait encore effet, ne marchait plus. Augmenter et augmenter encore les doses. Au début, ils ne s'étaient piqués que le soir avant d'aller se coucher, puis les heures de l'après-midi étaient devenues interminables et la piqûre s'était empressée de les aider à les surmonter, finalement ils n'avaient plus été en mesure de se lever le matin pour affronter une journée grise et longue. À la fin, ils consommaient tellement de morphine que la pharmacie était devenue soupçonneuse, ou bien ils avaient perdu toute envie de travailler. Ou bien encore leur femme, leurs parents, leurs amis devenaient méfiants, leur couple, l'entièreté de leur vie bourgeoise, leur existence même étaient en jeu : un morphinomane n'était plus un médecin qui guérissait mais un dangereux malade. Ils disparaissaient hâtivement au sanatorium. Pour l'extérieur, ils souffraient d'une angine, un ami collègue prenait le relais à leur cabinet – surtout, que la commission sanitaire n'en apprenne rien, l'administration dont ils dépendaient !

Dans cette procession continue de toxicomanes, Doll reconnaissait des compagnons de souffrance, des gens qui comme lui avaient désespéré d'eux-mêmes et de l'Allemagne, qui s'étaient effondrés sous le poids de toutes ces humiliations et de cette débauche, et qui avaient fui dans des paradis artificiels. Ils cherchaient tous, comme lui, la « Petite Mort ». Ils avaient peut-être tous encore un dernier espoir qui les retenait de franchir le dernier pas, à tous il manquait – exactement comme à Doll – la dernière et décisive impulsion pour passer à l'acte. Partout la même fuite devant le présent, le refus de supporter sur ses épaules le poids dont une guerre ignominieuse avait chargé tous les Allemands.

Mais derrière son propre cas, derrière ces visiteurs furtifs du service Hommes III, apparaissait une foule sombre, sinistre et menaçante : le peuple allemand tout entier. Il y avait eu un temps, certes c'était le temps de l'illusion, mais en ce temps-là Doll savait qu'il n'était pas seul dans l'immense cratère de bombe, et qu'avec lui se trouvait le peuple allemand tout entier. Exactement comme ces médecins s'étaient détachés de ce peuple avec l'aide de la morphine, Doll avait fait de même. Tout en faisant les cent pas la nuit sur le linoléum rouge brique du couloir, en restant allongé pendant des heures dans sa cellule, en fixant la lumière au plafond, il réfléchissait, ruminait, mesurait le chemin qui l'avait mené jusqu'ici, toujours plus loin dans son isolement égocentrique. Fuyant lâchement les tâches qui s'imposaient à eux tous…

Mais le peuple était dehors. On ne pouvait pas le nier, il était là et Doll en faisait partie. Pendant qu'il menait ici une vie désœuvrée, complaisant envers lui-même, vivant des aumônes qu'on lui octroyait à la faveur de ses précédents séjours dans cet établissement, le peuple travaillait. Il avait déblayé les barrages antichars et les décombres des rues, il recouvrait maintenant les toits des immeubles et préparait les logements pour l'hiver. Il retapait les machines hors d'usage et les remettait en service. Il avait faim, froid, réparait les voies ferrées, ramassait les pommes de terre sous les pluies glacées d'octobre et s'étirait en convois sans fin sur les routes de campagne, se satisfaisant de si peu.

Pendant que Doll scrutait avec envie la nourriture supplémentaire des autres malades, le lait tarissait dans les poitrines des femmes, et des enfants mouraient affamés. Pendant que Doll se disputait avec la garde de nuit pour un somnifère supplémentaire, des vieillards exténués, hommes et femmes, s'affalaient dans les fossés au bord des routes, au milieu des forêts humides, et sombraient dans leur dernier sommeil. Pendant que les soldats qui revenaient étaient à la recherche de tout – de leur ancien foyer, de leur femme et de leurs enfants, de nourriture et de travail, semaine après semaine, sans jamais désespérer –, Herr Doll ne daignait pas même faire quelques pas, prononcer quelques mots auprès des services compétents pour son appartement et son ravitaillement. Pendant que Doll vivait une existence oisive aux frais de sa femme et grâce à la vente de son bijou – ce même Doll qui se plaignait tout au plus amèrement que les billets de mille ne lui parvenaient pas assez vite, qu'il s'empressait pourtant de dépenser de façon absurde –, de faibles jeunes filles se chargeaient d'accomplir des travaux extrêmement difficiles, pour un salaire journalier qui ne leur permettait même pas de se payer une cigarette – à un prix que Doll trouvait normal depuis longtemps.

Non, il s'était véritablement égaré très loin, il avait sombré dans une existence inutile, honteuse et paresseuse de parasite. Il voyait très bien le chemin qui l'avait mené jusqu'à la cellule matelassée de cet établissement, et qu'il s'était de plus en plus enfoncé, depuis ce 26 avril, dans la vase et le marécage. Et pourtant il ne comprenait pas comment il avait pu emprunter ce chemin. Quelle débauche de sentiments pour un personnage aussi inoffensif et corniaud que Willem-Goret ! Comment le négociant de bière Zaches avait-il pu le mettre à ce point hors de lui ! Il avait toujours su quel genre de personnages étaient ces nazis. Ces allées et venues chez les médecins pour les somnifères et les piqûres qui pourtant ne changeaient rien, qui rendaient seulement plus difficile chaque décision qu'il fallait prendre !

Et puis il y avait autre chose encore. Ce Dr Doll, soudain un peu réveillé, ce faiseur de livres qui prétendait qu'il n'y avait plus rien à écrire pour lui, ce sceptique et ce torturé qui s'était cru complètement vide, cet ex-maire qui n'avait pas été à la hauteur de sa tâche, ce père et cet époux qui avait complètement oublié ses enfants et sa femme – il pensa soudain à ses enfants, avec de grandes inquiétudes, il pensa aussi à sa femme. Maintenant que Doll sentait qu'il allait mieux, qu'il y avait peut-être encore pour lui un reste de quelque chose à accomplir dans cette vie, au milieu de ce peuple qui s'était remis avec acharnement au travail, maintenant il repensait soudain à la jeune femme, et il avait peur pour elle !

À ce moment-là, Doll n'était déjà plus sans nouvelles de sa femme. Bien sûr, elle n'avait pas écrit, mais un jour Dorle avait surgi auprès de lui, la fidèle amie de sa femme, elle lui avait apporté une chemise de nuit toute neuve et des cigarettes et un demi-pain. Oh oui, sa femme pensait à lui, elle ne l'oubliait jamais, elle se faisait du souci pour lui et elle prenait soin de lui. Elle l'aimait, et il l'aimait aussi – une fois encore, il avait simplement oublié cela pendant sa maladie.

Doll fuma, Doll se jeta sur le demi-pain blanc comme un loup affamé, et le dévora en une seule fois. Pendant ce temps, Dorle était assise sur le bord de son lit et l'informait. Elle lui raconta qu'Alma était la préférée de tous à l'hôpital, même des nonnes austères et pieuses, et qu'elle était dorlotée par tout le monde, aussi par les médecins. La plaie était vraiment grave, l'abcès était déjà profond à cause du traitement qui avait traîné. Mais maintenant elle avait bien meilleure allure, on avait mis du sucre dans la plaie, un vieux remède de bonne femme, et depuis cela allait vraiment mieux...

Oui, Alma avait de nouveau un peu d'argent. Ben avait fini – après de nombreux appels – par réapparaître un jour à l'hôpital et il avait apporté de l'argent, mais uniquement deux mille cinq cents. Étant donné que le marché des diamants était toujours en baisse, dit-il, il n'avait pu au total en obtenir que onze mille, impossible d'en tirer plus. Alma s'était mise en rage contre Ben, et avait interdit à Dorle d'en parler à Doll ; s'il pouvait donc ne pas faire remarquer à Alma qu'il était au courant. Une dame qui partageait la chambre avec Alma et qui connaissait très bien le marché noir avait dit à Alma qu'une bague comme celle qu'elle décrivait pourrait sans peine rapporter vingt-cinq mille, voire trente mille marks. Doll pouvait certainement s'imaginer la fureur d'Alma, et elle avait, à présent et pour toujours, rompu avec son bon ami Ben !

Doll aussi éprouvait de la colère, mais avec elle également une légère satisfaction, car aucun mari n'est tout à fait libre de jalousie envers les anciens amis de sa femme, et il préfère les voir partir plutôt qu'arriver. Il écouta donc avec patience l'éloge timide mais bien compréhensible que Dorle fit de sa propre personne, qu'elle était une bonne amie, prête à tout, présente tout le temps, les hauts et les bas. Et il pensait pendant qu'il écoutait distraitement ce bavardage futile : ah, ma bonne, chère et idiote petite Dorle ! Toi aussi, tu restes une bonne amie d'Alma jusqu'à ce qu'il n'y ait plus rien à tirer d'elle. Alma devrait pourtant bien le savoir. Penses-tu que je n'ai pas remarqué que tu t'allumes déjà, en toute innocence et en toute simplicité, la troisième des dix cigarettes que tu m'as apportées ?! Avec Alma, tu en fais sans doute tout autant, et si elle donne très volontiers, à vrai dire bien trop et en gaspillant, elle préfère justement donner et non pas subir un pillage ennemi, et un jour il en sera subitement terminé de ses sentiments amicaux – envers toi aussi !!

Voilà ce que pensait Doll, mais il n'en fit rien remarquer, il demanda plutôt ce qu'il en était des piqûres antidouleur de sa femme. Sur ce sujet-là aussi, Dorle était au courant. Au début, Alma avait reçu beaucoup de piqûres, mais alors le médecin-chef avait fait une sérieuse mise au point et maintenant la malade ne recevait plus qu'une petite piqûre pour la nuit, et encore pas toujours. Il fallait d'abord qu'elle fasse un numéro au jeune médecin qui était de garde la nuit, dont elle ressortait cela dit souvent victorieuse, car le jeune médecin succombait facilement à ses charmes quand elle suppliait, boudait, pleurait, se plaignait, riait, se retournait contre le mur et ne disait plus un seul mot, mais sautait aussitôt du lit pour retenir le médecin et recommencer depuis le début. Si cela ne suffisait toujours pas, alors ce médecin était aussi très sensible aux cigarettes étrangères, qu'il ne pouvait pas s'offrir avec son salaire dérisoire. Donc Alma finissait la plupart du temps par obtenir sa piqûre, raconta Dorle.

Une fois que Doll eut réfléchi à ces nouvelles pendant quelques jours, il décida qu'il devait aller vérifier par lui-même si Alma allait bien. Par ailleurs, ce serait très joli de voir le visage joyeusement étonné de la jeune femme quand elle verrait soudain son mari gravement malade dans l'embrasure de la porte. Doll connaissait le professeur et doutait à raison qu'il lui octroie déjà une permission pour faire une sortie autonome en ville. Doll n'était qu'à la moitié du sevrage des somnifères et son humeur n'était pas encore tout à fait stable, les médecins soupçonneraient par ailleurs qu'il se procure des somnifères supplémentaires, ou bien même des narcotiques, lors d'une sortie en ville. Car ces médecins étaient atteints d'une méfiance constante envers leurs malades et ne pouvaient jamais distinguer le bon grain de l'ivraie – c'est en tout cas ce que pensaient les patients, et donc aussi Herr Doll.

Mais si Doll connaissait le méfiant professeur, il connaissait aussi les habitudes de la maison, et c'est sur elles qu'il avait fondé son plan pour échapper tout de même à la stricte surveillance du service Étage Hommes III, et pour faire sa sortie en ville. Après le déjeuner, quand les infirmiers prenaient leur pause et que les autres en revenaient, à cet instant-là, alors que personne n'était vraiment au courant de ce qu'il se passait dans le service, à cet instant précisément Doll eut l'audace de prétendre qu'on avait appelé au téléphone, il fallait qu'il se rende au bureau pour sa facture.

« Bah, allez donc au bureau ! » dit l'infirmier indifférent, et il lui ouvrit la porte.

Doll descendit les escaliers. Ces escaliers lui rappelèrent qu'il était encore très chancelant et que cette excursion était une affaire osée. Les marches étaient étrangement agencées, elles étaient disposées de façon arbitraire, jamais comme on les attendait, les genoux flanchèrent et aussitôt des gouttes de sueur apparurent sur son front. Mais il avait franchi le premier obstacle, il s'agissait maintenant de passer le deuxième, la porte pour sortir de l'immeuble ! Dans la loge se tenait une jeune fille toujours sur le qui-vive, et elle n'appuyait sur le bouton pour ouvrir la porte que quand le cas lui semblait clair.

Doll toqua doucement contre la fenêtre de la loge et dit amicalement au visage se tendant vers lui : « Le professeur a appelé dans le service, je dois aller le voir au pavillon de cure. (C'était le bâtiment principal du sanatorium où le professeur habitait également.) D'ailleurs, je m'appelle Doll, Étage Hommes III. »

La jeune fille hocha la tête et continua de l'examiner. Elle répondit : « Je sais », mais ce « je sais » se référait seulement au nom de Doll et à son lieu d'internement.

Doll sourit de nouveau : « Le mieux, dit-il doucement, serait que vous appeliez directement le professeur pour vérifier que c'est bien vrai. »

Il n'avait pas terminé sa phrase qu'elle s'était déjà décidée. Elle avait appuyé sur le bouton, le verrou de la porte bourdonna. Doll dit « Merci bien » et se retrouva dehors dans le jardin, avec la rue qui passait à dix pas, de l'autre côté du portail ouvert.

Mais, se dit-il, je ne peux pas sortir dans la rue par là, la jeune fille peut encore me voir par la fenêtre. Je dois traverser le jardin jusqu'au pavillon de cure et emprunter la sortie qui se trouve là-bas. Elle était tout de même un peu méfiante. Cela m'a aidé de ne porter que mon costume de ville, sans manteau ni chapeau. Ce n'est pas une tenue pour sortir fin novembre. Elle devrait pourtant savoir que je ne possède ni manteau ni chapeau !

Il sourit. Il flâna dans le jardin, les mains dans les poches, s'attendant à tout moment à croiser un médecin ou une infirmière qui ne seraient pas aussi crédules. Mais tout se passa bien, il parvint sans embûche au pavillon principal et jusque dans la rue, et prit rapidement le chemin vers la station de métro.

Il faisait déjà sacrément froid. Il fallait espérer qu'Alma serait bientôt sur pied, en premier lieu il faudrait aller dans la petite ville pour chercher quelques vêtements un peu plus adaptés à la saison. Non, d'abord il fallait régler cette histoire d'appartement et de tickets de rationnement. Ah, ils avaient encore tant de choses à faire avant qu'il puisse commencer à travailler !

Il fait vraiment trop froid pour son costume d'été – il est content quand il est enfin dans le métro, il y fait tout de même un peu plus chaud. Il ne claque plus des dents. Les gens ne peuvent manifestement pas s'empêcher de le scruter à cause de ses vêtements trop légers, mais ils peuvent bien le prendre pour un fanatique de l'endurcissement si ça leur chante.

Il s'est assis sur un banc, les mains entre les genoux, le visage un peu penché en avant pour le laisser dans l'ombre. Il a drôlement mal au cœur, il a la nausée, l'accès de transpiration qu'il a eu dans les escaliers se reproduit. Ces fichus légumes séchés de midi ! Cela le dégoûte encore rien que d'y penser. Est-ce qu'on a mangé pendant toute la guerre des légumes séchés pour devoir en manger encore en temps de paix, accompagnés de crottes de souris ?! C'est d'une insolence – le noble professeur ne peut attendre pour s'enrichir !

Néanmoins, Doll reconnaît un peu plus tard que ce ne sont pas les légumes qui provoquent sa nausée. Il s'est tout de même fait resservir deux fois par l'infirmier Franz – et les crottes de souris n'en étaient peut-être pas, mais un peu de rutabaga brûlé ! Non, c'est tout simplement trop tôt pour cette partie de campagne ! Il n'est pas encore guéri. Et il fait trop froid !

Il le ressent particulièrement quand il se traîne de la

dernière station de métro jusqu'à l'hôpital. Le chemin n'est très long – normalement dix minutes, mais pour lui cela dure une demi-heure. Il n'est plus joyeux, il se réjouit encore à peine de revoir Alma. Trébuchant sur une plaque de granit éjectée du pavement du trottoir par une bombe, il pense pendant ce pénible trajet au retour qui sera plus pénible encore. Et à l'accueil qu'on lui fera au sanatorium. Ils le cherchent déjà, là-bas. On dispute l'infirmier et la jeune fille de la loge qui l'ont laissé sortir. Il y aura sacrément de l'orage quand il va revenir. Bon, Dieu soit loué, il est déjà dans le petit salon, on ne pourra pas le déchoir plus pour le punir. Cette interminable rue ne va donc jamais finir ? Et maintenant il tombe même des gouttes – vraiment le temps parfait pour cette partie de campagne !

Mais alors, quand – guidé par une de ces nonnes aux sourires qui, toujours mystérieux et inquiétants, semblent dérobés à des tableaux de madones –, quand il se tient, donc, sur le seuil de la chambre d'Alma et qu'il la voit allongée dans son lit – elle tourne le dos à la porte, elle dort probablement, le visage contre le mur –, quand la dame dans l'autre lit dit : « Frau Doll, je crois que vous avez de la visite... », tout ce qu'il vient d'endurer est oublié.

Il pose le doigt sur sa bouche, se retrouve en trois pas rapides auprès de son lit et dit doucement : « Alma ! Alma ! Mon Alma ! Mon trésor ! »

Elle se retourne lentement, il peut voir exactement qu'elle n'en croit pas ses yeux. Mais soudain son visage se met à s'éclairer, à rayonner de tant de bonheur, à briller, elle tend ses bras vers lui et chuchote : « Mais d'où sors-tu comme ça ? Tu es au sanatorium ! »

Il s'agenouille aussitôt à côté de son lit, il l'entoure de ses bras, sa tête repose sur sa poitrine. Il sent l'odeur connue et tant aimée de sa femme, dont il a si longtemps été privé, il chuchote : « Je leur ai échappé, Alma ! J'avais un tel désir de te voir, je ne pouvais plus le supporter, j'ai tout simplement fait le mur… »

Oh, le bonheur d'être près l'un de l'autre de nouveau, de savoir où l'on est chez soi, dans ce monde glacial de solitude et de destruction. Bonheur, bonheur, et encore du bonheur – et il avait si longtemps cru qu'il ne pourrait plus jamais être heureux ! À l'entendre le présenter fièrement à sa camarade de chambre : « C'est mon mari ! » Et pourtant il sait bien qu'il n'est qu'un homme un peu âgé dans un costume d'été froissé et plus tout à fait impeccable, qu'il est lui-même froissé et bien loin d'être impeccable. Mais tout cela, elle ne le voit pas parce qu'elle l'aime justement, elle est aveugle à cela.

Plus tard, il est assis près d'elle au bord du lit, et ils racontent – ah, mon Dieu, tout ce qu'ils ont à se raconter ! Sur les médecins que chacun a, et sur les autres malades, et les infirmières, et les repas, d'ailleurs Alma est bien mieux lotie que lui, le pauvre ! Il faut qu'il mange aussitôt le petit bout de pain qui lui reste, et elle le force à prendre la soupe qu'on lui donne à la place du café l'après-midi. Elle agite quelques billets, et une infirmière court lui chercher des cigarettes. Ah, l'argent, ces deux mille cinq cents marks, le reste du paiement de Ben, ses derniers revenus, sont bientôt presque épuisés. C'est bien simple, elle ne garde jamais l'argent bien longtemps. Mais il avait besoin d'une chemise de nuit (cinq cents marks !), et elle avait besoin d'une chemise de nuit (sept cents marks !) – et puis ces cigarettes ! Ici, ils lui prennent même quinze marks pour les cigarettes américaines, ces voleurs ! Ils savent bien qu'elle est malade, qu'elle ne peut pas aller les chercher elle-même !

Mais elle en rit, elle rit des prix exorbitants, elle rit de l'argent qui file : aujourd'hui, c'est aujourd'hui ! Les choses s'arrangeront bien. Elle a vingt-quatre ans, et les choses se sont toujours arrangées, les choses ont toujours continué d'une façon ou d'une autre. Maintenant aussi, les choses vont continuer ! Dès qu'ils seront de nouveau réunis, ils feront tout autrement cette fois ! Ils iront chercher leurs affaires dans la petite ville, ils ont encore tellement de choses de valeur, ils pourront vivre encore un an de cette réserve. Ils vont aménager un chouette appartement, et elle va ouvrir un magasin de cravates sur le Kurfürstendamm. Que des produits très chers, idéalement d'Angleterre ! Elle s'y connaît, il sait qu'elle a un jour travaillé dans une boutique très raffinée de prêt-à-porter pour hommes. Elle s'assurera juste de ne recevoir que de la clientèle avec de l'argent, pour cela elle a le nez.

Pendant ce temps-là, alors qu'elle gagnera de l'argent comme ça, il écrira un grand livre qui d'un coup refera parler de lui partout. Mais il ne va pas seulement écrire, il s'occupera aussi un peu de l'enfant, de Petta. Il faut que l'enfant s'habitue beaucoup plus à lui, il faut vraiment qu'elle apprenne à l'aimer vraiment, il ne faut jamais qu'elle le ressente comme son beau-père.

Et elle papote ainsi. Elle ne voit d'obstacle nulle part, elle ne peut s'imaginer que des succès. Il l'écoute, il hoche la tête ou bien reste songeur, mais tout cela n'est pas important. Elle est une enfant, les projets d'aujourd'hui seront oubliés demain, demain il y aura d'autres projets, d'autres espoirs. Il peut tranquillement la laisser développer les plus impossibles projets, c'est sans conséquence. Et pourtant, il se sent contaminé par son énergie, par cette vie jeune et tourbillonnante : cette évasion du sanatorium, si prématurée qu'elle soit, est pourtant un premier pas autonome, un salut à l'avenir !

Ils restèrent ainsi et papotèrent tendrement du passé et de l'avenir, on alluma la lumière dans la chambre devenue sombre, une nonne se tenait dans la porte, la main sur l'interrupteur, et elle dit de son ton souriant de madone, séparant subitement leurs visages effrayés : « On va bientôt servir le dîner ! Je crois, Herr Doll, qu'il vous faut rentrer chez vous. »

Oui, pendant leur longue discussion ils avaient oublié le monde autour d'eux. Ils n'avaient pas remarqué que la nuit commençait à tomber et qu'il faisait sombre. Le programme de musique dansante à la radio était terminé depuis longtemps, maintenant un homme quelconque, avec un défaut de langue, prononçait un discours sur la nécessité de payer des impôts. Pourtant Doll ne partit pas aussitôt. De toute façon, il arriverait bien trop tard au sanatorium. Peut-être même que, pour l'énerver, ils ne lui garderaient pas son repas, mais maintenant cela lui était égal.

La dernière cigarette, la toute dernière, la seule restante, ils la fumèrent encore ensemble : « D'abord tu tires trois fois, ensuite moi trois fois, et puis toi encore trois fois – stop, ne triche pas en ma faveur, tu me gâtes, tu n'as tiré que deux fois ! »

« Demain tu reviens, insista Alma au moment des adieux.

— Demain ? répliqua-t-il en souriant. Je ne crois pas que je pourrai revenir demain. Il vont me garder un certain temps derrière les verrous pour me punir.

— Ah, mais tu vas y arriver ! assura-t-elle avec confiance. Quand tu veux, tu y arrives toujours ! » Il sourit seulement à ce compliment. « Et, ajouta-t-elle en toute hâte, si demain ce n'est pas possible, tu reviendras dans trois, quatre jours ! Pense seulement que je suis allongée ici et que je n'attends que toi. »

Il l'embrassa. « Au revoir, chérie ! Au plus tôt possible !

— Au plus tôt possible ! Au revoir ! Rentre bien… Ô mon Dieu, pauvre de toi, ce que tu vas te geler ! »

Oui, il se gela misérablement sur le trajet du retour, et il fut content quand il eut enfin atteint le sanatorium. Dès le moment où il appuya sur la sonnette et où le verrou se mit à bourdonner, une seule pensée le préoccupa, hormis le froid, à savoir la façon dont on allait le recevoir ici, et il espérait que l'on serait clément avec lui.

La jeune fille qui avait ouvert, et qui le regardait maintenant à la fenêtre de la loge, était la même que celle qui lui avait ouvert l'accès l'après-midi, sur foi de son grossier mensonge. Elle allait ouvrir la lucarne mais finalement n'en fit rien. Reprenant son souffle, Doll grimpa les escaliers et pensa : bon, le premier danger est passé...

Qu'y a-t-il donc ? se dit-il, toujours dans les escaliers. N'est-ce pas exactement comme si je devais me justifier parce que j'ai séché une journée à l'école ? Est-ce que j'ai treize ans ou bien cinquante-deux ? C'est exactement le même sentiment qu'à l'époque, et l'odeur aussi est la même que celle du lycée Prinz-Heinrich dans la rue Grunewald ! Un sentiment de peur qui picote, plein d'espoir, une fade odeur de poussière, chauffée par le soleil... Ah, c'est bien vrai : nous ne quittons pas l'école de toute la vie. Moi pas, quoi qu'il en soit, je suis et je resterai le vieux lycéen d'autrefois, et je fais encore les mêmes bêtises !

Il appuya sur la sonnette du service Hommes III. Comme toujours, il dut patienter un bon bout de temps jusqu'à ce qu'on lui ouvre. Le vieil infirmier en chef le regarda un instant, s'apprêtant à dire quelque chose, mais il le laissa entrer sans un mot. C'était le danger numéro deux ! pensa Doll.

Dans le vestibule, comme toujours entre le dîner et le coucher, il y avait beaucoup de malades soit assis, soit en train de faire les cent pas le long du couloir dans une impatience rageuse. À cette heure-ci, même les patients qui étaient restés allongés tout le jour sans rien faire quittaient leur lit. Poussés par une sorte d'inquiétude, peut-être chassés par un désir inconscient de liberté, ils se levaient et marchaient sans but, peu loquaces, avant que le sommeil ne vienne – la plupart du temps administré sous forme de potions, de gélules ou de piqûres par l'infirmière de nuit.

Doll se fraya un passage au milieu de ses compagnons de souffrance, eux aussi ils ne le remarquèrent qu'à peine. C'était un des gros avantages de ce service « pour les cas graves », on pouvait s'y comporter comme on voulait, un jour parler avec tout le monde et le lendemain n'adresser la parole à personne, un jour être joyeux et le lendemain tout casser – rien n'étonnait, tout se valait.

Doll trouva la porte du petit salon, sa cellule, verrouillée et non seulement la porte intérieure, celle avec le petit œilleton en verre du judas, était fermée, mais l'extérieure aussi, la porte matelassée, celle qui étouffait les bruits : c'était préoccupant, autant d'efforts pour les possessions d'un homme qui ne possédait presque rien. Bon, certes, ils avaient protégé un tout petit bout de savon, une chemise de nuit et un peigne d'un vol éventuel par un collègue cleptomane, mais maintenant ils pouvaient lui ouvrir son cagibi ! Il était mort de fatigue et de faim, pourvu que son dîner fût à l'intérieur pour qu'il n'ait pas encore besoin de courir !

« Herr Ohnholz, demanda poliment Doll à l'infirmier indifférent qui passait près de lui, vous ne voudriez pas m'ouvrir ma cellule ?

— Votre cellule ? » dit l'infirmier avec un petit ricanement, et il ne fit rien de tel. « Mais c'est Bartel qui l'occupe depuis cet après-midi, celui de la chambre 14, il était un peu agité, n'est-ce pas ?

— Et où est-ce que j'habite maintenant ? Dans la

chambre 14 ? » demanda Doll, qui ne voulait toujours pas comprendre ce qui était pourtant très vraisemblable.

« Oh, je ne peux rien vous dire à ce sujet ! répondit l'infirmier en haussant les épaules, et déjà il s'éloignait. De ce que je sais, aucune décision n'a été prise. »

C'est du joli – agréable et charmant ! pensa Doll qui se dirigea vers le coin-cuisine. Bon, nous verrons bien. *Qui vivra, verra*[1]...

Dans le coin-cuisine, sa vieille copine était installée, l'infirmière Kleinschmidt. Ils avaient tremblé quelques douzaines de fois côte à côte dans les abris antiaériens, et partagé dernière cigarette et derniers grains de café après les attaques.

« Eh bien ? » demanda la Kleinschmidt lorsque Doll se laissa tomber sans un mot sur la chaise en bois, de l'autre côté de la table. « Eh bien ? Je suis d'avis que vous avez déclaré tout seul votre sortie, Herr Doll ?

— Juste fait une petite visite non autorisée à ma femme malade, répondit Doll. Et pendant ce temps-là, ils ont mis quelqu'un d'autre dans mon bunker. C'est bien le patron ça, Dieu tout-puissant !

— Dieu tout-puissant fait toujours ce qui est juste ! » approuva l'infirmière qui tout comme Doll ne pouvait pas supporter le professeur, et elle connaissait le patron depuis près de vingt ans. « Savez quoi, Herr Doll, continua-t-elle en considérant attentivement son interlocuteur, les yeux plissés. Si j'étais vous, j'en resterais à cette sortie

1. En français dans le texte.

autodéclarée… » Et de nouveau, après une pause : « Je n'attendrais pas qu'on me fasse toute une scène et qu'on me jette d'une boutique qui a tellement gagné sur mon dos. Je préférerais me jeter dehors toute seule ! »

Doll réfléchit intensément. La montre indiquait bientôt huit heures. « Est-ce que j'aurais encore un métro pour retourner en ville ?

— Toujours ! Toujours ! »

D'une manière ou d'une autre, j'arriverai bien à rentrer dans l'immeuble. La Schulz ne sera pas très contente de me voir réapparaître, mais je me débrouillerai bien avec elle. Ça va un peu plus vite que prévu par le programme, ce retour dans le monde, dans la vie active, mais la Kleinschmidt a bien raison : mieux vaut faire que se laisser faire !

« Alors ? » demanda l'infirmière de nouveau, et elle l'examina attentivement.

« C'est d'accord ! répondit-il, et il se leva. Au revoir, ma chère, enfin plutôt pas – ou alors pas entre ces murs !

— Stop, un instant ! s'écria l'infirmière sans prendre la main qu'il lui tendait. Vous n'avez pas encore eu votre dîner ! Attendez ! Che fous le donne ! » Et elle sortit de l'armoire chauffante un saladier de pommes de terre avec des carottes. Elle ajouta du pain, quatre, cinq tranches.

« Impossible ! rétorqua Doll. Je n'ai pas droit à autant de pain. Je ne veux pas que vous preniez du pain sur votre ration.

— Racontez pas de salades, répondit la Kleinschmidt. Che fous donne pas plus que che peux me permettre. » Et elle expliqua : « Le Bartel a eu une crise, et puis une pigûre, il ne fa pas se réveiller avant demain. Il a pas besoin de son dîner. Foilà !

— Bon, alors d'accord ! Merci beaucoup ! », dit Doll et il se mit à manger comme un loup affamé. Pendant qu'il mangeait, l'infirmière se roula tranquillement une cigarette avec ses mégots, l'alluma au gaz de l'armoire chauffante et commença à interroger Doll sur l'état de sa femme, sur l'endroit où il pourrait trouver un toit, sur les affaires qu'il possédait encore et surtout sur ses perspectives…

« Eh ben, foilà ! » dit-elle finalement. Elle rangea l'assiette et posa devant lui une tasse de café au lait et une assiette de tartines de confiture. « Donc fous allez fous aussi pouvoir tout regommencer depuis le début, gomme nous tous. Za fous fera sûrement pas de mal. Et za zoignera fos marottes ! »

Doll protesta : « Mais ces tartines de confiture ne sont pas de la maison. Elles sont personnelles. On ne donne pas des tartines comme ça ici. D'ailleurs, je n'ai plus faim du tout.

— Mais gomment un homme adulte peut faire des manières gomme za, dit-elle un peu moqueuse. Réchouissez-vous encore de pouvoir fous remplir le fentre avant les chournées de famine gui fous attendent ! Bouffez, mais bouffez donc ! cria-t-elle, soudain en colère. Est-ce que ch'ai dit guegue chose moi guand fous m'avez offert le matin du 16 février 1944 fotre dernier gafé de grains et fotre dernière ciyarette ?! Ben foilà, continua-t-elle plus apaisée une fois qu'il eut commencé de manger, faut-il gue fous fassiez touchours les andouilles, fous les hommes, les vieilles filles font pas autant de chichis gue fous ! »

Plus tard, lorsqu'il se mit en route, elle lui glissa encore une « vraie » cigarette et un billet de vingt marks sur la table. « Ch'imachine gue fous ne ferez pas de manières ! dit-elle d'un ton menaçant. Moi non plus, che ne ferai pas de manières si fous me rapportez deux zigarettes au lieu d'une. Et zet archent, vous me le rendrez avant la fin du mois, parole d'honneur, hein ? Et maintenant, fichez-moi le gamp ! Ch'ai mis fos trois babioles dans un garton, on aurait pu en mettre un peu plus ! Et puis le dernier métro est sûrement déchà parti, une petite marche jusqu'à Wilmersdorf, pour un cheune gars solide gomme fous, za devrait passer tout seul – surtout à zette zaison. Fous pourriez bien attraper une pneumonie – pas dégueu non plus ! Ça fous épargnera un bon paguet de zoucis à l'avenir ! »

9

Robinson

Le dernier métro était en effet déjà passé et la marche à travers Berlin sombre et bombardé n'était pas dégueu non plus, comme avait dit la Kleinschmidt. Parfois, Doll, pourtant grand connaisseur de Berlin, ne savait vraiment plus où il se trouvait. Il y avait peu de gens dans la rue à qui il aurait pu demander, et ceux qu'il apercevait passaient précipitamment à côté de lui, comme s'ils avaient peur, et sans doute avaient-ils vraiment peur. Doll lui-même était parfois saisi d'horreur, épouvanté qu'il était par ce chaos de pierres dans la nuit, au-dessus duquel le vent de novembre chassait des nuages noirs de pluie. Et pourtant une transformation était survenue en lui. Lorsqu'il était arrivé à Berlin, il avait pensé : dans cette ville de la mort, je ne pourrai jamais travailler ! Maintenant il pensait avec un certain défi : et pourtant je vais travailler ici ! Justement ! Malgré tout !

Il dut attendre longtemps devant l'immeuble fermé, la sonnette était débranchée et personne ne semblait vouloir encore entrer dans l'immeuble. Il faisait très froid, les dents de Doll claquaient dans sa bouche. Mais il résista fermement à la tentation de déjà fumer la cigarette offerte par la Kleinschmidt pour se requinquer : il avait décidé de la savourer une fois qu'il serait au lit, quand il serait vraiment « chez lui », dans cette maison qui devait effectivement devenir un foyer – du moins pour autant que cela dépendrait de lui. Il repoussait aussi constamment la crainte que plus personne n'apparaisse de toute la nuit avec une clé, que tous les habitants soient déjà rentrés chez eux : non, je ne vais pas passer la nuit entière ici, quelqu'un va venir, c'est sûr. Et bientôt – je le sens !

Pendant un long moment, son sentiment sembla le narguer, puis au coin de la rue apparut un grand et long jeune homme qui dit d'un air étonné : « Ah, Herr Doll ! Oublié vos clés ? Et vous êtes là dans ce froid glacial, sans manteau ?! »

Ils se connaissaient comme les Berlinois avaient appris à se connaître, dans les abris antiaériens, comme ça, d'après leurs noms et leurs métiers, et aussi selon que l'autre était un farouche nazi ou non, et s'il fallait prendre particulièrement garde à ce que l'on disait. Doll était sur le point de répondre par une pirouette, mais finalement il dit, car le jeune homme avait toujours été un gars convenable : « À vous dire la vérité, je ne possède pour l'instant ni clé de l'immeuble ni manteau. Nous sommes arrivés ici à Berlin un peu dévastés – comme tant d'autres actuellement ! »

La cage d'escalier, où toutes les vitres étaient remplacées par du carton, lui sembla un endroit agréablement chauffé après le froid orageux du dehors. « Ah ! s'exclama-t-il. Cette chaleur fait du bien ! »

Son accompagnateur acquiesça d'un murmure un peu étonné, et demanda des nouvelles de « madame ». Elle était – malheureusement – à l'hôpital, mais Herr Doll espérait qu'elle serait bientôt de retour auprès de lui. Le jeune homme l'espérait aussi, il serait content de revoir la jeune femme, elle avait toujours veillé à une bonne ambiance dans l'abri. Il avait admiré – comme d'ailleurs tous les habitants de cet immeuble – l'attitude qu'elle avait eue lors des pires attaques aériennes. Pour beaucoup, sa gaieté insouciante avait été un exemple et une consolation. Et pour lui aussi, il l'admettait en toute sincérité.

Ces messieurs se quittèrent avec une poignée de main qui se révéla étonnamment vigoureuse. Puis Doll grimpa encore une volée de marches et sonna à la porte de l'étage de Schulz, non, de son étage. Il sonna puissamment et plusieurs fois. Il tenait le carton avec ses trois babioles sous le bras, et, malgré la chaleur agréable de la cage d'escalier, des frissons glacés lui couraient le long de l'échine.

On lui ouvrit enfin, alors qu'il venait de rallumer la lumière de l'escalier pour la huitième fois. Et une fois encore ce fut la jeune actrice qui lui ouvrit la porte, pour ce deuxième départ dans Berlin. Entre-temps, Alma avait pu constater que cette jeune dame n'était pas du tout méchante et impertinente comme il leur avait semblé le premier matin, au contraire, elle s'était montrée souvent généreuse pour aider les Doll affamés.

Elle dit après avoir ouvert la porte : « Ah, c'est Herr Doll ! Et si tard encore ! Entrez, venez donc avec moi dans la cuisine : je suis en train de préparer la bouillie de la petite sur le gaz, et résultat, il y fait aussi un peu plus chaud ! »

Doll s'installa fatigué sur la chaise de la cuisine, la même où sa femme s'était assise, malheureuse, ce matin de septembre, et il trouva en effet que la faible chaleur que dégageait la gazinière était très agréable. Mais Fräulein Gwenda, en remuant sa casserole de bouillie, dit : « Est-ce que vous êtes tout à fait guéri, Herr Doll ? Vous n'en avez pas vraiment l'air, et je ne vous emmènerais sûrement pas avec moi pour une action bois dans la forêt !

— Si, je suis de nouveau tout à fait guéri », répondit Doll, sans toutefois dire vraiment la vérité, car à cet instant il se sentait particulièrement misérable et las. « C'est l'air qu'on respire à l'hôpital qui me donne cette mine pitoyable », ajouta-t-il en guise d'explication, car il ne voulait pas que Fräulein Gwenda puisse penser que la pagaille allait reprendre depuis le début, eux à perpétuellement rester au lit et à avoir faim, et elle à devoir donner des coups de main. « Je n'ai pas mis le nez dehors durant toutes ces semaines jusqu'à aujourd'hui. Et puis j'ai aussi rendu visite à ma femme, et pour une première sortie, c'était sans doute un peu beaucoup. »

Fräulein Gwenda s'informa avec intérêt de l'état de la jeune femme, et il fallut donc un petit moment avant que Doll puisse demander pour sa chambre : Frau Schulz étaitelle là aujourd'hui ? Était-elle déjà au lit ? Pouvait-on encore lui parler ?

Oui. Fräulein Gwenda avait dit « oui ». Frau Schulz dormait ici aujourd'hui, pour autant qu'elle sache. Mais est-ce qu'elle avait déjà éteint la lumière, elle ne le savait pas. Doll se glissa donc sur la pointe des pieds jusqu'à la porte de *sa* chambre et épia par le trou de la serrure. Tout était noir. Il tendit l'oreille pendant un long moment. Alors il entendit la respiration douce, un peu flûtée puis de nouveau un peu sifflante des dormeurs et il sut avec certitude : son sommeil à lui s'annonçait mal pour cette nuit, et la chaleur du lit plus mal encore. Peu probable qu'il parvienne à savourer tranquillement la cigarette de la Kleinschmidt.

Lorsqu'il revint à la cuisine, Fräulein Gwenda et sa bouillie étaient parties, le gaz éteint. Ici aussi, on avait fini la journée sans lui. Il resta là pendant un instant et regarda la cuisine. C'était indiscutablement la sienne, la leur, la cuisine des Doll ; chaque élément leur appartenait, pas seulement les meubles, mais aussi chaque cuillère, chaque fouet, chaque poêle, chaque assiette. Mais quand il voulut jeter un œil dans le grand et large buffet de la cuisine, chaque compartiment était fermé à clé et les clés n'étaient pas là.

C'est un monde étrange, pensa-t-il. Ils devraient au moins nous demander, et payer un peu de loyer aussi. D'ailleurs, comment ça se passe avec le loyer ? pensa-t-il soudain. La petite famille de Fräulein Gwenda habite ici depuis la fin août, mais la Schulz, si diligente à faire des factures, je vais la prendre entre quat'z'yeux demain pour le loyer, la lumière et le gaz. Ça ramènera de l'argent, et même si ce n'est pas beaucoup d'argent comparé aux tarifs du marché noir, pour ceux qui n'ont pas du tout d'argent, peu d'argent c'est déjà beaucoup.

Tout en réfléchissant ainsi, il regarda les serrures des garde-manger, par ailleurs au nombre de deux dans cette fastueuse cuisine, l'un à droite, l'autre à gauche de la fenêtre. Mais ils étaient aussi fermés. Naturellement, se dit-il avec un léger soupir. L'un pour la Schulz, l'autre pour Fräulein Gwenda. Les Doll n'entrent pas dans leurs calculs. Cela aussi doit changer. Demain matin tôt, je vais me rendre au service logement et je vais clarifier nos droits. Ah, mais non, d'abord il faut que j'aille au service du rationnement pour chercher des tickets ; impossible de continuer cette vie à mendier, à emprunter et à acheter au marché noir.

Doll était debout devant la table de la cuisine, il l'observa songeusement. Mais elle lui sembla tout de même trop courte et trop dure pour en faire un lit de fortune. Puis il pensa à la baignoire, mais le froid qui tenaillait encore son corps le fit grelotter à l'idée d'y passer la nuit, si bien qu'il la rejeta aussi vite. Le petit couloir avait de la moquette, et sur les patères dans l'entrée il avait vu quelques manteaux de femme, il pourrait se couvrir avec.

Mais cela ne lui semblait toujours pas convenir, jusqu'à ce qu'il se souvienne que l'appartement faisait six pièces et demie, et la demie, c'était la chambre de service. Il y entra et appuya sur l'interrupteur, mais rien ne s'alluma, soit parce que les câbles étaient fichus, soit parce qu'il n'y avait pas d'ampoule dans la douille. Il retourna donc dans la cuisine, ralluma assez maladroitement le gaz avec l'allume-feu, trouva un journal dans la poubelle et s'en fit une torche. Il éclaira ainsi la chambre de service.

Oui, le sommier était toujours là, et le matelas aussi, et même le traversin pupitre, mais en dehors de ça il n'y avait rien du tout, ni linge de lit ni couverture. Et il faisait sacrément froid dans ce trou ! Avec ce qui restait de sa torche, il éclaira la fenêtre et vit que seuls quelques éclats de verre hérissaient encore son cadre. L'air frais de la nuit avait ici entrée libre. Malgré tout il se décida pour cette chambre, un lit restait un lit – en revanche, étant un homme, l'idée ne lui vint pas qu'un lit puisse se déplacer, par exemple dans la cuisine mieux isolée et un peu plus chaude. Non, cette idée ne vint pas à Doll, justement parce qu'il était un homme, tout du moins c'est ce que dit Alma ensuite quand elle entendit l'histoire de cette première nuit.

Doll eut aussi des scrupules à prendre les manteaux des femmes comme couverture. Il s'acharna un bon moment pour défaire les clous d'un chemin de tapis usé, dans le couloir du fond. Il y parvint finalement mais il était clair que ce tapis tout effiloché sur ses bords ne serait jamais remis. Doll retira hâtivement son costume dans la cuisine, alluma sa cigarette à la gazinière, traîna le tapis derrière lui et s'installa dans ses quartiers, rabattant plusieurs fois sur lui la vieille carpette poussiéreuse. Il enveloppa ses pieds durcis par le froid dans ce qui restait d'un peignoir trouvé dans la salle de bains.

Il était allongé ainsi dans le noir, de temps à autre sa cigarette rougeoyait ; devant la lueur ardente toute proche, l'ouverture claire de la fenêtre disparaissait, et en même temps qu'elle, la silhouette noire du toit du bâtiment sur cour et le ciel gris par-dessus. Mais quand la cigarette ne brillait pas, le ciel ressortait de nouveau, et l'air lui semblait plus froid.

Tout d'abord, malgré la cigarette, il ne put se sentir vraiment à l'aise, il n'arrivait pas à se réchauffer, car le tapis était certes lourd, il avait en outre une odeur désagréable de poussière et de tout un tas d'autres choses possibles et plus ou moins définissables, mais il n'était certainement pas chaud. Néanmoins, une fois la cigarette finie, quand seul le ciel au-dessus du toit noir éclaira de sa lueur mate le visage de Doll, celui-ci, transi de froid, s'échappa soudain dans une fantaisie d'endormissement à laquelle il s'était toujours abandonné, déjà petit garçon, chaque fois que ses conditions de vie lui étaient apparues particulièrement menaçantes.

Cette fantaisie lui faisait s'imaginer qu'il était Robinson sur l'île déserte, mais un Robinson sans Vendredi, un Robinson qui avait en horreur la moindre visite des hommes blancs, et qui angoissait à l'idée d'être *sauvé* par eux. Au contraire, ce Robinson faisait tout pour disparaître de la vue de ses semblables. Les plantations autour de sa grotte ne pouvaient pas être assez serrées, et le chemin y menant n'était jamais assez caché et camouflé par les broussailles. Oui, il aimait par-dessus tout s'inventer une vallée profonde entre de hautes et abruptes falaises, accessible uniquement par une longue et sombre galerie dans la roche et que l'on pouvait facilement obstruer par des pierres. La vallée était peuplée d'arbres certes épars mais toutefois suffisants pour la rendre invisible du dessus, ce qui protégeait aussi Robinson de la vue des avions.

Jeune, Doll avait souvent trouvé refuge dans ces fantasmes d'isolement, quand le monde et les gens lui étaient devenus trop dangereux, quand il n'avait pas compris une démonstration de géométrie, quand un méchant mensonge avait été découvert. Il n'avait pas non plus dédaigné cette possibilité d'évasion à certains moments de découragement, et elle avait bien entendu pris une importance considérable ces dernières années avec les bombardements incessants au-dessus de Berlin.

Mais dans le fond – et Doll le savait bien depuis qu'il avait lu les écrits de Freud –, cette grotte dans la falaise ou bien cette vallée protégée ne représentaient rien d'autre que le giron maternel où celui qui était menacé aspirait à retourner. C'est là seulement que régnaient la quiétude et le silence, et le soleil du sud qu'il faisait toujours briller sur son île de Robinson, c'était le gros cœur brûlant de sa mère qui, infatigable et miséricordieux, lui envoyait les rayons chauds et rouges de son sang !

C'est avec ces pensées et d'autres similaires qu'il s'endormit enfin, et lorsqu'il se réveilla, certes la nuit en partance colorait encore de gris sale le trou vide de la fenêtre, pourtant Herr Doll sauta de son lit avec empressement, tout à fait réchauffé par sa nuit, il était avide d'entamer le premier vrai jour actif depuis que tous ses espoirs s'étaient effondrés. Dans la cuisine, à la lumière électrique, il eut bien un choc en voyant les traces que lui avait laissées le tapis poussiéreux. Mais à cela, il n'y avait rien à faire, car il n'avait pas de vêtements de rechange. Dans la salle de bains il appliqua donc tout son soin à une toilette corporelle approfondie, et, lorsqu'il s'observa attentivement dans le grand miroir de l'entrée, il se sentit frais, quoique de nouveau gelé. Oui, il trouva qu'il avait un air frais et en bonne santé qu'il n'avait pas eu depuis longtemps. Il descendit à toute hâte les escaliers, la porte de l'immeuble était déjà ouverte, mais au coin de la rue, la boutique de Mère Minus était encore fermée.

Comme il y avait de la lumière toutefois, il commença à toquer, et il continua à toquer à la porte avec obstination jusqu'à ce que la bonne et grosse tête de cheveux blancs de Mère Minus se colle à la porte vitrée – elle la secoua énergiquement pour indiquer qu'on ne pouvait pas encore entrer. Doll de son côté frappa encore plus fort, la rue vide et grise du matin résonna de ses coups, et lorsque la bonne Minus, vraiment agacée comme elle seule pouvait l'être, ouvrit la porte pour chasser de son seuil le tambourineur acharné, il prit aussitôt sa main entre les siennes et dit : « Oui, c'est moi, Dr Doll. Nous nous sommes vus pour la dernière fois en mars, et je suis heureux de voir que vous avez bien survécu, comme nous. Ma femme toutefois est à l'hôpital, mais je pense qu'elle sera bientôt de retour auprès de moi. Et si je me suis permis de faire ce bruit de tous les diables, ce n'est que parce qu'il faut absolument que je vous parle seul à seul, avant que vos premiers clients n'arrivent ! »

Pendant que Doll harcelait joyeusement Mère Minus de la sorte, il l'avait repoussée doucement, pas à pas, à l'intérieur de sa boutique. Puis il referma la porte à titre préventif afin que d'autres impertinents ne puissent pas prendre la même liberté que lui.

« Oui », dit la bonne Minus, et déjà elle n'était plus fâchée. « Oui, que vous étiez revenus tous les deux, je l'avais entendu dire, et que vous n'alliez pas bien, on me l'a aussi raconté. Et qu'avez-vous donc sur le cœur, Herr Doktor ? »

Toutefois, avant même que Doll n'ait pu lui faire part de ses besoins, ses perspectives et ses promesses, elle le devança : « Mais qu'est-ce que je demande ? Pourquoi vient-on à la toute première heure chez Mère Minus pour lui parler absolument de seul à seul ? De quoi manger, n'est-ce pas ? Un petit peu de bonne bouffe, c'est ça ? Eh bien, Herr Doktor, pour une fois, je veux bien le faire sans ticket de rationnement, mais ce sera juste pour cette seule et unique fois, vous comprenez ! Il n'y en aura pas d'autres !

— Magnifique, Frau Minus ! s'écria Doll, comblé qu'on lui rende la chose si facile. Vous êtes comme toujours la meilleure d'entre tous.

— Ah, ne dites rien ! » répondit Frau Minus et elle était déjà dans ses paquets, remplissait des sachets, pesait, coupait et faisait claquer la nourriture sur le papier – tandis que Doll écarquillait de plus en plus les yeux car il avait espéré, dans le meilleur des cas, un pain et un peu d'ersatz de café. « Ne parlez pas trop, et surtout ne promettez rien ! Mais pensez bien que j'ai dit "pour une fois", et que j'en resterai là. Même si tout le monde dit que je suis trop bonne et que je ne sais pas dire non. Je sais dire non. Vous savez que je n'ai pas le droit de le faire, et ils pourraient me fermer ma boutique aussi sec à cause de ça. Mais pour cette seule et unique fois je dis : on est humain, on reste humain, et j'ai aussi appris ce qui vous est arrivé. Bon, et maintenant prenez vos machins et ne parlez pas trop. Ça fait douze marks quarante-sept, et si vous avez l'argent, payez-moi ça tout de suite, sinon laissez. Faire une ardoise je peux, faire une ardoise je le ferai aussi pour vous pendant un moment, c'est autre chose. Mais sans tickets, ça non ! »

Et après avoir souligné cela une troisième fois avec toute son énergie, comme si elle voulait endurcir son cœur trop faible, elle poussa Doll, qui était réellement ému de reconnaissance, hors de sa boutique et jusque dans la rue. Il entendit la clé tourner dans la serrure et hocha encore une fois vivement la tête, parce qu'il ne pouvait pas faire de signe avec ses bras chargés. Puis il rentra chez lui avec le sentiment d'être soudain devenu un homme très riche.

Plus tôt, en sortant, il avait pris la clé sur la porte du couloir, et c'était une bonne chose car à son retour, rien ne bougeait encore. Il préférait cela, ainsi pouvait-il déballer tous ses trésors sans être dérangé ni observé. Lorsqu'ils furent étalés devant lui sur la table de la cuisine, il se sentit réellement comme un homme riche ayant été le pauvre Lazare l'instant d'avant. Il y avait donc là trois pains – un blanc et deux complets –, un sac d'ersatz de café, un de sucre, un autre de pâtes, un encore de farine blanche et un petit sachet en pointe avec des grains de café, un paquet de beurre, un autre de margarine et une assiette en carton pleine de confiture.

Si j'avais dû acheter tout cela au marché noir ! pensa Doll, et il mit de l'eau à bouillir dans une casserole, pour l'ersatz bien entendu, car les bons grains de café seraient naturellement pour le retour d'Alma.

Il eut un peu de mal à réunir la vaisselle pour son petit-déjeuner, en effet elles avaient fermé son buffet ! Mais dans l'évier il trouva finalement ce dont il avait besoin, le lava comme il put avec de l'eau froide et se redit encore une fois : tout ceci doit changer – et aujourd'hui même ! Sur quoi il se mit à son festin.

Il ne fut dérangé que deux fois. D'abord, ce fut la Schulz qui déboula dans la cuisine comme un fantôme, mais un spécimen bien mal lavé, qui fixa d'un air horrifié l'hôte matinal et ressortit aussitôt avec un gémissement : « Seigneur Dieu, j'aurais dû le savoir, Herr Dr Doll ! »

Et elle disparut dans sa robe de nuit froissée et à moitié déchirée, les courtes boucles de ses cheveux frisés enroulées dans des bigoudis. Doll se précipita à sa suite. « Écoutez-moi, Frau Schulz ! la supplia-t-il. Attendez juste un instant, je ne regarde pas bien sûr ! »

Elle lui claqua la porte au nez. Il rechignait à pénétrer dans la chambre, aussi cria-t-il à travers le trou de la serrure : « Chère madame, je vais faire un bref passage au bureau du rationnement – est-ce que je peux vous parler ensuite ? »

Un soupir, un « Mon Dieu » lui répondirent.

« Je dois absolument vous parler aujourd'hui même ! Cela concerne une affaire importante, pour vous aussi ! » Un soupir pour seule réponse, plus profond encore. « Ce n'était pas si grave, siffla Doll par le trou de la serrure. J'ai moi aussi une jeune femme ravissante, vous savez ! Donc, chère madame, nous nous parlerons plus tard – en paix et en amitié ! Au revoir ! »

Toutefois le « Mon Dieu » qu'elle soupira de nouveau sonnait de telle sorte que Doll put le prendre pour un « oui ». « Vieil épouvantail ! murmura-t-il pour lui même. Je vais te sortir d'ici, tu ne vas pas en revenir ! Tu crois que j'ai oublié tes cris de joie quand Dieu a sauvé ton Führer adoré après le 20 juillet[1] ?!!! »

Il ne s'était pas rassis depuis bien longtemps devant ses tartines de confiture qu'il fut dérangé une seconde fois : on sonna à la porte de l'étage. De l'autre côté se tenait le long jeune homme, celui qui lui avait ouvert l'immeuble le soir d'avant et lui avait ainsi donné accès à un peu de chaleur.

« Ah, c'est vous en personne, Herr Dr Doll ! dit-il gêné, mais il se reprit rapidement. Je pensais que vous dormiriez encore, je voulais simplement déposer ceci… » Il présenta un gros paquet. « C'est un manteau, expliqua-t-il en vitesse. Malheureusement, ce n'est qu'un manteau d'été, et un chapeau. Je suis plus grand que vous mais ça ira peut-être tout de même. Évidemment, je peux seulement vous le prêter, excusez-moi je vous prie. Vous pouvez le porter jusqu'à ce que vous ayez autre chose…

— Mais Herr…, commença Doll, décontenancé. Vous voyez, maintenant j'ai même oublié votre nom…

— Ah, mais le nom ne change rien à l'affaire ! Quoi qu'il en soit, même si ce n'est qu'un manteau d'été, c'est toujours

1. Attentat raté du 20 juillet 1944 des officiers de l'armée allemande contre Hitler.

mieux que rien du tout... » Entre-temps, le paquet avait changé de propriétaire ; les deux hommes se serrèrent vigoureusement la main...

« Je trouve ça tout simplement fantastique de votre part, Herr... », commença Doll, et il s'interrompit de nouveau. « Non, maintenant il faut que vous me donniez votre nom. » Doll a l'impression de ne pas pouvoir correctement remercier quelqu'un s'il ne sait pas son nom...

« Grundlos, répondit l'autre. Franz Xaver Grundlos. Mais maintenant je dois me dépêcher – au travail. Le métro... »

Ces derniers mots résonnèrent depuis l'escalier. Maintenant que Doll pouvait remercier Herr Grundlos comme il faut, voilà qu'il était parti !

Pour la deuxième fois ce matin, Doll peut ouvrir des cadeaux. Il a l'impression que Noël et anniversaire sont tombés le même jour. Ah, comme il a mal jugé les Allemands pendant sa dépression ! La décence, le simple esprit de justice ne sont pas morts, ils ne mourront jamais. Non, ils seront forts de nouveau, ils vont maîtriser et étouffer ces mauvaises herbes de nazis, mélange de dénonciations, d'envie et de haine !

Ce n'est qu'un manteau d'été, et il est trop grand, les deux sont vrais. Mais c'est un beau manteau bleu-gris en tissu, doublé en partie de soie. Les gens s'aident donc de nouveau les uns les autres, personne n'est tout seul au monde, chacun peut aider, chacun peut être aidé. Naturellement, le manteau est un peu trop long, mais en quoi est-ce gênant ?

Il le garde sur lui et met aussi le chapeau, un petit chapeau en velours d'inspiration bavaroise – autrefois, il n'aurait jamais toléré une chose pareille sur sa tête ! Mais il ne fait pas exagérément chaud dans la cuisine, si bien qu'on peut tout à fait garder un manteau d'été pour manger une tartine de confiture. Il ne se rassied pas pour manger, d'ailleurs. Soudain il lui brûle d'être au bureau du rationnement ! Cela fait des mois qu'il lanterne avec cette affaire, et maintenant il veut montrer à cette bonne Frau Major que lui aussi a des tickets de rationnement et qu'il n'est plus obligé de faire appel à elle ! Aujourd'hui encore il va le lui prouver !

Un problème reste toutefois, il ne sait pas où entreposer sa nourriture pendant ce temps. Il ne fait confiance à personne. Finalement, il se glisse dans la chambre de devant, la chambre incendiée pleine de gravats et de bric-à-brac, et il pose ses paquets dans un tiroir de la table à langer de Petta, à moitié calcinée.

Encore un dernier examen dans le miroir. Bien ! se dit-il. Dans tous les cas, mille pour cent mieux que ce à quoi je ressemblais ces derniers mois ! Et maintenant, à l'attaque du bureau du rationnement ! Fasse le ciel que j'y croise des gens aussi convenables que les trois que j'ai croisés ces dernières vingt-quatre heures ! Mais un jour de chance comme celui-ci, tout va me réussir !

Il n'est pas huit heures depuis longtemps lorsque Doll quitte la maison, et midi est largement passé lorsqu'il rentre, un Doll bien transformé. Il s'assied sans un mot sur la chaise de la cuisine près de la gazinière, il est mort de fatigue. Fräulein Gwenda, qui surveille sa soupe de pommes de terre sur le feu – elle cuit déjà depuis quatre heures, et devrait enfin être prête, mais avec *ce* gaz ! –, Fräulein Gwenda lui demande la clé du couloir qu'il a manifestement prise avec lui. Doll se lève sans dire un mot. Il voit d'un coup d'œil que les clés sont maintenant dans les serrures, aussi bien des deux garde-manger que du buffet de la cuisine. Il les enlève, les fourre dans sa poche et quitte la cuisine.

Les deux femmes – Fräulein Gwenda et la veuve du major Schulz – échangent un rapide coup d'œil, elles s'accordent sur le fait de laisser faire le pauvre fou selon sa volonté, pour l'instant. La Schulz, maintenant complètement attifée avec ses audacieuses boucles d'agneau, lui lance d'une voix flûtée : « Si vous voulez parler avec moi, Herr Dr Doll, je suis à votre disposition. Ce n'est que pour vous que je suis encore ici. »

Mais lui n'est pas à sa disposition. Il remonte le couloir vers la chambre de la Schulz. Il entre, ferme la porte derrière lui et s'assied dans son fauteuil. Il est très éprouvé, mort de fatigue et plutôt désespéré : ce matin était trop dur pour les faibles forces d'un homme à peine en convalescence. Il ne veut qu'une seule chose maintenant, se reposer, se reposer… Il s'adosse et ferme les yeux. Mais il les rouvre aussitôt. Il a froid, oh comme il a froid ! Certes, il a encore le manteau sur lui, mais… Il se relève pesamment et approche le radiateur électrique tout contre ses jambes. Il va chercher la couette sur le lit de la Schulz et s'enroule dedans…

Pour la deuxième fois il ferme les yeux. Il pense encore : il faut que je dorme tout au plus jusqu'à quatre heures. À cinq heures je dois aller voir Alma. Qu'est-ce que je vais bien pouvoir lui raconter de mes fabuleux succès administratifs... Non, il ne faut pas que j'y pense maintenant, sinon je ne vais jamais pouvoir dormir !

Il se met lentement à somnoler. Mais il n'y a pas cinq minutes qu'il dort, quand quelqu'un toque à la porte, et Frau Schulz glapit : « Ah, Herr Doll, un instant ! Vous ne vouliez donc pas me parler ? »

Il refuse d'écouter. Il dort. Il faut qu'il dorme.

« Très cher Dr Doll, ouvrez-moi donc juste un instant, pour que je puisse au moins prendre mon manteau et mon sac ! Je dois partir ! »

Doll dort. Mais lorsqu'elle le supplie pour la troisième fois, il se lève d'un bond, renverse le petit radiateur, se précipite à la porte, tourne la clé, l'ouvre d'un coup et crie rageusement : « Allez au diable ! Arrangez-vous pour disparaître sur-le-champ, sinon c'est *moi* qui vais vous dégager, et ce sera pour dégringoler les quatre étages d'un coup – vous m'avez bien compris ?!! »

Cet accès de colère est si impressionnant que Frau Schulz repart dans le couloir devant lui. « Oui, oui, je m'en vais ! s'écrie-t-elle de sa voix flûtée et angoissée. Excusez-moi du dérangement ! Cela n'arrivera certainement plus ! »

Doll dort maintenant à poings fermés, il s'est endormi aussitôt après son accès de colère, profondément et calmement, comme si cet orage avait purifié l'atmosphère. Lorsqu'il se réveille, il commence déjà à faire sombre dans la chambre. Il se sent merveilleusement reposé et frais – comme cela ne lui est pas arrivé depuis longtemps. Son premier sommeil naturel, sans aucun médicament ! Il reste tranquillement dans son fauteuil, il peut maintenant réfléchir plus sereinement à ce que lui a appris sa visite du matin dans les bureaux de l'administration.

Il se revoit dans la longue queue de ceux qui attendent devant le bureau du rationnement. Malgré son arrivée de bonne heure, il y a près d'une centaine de gens devant lui. Il entend de nouveau les disputes, les éternelles piques de ceux qui patientent avec lui. Il voit les querelles provoquées par un seul mot, mot qui la plupart du temps d'ailleurs a été mal compris, et les inexplicables accès de rage quand on soupçonne quelqu'un d'avoir doublé. Inévitablement, après trois heures d'attente dans cette atmosphère haineuse, Doll n'a plus la même humeur solennelle qu'il avait en se levant. Il lutte contre, mais cette humeur déprimante est bien là maintenant.

Puis il se trouve enfin dans une pièce, assis à une table, devant une jeune fille ou une femme, derrière lui on parle, à côté de lui on parle, et maintenant Doll parle à son tour, il dit ce qu'il a cent fois tourné dans sa tête, ce qu'il a préparé exactement…

Mais il ne peut pas aller au bout de sa troisième phrase. « Il faut d'abord que vous apportiez votre déclaration de résidence et votre attribution de logement, explique la demoiselle. Sans cela, on ne vous donnera pas de ticket ici. Allez d'abord au service logement ! Au suivant, s'il vous plaît !

— Mais Fräulein ! s'exclame-t-il. Ça a toujours été notre appartement, nous n'avons jamais déclaré de changement de domicile, pourquoi faudrait-il que je me déclare de nouveau ?! Regardez simplement dans votre cartothèque !

— Alors faites-le-vous confirmer par le service logement ! Et puis d'ailleurs… » Elle le considéra d'un air réfractaire. « Au suivant, s'il vous plaît ! »

Doll eut beau parler, dans l'administration elle avait appris à ne pas écouter. Ses paroles étaient pour elle comme le bourdonnement d'une mouche ! Il dut partir, pour obtenir un tel renseignement il avait perdu plus de trois heures et beaucoup d'entrain !

Il alla au service logement, il trouva le service logement. Cette fois-ci, il ne dut pas attendre aussi longtemps. Une heure et demie suffit. Mais au service logement il n'obtint rien non plus. D'abord une dame l'écouta et son cas lui semblait douteux. Il aurait dû venir s'enregistrer avant le 30 septembre et maintenant on était presque en décembre ! La dame le transféra à un monsieur, un monsieur très facilement irrité qui, comme Doll put le voir au traitement que reçut un homme devant lui, n'écoutait qu'à contrecœur et préférait parler lui-même.

Devant cet homme, Doll étala quelques menus papiers : d'anciennes quittances de loyer de son appartement, la preuve de son activité de maire dans la petite ville, des attestations de séjour à l'hôpital de la ville du canton pour les deux Doll…

Après un seul coup d'œil, le monsieur de l'autre côté du bureau balaya les papiers d'un revers de main et dit hâtivement : « Tout cela ne m'intéresse pas le moins du monde ! Vous pouvez les reprendre, mais vous pourriez tout aussi bien les mettre à la corbeille ! Au suivant !

— Et mon attestation de logement ? insista Doll, passablement énervé.

— Votre attestation de logement ? Merveilleux ! s'exclama l'irritable déjà très irrité. Mais sur la base de quoi ? Aucune idée ! Je ne songe même pas à vous établir ce genre de chose ! Au suivant !

— Qu'exigez-vous comme documents ? s'enquit Doll avec obstination.

— Je n'exige rien du tout ! C'est vous qui exigez quelque chose ! Au suivant, et un peu plus vite que ça ! » Il semblait crier « au suivant » de façon toute mécanique, comme un autre ponctuerait chaque phrase d'un « n'est-ce pas ? ». À toute vitesse, il poursuivit : « Apportez-moi une déclaration sur l'honneur de votre logeur, que vous avez cet appartement depuis 1939. Apportez-moi les attestations de radiation des services de logement et de ravitaillement de la ville où vous avez été évacué…

— Mais je n'ai jamais été évacué. Par ailleurs, je n'ai pas pu être radié du ravitaillement, parce qu'il n'y a pas de tickets là-bas.

— Ridicule ! s'exclama le fonctionnaire. Ce sont des balivernes, des prétextes ! Vous voulez vous infiltrer dans Berlin, c'est tout ! Mais de moi vous n'obtiendrez rien, rien du tout, et même si vous m'apportiez maintenant les plus belles des attestations ! » Il laissa tomber sa main qui claqua sur la table. Il s'emportait de plus en plus. « Les personnes comme vous, je les reconnais du premier coup – de moi vous n'obtiendrez jamais rien. Au suivant ! »

Il dit soudain d'un ton très différent, d'un ton qui n'était plus que grincheux : « Et puis d'ailleurs… »

C'était la deuxième fois ce matin que Doll entendait ces mots, comme une sombre menace contre lui. Son sang ne coulait plus si paisiblement dans ses veines après ce réquisitoire et ces soupçons absurdes, il demanda méchamment : « Qu'est-ce que cela veut dire ? Qu'entendez-vous par “et puis d'ailleurs” ?

— Ah, mais partez donc ! fit le fonctionnaire soudain très las. Vous le savez parfaitement. Ne faites pas semblant ! » Il observait ses ongles en détail, puis il leva les yeux vers Doll : « Ou bien voulez-vous m'expliquer de quoi vous et votre famille avez pu vivre depuis le 1er septembre, ici à Berlin ? » Il continua d'un air triomphant, et tous les autres dans la salle regardèrent avec un malin plaisir Doll se faire copieusement sermonner ! « Soit vous n'êtes pas arrivés ici le 1er septembre, mais seulement maintenant, donc vous avez passé la date limite et c'est pourquoi vous n'obtiendrez pas d'attestation de ma part ! Soit vous avez vécu du marché noir depuis le 1er septembre, et je dois vous signaler à la police !

— Si vous aviez… », répondit Doll en rage, et, dans son agitation, oubliant opportunément ses propres torts, il ne vit pas que l'homme avait raison au moins en partie, « si vous aviez à l'instant regardé correctement les papiers, plutôt que de les promettre à la corbeille sans les avoir examinés, alors vous auriez pu constater que j'étais à l'hôpital jusqu'à hier – et que j'ai donc été nourri là-bas. Et ma femme est encore à l'hôpital, pour cela aussi vous pourrez avoir un certificat quand vous le voudrez…

— Tout cela ne m'intéresse pas ! Tout cela ne me regarde pas ! Au suivant ! Je vous ai dit quelles étaient les attestations dont j'avais besoin. Donc, au suivant ! »

Cette fois, ce n'était plus une formule ornant la fin d'une phrase, et il prit vraiment la personne suivante. Lentement, Doll sortit du bureau de l'administration. Il sentait dans son dos les regards supérieurs-ironiques de l'autre, il savait qu'il triomphait et qu'il pensait : celui-là, il a eu ce qu'il méritait ! Il ne reviendra pas de sitôt ! Et de même Doll était certain que le suivant à la table aurait le succès facile, si louche que fût son dossier. Oui, il serait même traité avec des égards, car le fonctionnaire voulait tout de même prouver à son bureau et au public qu'il était quelqu'un de convenable. Mais il ne l'était pas, il était un de ces millions de tyrans qui dans cet État de sous-officiers faisaient depuis toujours la pluie et le beau temps.

Sur le chemin du retour, Doll a complètement oublié qu'un manteau généreusement offert quelques heures plus tôt le protège du froid de novembre, et que son estomac est plein d'un petit-déjeuner obtenu de la même façon. Il doute de nouveau complètement de ses semblables allemands. Son élan du matin est complètement retombé. Robinson se sent bien seul sur son île.

Et c'est ainsi que Fräulein Gwenda et surtout Frau Schulz casquent pour le service logement. C'est ainsi que Doll s'endort complètement découragé. Mais il n'est toutefois plus le Doll des derniers temps. Une heure et demie de sommeil lui redonne confiance et courage. Je vais y arriver ! pense-t-il. Et si je n'y arrive pas, c'est Alma qui y parviendra. Peut-être qu'il aurait d'ailleurs été plus malin de l'envoyer, elle, là-bas. Elle sait bien mieux y faire que moi avec les hommes. Et puis d'ailleurs, cette Alma !

Il ne peut s'empêcher de ricaner, parce qu'il en vient lui aussi à ce « et puis d'ailleurs ». Et il se faufile à pas de loup dans la chambre incendiée pour aller chercher ses petites provisions et s'attable à un tardif déjeuner.

10

Robinson va dans le monde

Doll avait eu beau se faufiler tout doucement, la veuve du major Schulz l'avait tout de même entendu. À peine s'était-il coupé la première tranche de pain qu'on toqua doucement à la porte, et à son « entrez » apparut la tête frisée de Schulz. « Ah, Herr Doll, puis-je maintenant prendre mes affaires – si je ne dérange pas ?

— Prenez donc, prenez donc ! » répondit Doll. Mais il se souvint soudain de son accès de colère qui avait puni cette femme pour les péchés du service logement, et il dit : « Par ailleurs, excusez-moi, je vous prie, d'avoir été offensant tout à l'heure. J'ai eu de sérieux ennuis dans les bureaux de l'administration, et mes nerfs m'ont lâché. Il faut dire que je ne suis pas encore tout à fait guéri… »

À peine prononcés, il regretta ces mots. Il sentit, il vit formellement Schulz, encore tout intimidée, s'animer de nouveau. En particulier, il n'aurait pas dû évoquer l'administration, car elle demanda aussitôt : « Et que vous a-t-on dit à l'administration ? Comment les choses ont-elles été tranchées pour l'appartement ?

— Comment l'appartement, répondit Doll avec un peu de prudence, sera découpé entre moi et Fräulein Gwenda, ce n'est pas encore décidé. Quoi qu'il en soit, il doit vous apparaître clairement, chère madame, que je ne peux pas renoncer à l'utilisation de cette pièce. »

Le visage de Frau Schulz grimaça. « Mais Herr Doll ! s'écria-t-elle dans une plainte. Vous ne pouvez tout de même pas me mettre à la rue au début de l'hiver ! Je veux bien volontiers chercher une autre chambre, mais d'ici là...

— D'ici là nous habiterons donc à deux ici, et puis à trois quand ma femme reviendra... » Elle allait dire quelque chose. « Non, non, chère madame, cela est hors de question. Je sais que vous n'avez utilisé cette chambre que de temps à autre...

— C'est une calomnie ! » s'écria la Schulz, et son visage gras et blanc tremblait d'indignation et de rage. « Ne croyez pas un seul mot de ce que Gwenda vous a dit ! Cette actrice – c'est son métier de mentir !

— Je n'ai pas échangé un seul mot à votre sujet avec Fräulein Gwenda, Frau Schulz !

— Non, naturellement, non. Excusez-moi, je vous prie ! Je sais, c'est cette vipère, la femme du portier, cette nazillonne ! Elle cherche toujours à me faire porter le chapeau de quelque chose ! Mais je finirai bien par la faire mettre en prison ! Il n'y a qu'à voir tout ce qu'ils ont volé ici, dans votre appartement, avant que je ne leur reprenne les clés ! Les seaux et les casseroles et les tableaux – votre femme n'a qu'à aller en bas, chez eux, regarder d'un peu plus près, elle y trouvera la moitié de sa maison ! J'ai évidemment tout le temps habité ici, chaque jour !

— Donc, dit Doll, vous avez utilisé régulièrement cette chambre, jour après jour ?

— Toujours, toujours ! Je vous le dis, depuis l'an dernier...

— Alors vous serez d'accord avec moi qu'il nous faut enfin faire les comptes concernant le loyer et tout le reste ? Je n'ai pas noté les choses aussi exactement que vous, donc je vous fais ça bon marché. Disons, pour le loyer, l'utilisation des meubles et de la cuisine sur toute cette période, deux cents marks, et pour le gaz et l'électricité encore cent marks, ce qui fait trois cents marks tout rond. Si je peux vous les demander, chère madame ? »

Et il tendit la main.

Involontairement, Frau Schulz s'était assise, certes non pas tant par confort que parce qu'elle avait les jambes coupées de frayeur. Elle ne s'attendait pas à une telle attaque. « Je n'ai pas d'argent ! murmura-t-elle, et elle s'accrocha à son sac. Pas même vingt marks...

— Oh ! dit Doll d'un ton apaisant. Cela ne fait rien. Donnez-moi déjà vingt marks. J'accepte aussi les paiements par traites. Et jusqu'à ce que les trois cents marks soient payés, vous me laisserez peut-être votre couette ici ! Elle me sera très utile actuellement.

— Non ! Non ! Non !!! » Frau Major Schulz criait presque maintenant. « Je ne paierai pas ! Il n'en a jamais été question ! Nous avions convenu avec votre femme que je ferais attention à vos affaires, en échange de quoi je pouvais loger ici.

— Mais vous avez vous-même raconté que tant de mes affaires ont disparu ! Comment cela a-t-il pu se produire alors que vous faisiez si bien attention ? Non, Frau Schulz, il vous faut payer ces trois cents marks. Peut-être vous souvenez-vous : j'ai payé vos factures pour tant et tant de cigarettes, pour tant et tant de pain, pour tant et tant de livres de pommes de terre sans faire de difficultés – non, ma demande n'est pas chère du tout. Je suis convaincu que ma femme ne serait pas du tout d'accord, elle exigerait bien plus que ça…

— Votre femme m'a expressément dit que je n'aurais rien à payer !

— Non, chère madame, elle n'a certainement rien dit de tel. Nous n'allons même pas aborder ce sujet. C'est ainsi, et il vous faudra certainement payer cette somme, le plus tôt sera le mieux !

— Et ma couette ? s'écria Frau Schulz. Herr Doktor, cher, très cher Herr Doktor, j'ai été sinistrée quatre fois dans les bombardements, et tout ce que j'ai pu sauver, c'est cette couette. Herr Doktor, vous ne pouvez pas à ce point être sans cœur ! Je ne possède plus rien, je suis une pauvre femme, et je me fais vieille ! » Elle avait pris sa main entre les siennes, elle le regardait avec des yeux remplis de larmes. « Les cigarettes ! chuchota-t-elle comme pour elle-même. Il m'en veut à cause des cigarettes. Vraiment, je ne vous en ai pas compté de trop – ou alors peut-être juste un tout petit, petit peu ! Vous allez tout de même m'accorder de pouvoir vivre – je vis des cigarettes, et moi aussi je veux vivre ! À quoi bon me serais-je sauvée pendant toutes ces années si c'est pour mourir de faim maintenant ?! Non, il ne faut pas m'en vouloir à cause des cigarettes, et vous me laisserez aussi ma couette ! Vous n'avez pas le cœur aussi dur que vous le montrez maintenant. Je n'ai absolument pas les moyens de payer ces trois cents marks. Oui, s'ils me payaient ma pension ! Mais rien, rien du tout – et pourtant le Führer avait dit… »

Elle s'était complètement égarée maintenant, et ne regardait plus que Doll en suppliant, ses yeux pleins de larmes. Elle pressait sa main entre les siennes, désagréablement moites et chaudes.

« Chère madame ! dit-il, et il libéra sa main d'un geste brusque et sans politesse. Chère madame, les larmes manquent leur effet chez moi, la plupart du temps elles m'agacent seulement. Vous avez vous-même à l'instant admis que vous n'aviez pas compté correctement les cigarettes, si bien que je ne crois pas un seul mot de votre pauvreté. Vous pourrez garder votre couette si vous me payez les trois cents marks ! Sinon, la couette reste ici.

— Non ! dit maintenant Frau Schulz, et son agitation fébrile retomba d'un coup. Non, je ne vous paierai pas cette somme. Vous pouvez bien porter plainte contre moi. Votre demande est injustifiée. Votre femme a expressément dit…

— Cette question a déjà été réglée, Frau Schulz. Donc la couette reste ici !

— Bien, dit Frau Schulz sèchement. Très bien, vous

allez voir ce qu'il vous en coûtera, à vous et à votre femme ! Des morphinomanes, ça aussi, c'est interdit !

— Pas aussi grave que du trafic de cigarettes abusif. » Mais la tournure que prenait cette conversation le répugnait. « Merci, Frau Schulz, nous n'avons plus rien à nous dire. Prenez donc ce qui est à vous dans le buffet de la cuisine et dans le garde-manger. Et rendez-moi la clé de l'immeuble…

— Je ne vous donnerai pas la clé ! Je ne me laisserai pas mettre dehors ainsi !

— Le sac ! » cria Doll. Soudain sa colère était revenue, à son grand étonnement. Il lui prit tout simplement le sac des mains. Elle poussa un petit cri. « N'ayez pas peur, je ne vous prendrai rien ! » Le sac était bourré de lettres, de toutes sortes d'accessoires de toilette, de paquets de cigarettes. « Où avez-vous donc mis la clé ? » demanda Doll et il fouilla plus profondément. Il croisa une liasse de billets, c'étaient des billets bleus, des billets de cent marks, certainement trente, peut-être même quarante. Il les lui mit dans la main. « Et voilà donc vos vingt marks, pauvre femme qui ne possède plus rien, qui doit attendre que le Führer lui paye sa pension… » Il trouva enfin la clé. « Avez-vous encore une clé personnelle à ce trousseau ? »

Elle secoua la tête. « Je n'ai rien… », chuchota-t-elle et elle tenait toujours la liasse de billets dans sa main.

« Je vois ça ! », confirma Doll et il lui rendit son sac. « Merci beaucoup. Et si vous pouviez partir maintenant ? »

Elle resta un instant indécise, puis elle posa soudain trois billets de cent marks sur la table. Sans un regard. Sans un mot. (Est-ce qu'elle a peut-être honte finalement ? Improbable !) Elle quitta la pièce…

« Votre couette ! cria Doll à sa suite. Vous oubliez votre couette ! »

Elle continua, longea le couloir, passa devant la cuisine. « Vos affaires dans le buffet ! » cria Doll. En vain. La porte du couloir claqua, Frau Schulz était partie.

Avec un haussement d'épaules, Doll retourna à ses tartines. Malgré l'argent, il n'était pas tout à fait satisfait de la façon dont s'était conclue cette entrevue. Il conserva finalement dans sa poche les trois cents marks dont la vue le gênait un peu. Avec le prix qu'Alma payait à l'hôpital, ils ne correspondaient certes qu'à quinze cigarettes. Mais ils avaient beaucoup plus de valeur à ses yeux, et pas seulement parce qu'il les avait obtenus de haute lutte.

Entre-temps, il faisait tout à fait sombre. Il mangea son pain à la lumière électrique, une fois de plus il constata avec étonnement qu'un pain est fort petit quand l'homme ne vit que de pain, et qu'il se mange bien vite. Il se répétait encore et encore : celle-ci, c'est vraiment la toute dernière tranche ! et il en reprenait une, encore et encore, après une petite hésitation. Il mange le pain sans rien, il garde la confiture et la graisse pour le retour d'Alma.

Puis il prend ses provisions pour les remettre dans la commode calcinée de Petta. Mais il pense à la clé du garde-manger qui est dans sa poche depuis midi, et il va dans la cuisine.

Fräulein Gwenda s'y trouve. Elle porte maintenant un manteau de fourrure gris argent et est maquillée comme si elle devait entrer en scène tout juste passé la porte de la cuisine. Mais il s'avère qu'elle va simplement rejoindre des amis qui l'ont invitée. Fräulein Gwenda commence une complainte, le froid qu'il fait maintenant, le froid dans l'appartement cet hiver va être insupportable. Oui, certes, elle s'est acheté un radiateur « en sous-main », et dans les prochains jours elle recevra aussi des briquettes de charbon « en sous-main », à deux cinquante la pièce. Non, ce n'est pas cher, pas cher du tout, en ce moment on peut payer jusqu'à quatre marks la briquette. Et lui, que fera-t-il durant l'hiver ? Car il ne peut pas laisser tout le temps le radiateur électrique allumé, car sinon ils nous couperont le courant, et tout le monde sera dans le noir !

« Écoutez-moi, Fräulein Gwenda ! interrompt-il cet exposé qui ne le réjouissait pas particulièrement. Écoutez-moi, Fräulein Gwenda, j'ai mis Schulz à la porte et je lui ai repris la clé. Elle n'a donc plus à rien à faire par ici. Seulement pour que vous soyez au courant… »

Gwenda esquisse une rapide grimace sur son visage coloré, manifestement un sourire, et dit : « Tiens tiens, vous l'avez vous aussi percée à jour !?! Je me disais bien que cela ne durerait plus longtemps. Non, je ne pleurerai pas son départ.

— Vous aussi vous en avez fait les frais ! constata Doll. Je pense que nous pouvons laisser le buffet de la cuisine ouvert, à partir de maintenant, chacun prend la vaisselle dont il a besoin. Cela suffira bien pour nous deux. Les provisions, en revanche, chacun les entrepose dans un garde-manger et garde la clé avec soi. Lequel voulez-vous, celui de droite ou celui de gauche ? »

Fräulein Gwenda préférait celui de gauche, et par ailleurs elle était d'accord avec tout. « Bien, et maintenant nous allons regarder ensemble les provisions laissées par la Schulz pour qu'elle ne puisse pas venir nous faire des reproches ensuite...

— Oh, que pourrait-il bien y avoir ? dit Gwenda d'un ton méprisant. Elle a toujours vécu au jour le jour. »

Et c'était certainement le cas, car à part quelques épices, deux oignons et une poignée de pommes de terre, ils ne trouvèrent rien. Doll installa donc ses affaires dans le garde-manger et il avait déjà l'air bien mieux pourvu que du temps de Schulz !

Puis il le referma. Avec tout ça, il se fait tard, dehors il fait déjà noir. Il y a de l'orage, le vent pousse la cellophane dans la fenêtre, et la pluie tambourine aussi parfois. Malgré tout, Doll veut encore aller voir Alma à l'hôpital. Cette visite lui a trotté dans la tête toute la journée. Il s'est si bien imaginé ce moment, il s'assied de nouveau près d'elle au bord du lit, la radio diffuse doucement un peu de musique, peut-être qu'elle a encore de quoi fumer... (Bien que, vu leur situation financière, ce soit un péché et une honte !)

Il vaudrait mieux ne pas lui dire qu'il a été mis à la porte du sanatorium, cela ne ferait que l'inquiéter. Elle se ferait du souci de le savoir tout seul dans l'appartement. Elle exigerait de sortir, et sa blessure n'est pas encore guérie. Il fera donc comme s'il avait réussi à s'échapper de nouveau. Il va bien trouver une petite histoire qu'il pourra lui raconter.

Avec ces pensées en tête, Doll a descendu les escaliers, le vent glacial de novembre déferle sur lui, de grosses gouttes de pluie lui fouettent le visage. Il frissonne. Évidemment, ce n'est qu'un manteau d'été, pense-t-il. Et il s'arrête. Manteau d'été ou pas, il ne peut pas aller à l'hôpital avec un manteau, le manteau révélera tout de suite qu'il n'est plus au sanatorium ! Il faut qu'il y aille dans son léger costume d'été, c'est tout, et, à cette pensée, Doll frissonne plus fort encore. Il réfléchit, je pourrais laisser le manteau à l'accueil. Mais ça non plus ça ne marche pas. Elle va le plaindre et l'admirer d'être venu par ce temps, et puis elle va découvrir que son costume est sec alors que dehors il pleut à verse.

Non, là-dessus il ne peut pas lui raconter d'histoires, il faut qu'il y aille juste avec sa veste. Je pourrais aussi lui dire, pense-t-il, que quelqu'un m'a prêté un manteau au sanatorium. Mais cela aussi c'est sacrément improbable. Je m'évade, et j'emprunte un manteau par-dessus le marché. En outre, Alma pourrait tout à fait reconnaître le manteau de Herr Franz Xaver Grundlos – les femmes ont l'œil pour ce genre de choses. Non, pas le choix, je dois donc y aller sans manteau !

C'était vraiment un temps épouvantable, mouillé et froid, et lorsque Doll retourna dans la cage d'escalier, l'absence de vent lui donna une impression de chaleur – exactement comme la veille. Mais ensuite, lorsqu'il rentra dans sa chambre et vit la vitre agréablement rougeoyante de son petit poêle, il se dit qu'il n'avait absolument pas besoin d'aller là-bas. Car Alma ne l'attendait sûrement pas. Maintenant, alors que c'était déjà l'heure du dîner à l'hôpital, elle n'espérait probablement plus sa venue. Il n'y avait donc aucune espèce de nécessité à courir les rues sombres et mouillées en crevant à moitié de froid. Il pouvait tout aussi bien rester à la maison, se glisser dans son lit, lire un petit peu et lui rendre visite le lendemain à la lumière du jour, espérons-le avec un temps plus clément.

Mais aussitôt Doll secoua la tête ; il trépigna même, tant il était résolu. Car il avait prévu de faire cette visite, et il ne voulait pas retomber – plus jamais retomber dans les habitudes des derniers mois, plus jamais retourner à l'asthénie et à l'apathie, au laisser-aller et à l'indifférence.

Et rapidement, comme s'il avait eu peur de changer encore d'avis, il se débarrassa du manteau, le jeta sur le dossier de son fauteuil et redescendit les escaliers, sortit dans la rue sous la pluie venteuse et glacée. Et il se mit à courir si vite qu'il ne remarqua même pas qu'il avait froid, qu'il trébuchait de nouveau sur la même plaque de granit déboîtée, rien de tout cela n'atteignit vraiment sa conscience. Au contraire, il avait constamment devant lui la douce lumière de la chambre d'hôpital, avec la musique feutrée diffusée par la radio, et il s'entendait dire, encore essoufflé par sa course rapide, « Bonsoir Alma ! » et il voyait son visage rayonnant de bonheur.

Et pendant qu'il courait ainsi, encouragé par cette vision solennelle, il eut l'impression d'échapper à son passé complètement brisé et sans Dieu, où il avait vécu dans la fierté fausse et imbécile de sa solitude et de sa robinsonnade. Il eut l'impression que, devenu pauvre, il courait désormais vers un avenir meilleur et lumineux.

C'est ainsi qu'il arriva à l'entrée de l'hôpital, comme si le vent l'avait porté sans effort. Il s'y attarda un instant, s'essuya le visage avec un mouchoir et nettoya ses lunettes mouillées de pluie. Puis il lissa ses cheveux avec ses doigts – il avait oublié son peigne, comme toujours. Lorsqu'il eut repris un peu son souffle, il monta lentement les marches, arriva sans obstacle, oui sans être vu, jusqu'à la porte de la chambre, toqua et entra rapidement.

Il vit, comme attendu et pourtant mille fois plus beau, son visage qui s'éclaira de joie et il l'entendit s'écrier : « Ah mon grand, mon grand, c'est toi ! Tu leur as échappé encore une fois finalement ? Toute la journée j'ai senti que tu viendrais ! »

Et il courut plus qu'il ne marcha vers son lit, il se pencha au-dessus d'elle, l'embrassa et lui chuchota : « Non, Alma, cette fois je ne me suis pas échappé ! Je suis sorti hier soir déjà ! Je ne voulais pas te le dire, mais quand j'ai vu ton visage si heureux, je n'ai soudain pas pu mentir ! »

Et il s'assit auprès d'elle et il lui raconta tout ce qu'il avait vécu depuis qu'il l'avait quittée la veille, même ses échecs dans les bureaux de l'administration qui avaient failli le décourager de nouveau, et sa lutte avec la Schulz, et pour finir il raconta l'histoire du manteau qu'il avait si absurdement laissé. « Et maintenant je me suis gelé pour rien ! Enfin, peut-être que, justement, ce n'était pas pour rien que je me suis gelé. Je ne sais pas, tout cela est comme une métamorphose. Et puis d'ailleurs, je n'ai même pas vraiment eu froid, je n'ai en tout cas pas eu le temps d'y faire attention. »

Et il la regarda si intensément qu'elle attira sa tête vers elle et lui chuchota : « Ah, comment tu me regardes ?! Est-ce que tu sais que je t'aime terriblement et que tu as soudain l'air d'avoir trente ans de moins ?! Comme j'aimerais déguerpir moi aussi maintenant et retourner avec toi dans notre petit chez-nous ! »

À l'instant même où elle prononça ces mots, son visage se transforma, il vit que l'idée de rentrer sur-le-champ à la maison avec lui avait pris corps en elle, que de ce vœu furtif était né un désir ardent, devenu – à peine un peu plus tard – une ferme intention. Elle avait complètement oublié sa blessure. Elle murmura : « Je vais bien y arriver ! Et s'ils ne me laissent pas sortir, je ferai comme toi et je me congédierai toute seule ! » Et en rayonnant : « Imagine ce que ça va être bien : ce soir, nous serons tous les deux de nouveau réunis ! »

Il répondit avec agacement : « Il n'en est pas question, Alma ! Pense, s'il te plaît, à ta blessure qui doit encore être soignée et pansée chaque jour ! Il faut d'abord que tu sois complètement guérie. Moi, je me débrouillerai bien d'ici là. Je ne veux surtout pas qu'on reste de nouveau tout le temps au lit ! »

D'un ton buté, elle lui dit qu'elle faisait encore ce qu'elle voulait ! Elle voulait sortir d'ici, d'autant plus maintenant, et ce soir même encore !

Il connaissait son obstination, il ne lui restait pas d'autre choix que de se montrer conciliant, de l'apaiser avec des paroles douces. Pendant un moment il n'y parvint pas, elle s'entêtait à vouloir se faire déclarer guérie le soir même. « J'arriverai bien à amadouer le jeune médecin ! »

Cette dispute s'étirait sans fin et sans aucune perspective. Plusieurs fois déjà, la nonne au sourire de madone était passée pour dire à Herr Doll qu'il devait partir. Le dîner était depuis longtemps sur la table de chevet. Finalement, lorsqu'il fit enfin ses adieux, il obtint d'elle une concession, elle promit qu'elle ne partirait pas ce soir, et dans tous les cas pas avant d'avoir parlé avec le médecin-chef. Autant la soirée avait débuté dans le bonheur, autant elle finissait sur une note contrariée : aucune des deux parties n'était parvenue à ses fins, ils en étaient tous les deux fâchés.

Lorsque Doll quitta les lieux en longeant le couloir, il vit par l'embrasure d'une porte un homme assez jeune dans une blouse blanche de médecin. Ah, c'est ce qu'on va voir ! pensa-t-il, et il entra dans la pièce et se présenta. Il s'avéra que ce jeune homme au teint jaune était vraiment le médecin de nuit. Doll, à qui son interlocuteur déplut au premier regard, dit : « Ma femme vient d'émettre le souhait de sortir aussitôt de l'hôpital. J'ai réussi à la convaincre de ne pas le faire. J'imagine que cela va dans votre sens. L'état de la plaie…

— Est excellent ! » Le médecin termina la phrase de Doll. Il semblait nourrir les mêmes sentiments que Doll à son égard. « Le séjour à l'hôpital n'est plus nécessaire. Des soins en ambulatoire suffisent largement. Si votre femme vient deux fois par semaine, ce sera très bien.

— J'ai demandé à ma femme, et j'ai aussi sa promesse, qu'elle parle d'abord avec le médecin-chef de cette sortie », continua Doll, imperturbable, seule sa voix avait un ton un peu irrité. « Car en dehors de la plaie, il s'agit aussi d'une piqûre de morphine délivrée régulièrement et presque chaque soir, il me semble ? Avant d'envisager une sortie, il faudrait arrêter complètement l'administration de cette piqûre, n'est-ce pas ? »

Cela ne faisait aucun doute ; le jeune médecin avait tressailli à cette offensive, et son visage jaune était maintenant blême. Mais il se reprit rapidement et répondit, tout en exagérant intentionnellement sa supériorité d'homme de métier sur le profane : « Ah, cette piqûre – votre femme vous en a parlé ? Bon, sur ce sujet également je peux vous rassurer : votre femme *croit* qu'elle reçoit de la morphine. En vérité, je ne lui ai donné au début que d'inoffensifs substituts, et, ces derniers temps, ce n'est plus que de l'eau distillée… »

Le médecin souriait si affreusement en disant ces mots que Doll fut tenté de s'écrier : et c'est pour de l'eau distillée que tu t'es fait offrir des cigarettes américaines hors de prix ! Est-ce bien convenable de faire ça ? Par ailleurs, je n'en crois pas un mot. Alma sait très bien faire la différence entre l'eau et la morphine. Ce ne sont que des histoires pour assurer tes arrières avec ton chef !

Mais il ne dit rien de tout cela, car à quoi pouvait bien mener de s'énerver pendant cette conversation ? Au lieu de quoi il répliqua : « De ce que je comprends de ces choses, il faut aussi faire passer l'habitude de cette eau, prise pour de la morphine, ne pensez-vous pas ? »

Le médecin sourit de nouveau à sa façon détestable.

« Ah ! dit-il avec un geste dédaigneux de la main, ces choses ne sont toutefois pas aussi compliquées. Je pense que nous pouvons tous les deux nous rendre au chevet de votre femme et je vais lui révéler le nécessaire. Vous verrez par vous-même qu'il n'est pas question de choc, bien au contraire, elle en éprouvera même un certain sentiment de soulagement.

— Non ! dit Doll, et ses yeux avaient maintenant un éclat mauvais. Je ne songe même pas à accepter cette proposition. Qui aurait pour seule conséquence de faire diriger la colère de ma femme contre moi plutôt que contre vous. Restons-en là : je vais discuter tout d'abord de cette affaire avec le médecin-chef, et je vous demanderai expressément de ne pas évoquer cette entrevue avec ma femme avant cela ! »

Maintenant la blouse blanche souriait d'un air tout à fait supérieur. « Ne vous faites pas de soucis, Herr Doll ! dit-il plein d'un réconfort ironique. Je ne vous compromettrai pas auprès de votre femme, et vous ne subirez pas la toute-puissance de sa colère. Bien évidemment, je ne faisais que vous proposer d'assister à cette révélation ! Je le ferai tout aussi bien tout seul…

— Je ne souhaite pas la moindre révélation ce soir !

— Bien, dit le médecin en restant vague, je vais déjà voir ce que votre femme me raconte de votre visite. Naturellement, je m'en remets entièrement à l'état de la patiente. » Il regarda son interlocuteur comme s'il réfléchissait à ce qu'il fallait rajouter. Puis il plongea la main dans la poche de sa blouse et en sortit un paquet de cigarettes américaines.

« Je vous en prie ! dit-il en prenant son vis-à-vis totalement par surprise. Mais je vous en prie ! »

Et, battu à plates coutures, décontenancé, complètement ahuri, Doll prit une cigarette... L'instant d'après, il aurait pu se gifler pour cette bêtise, pour ce manque d'à-propos ! Oui, ce jeune et ironique intrigant l'avait vaincu sur tous les fronts, et maintenant, en prenant une cigarette, il s'était coupé l'herbe sous le pied et ne pouvait plus aborder la question.

Ces messieurs échangèrent donc encore quelques mots polis mais las, et Doll rentra chez lui en colère, en colère contre lui-même et contre son sempiternel manque de repartie et de présence d'esprit.

Dans tout cela, la seule consolation était qu'Alma lui avait promis juré qu'elle ne demanderait pas à sortir dès ce soir, et qu'elle attendrait qu'ils en aient parlé, lui ou elle, avec le médecin-chef. Mais en y réfléchissant bien, Doll trouvait cette consolation bien maigre. Car s'il était certain qu'Alma tiendrait parole, il lui semblait toutefois très possible que le jeune médecin parlerait, et qu'ainsi on en viendrait à ce que Doll tenait par-dessus tout à éviter à l'heure actuelle : la sortie prématurée d'Alma.

En allant à l'hôpital, la joie et l'espoir ne lui avaient pas laissé le loisir de sentir le froid et le vent ; sur le chemin du retour, ce furent les pensées et les ruminations qui le rendirent insensible à la pluie de cette tumultueuse nuit de novembre. Il ne fut détourné de ces pensées que lorsque, déjà presque arrivé à son immeuble, il percuta un homme si fort qu'il le renversa. Il l'aida aussitôt à se relever tout en s'excusant, et attendait avec une certaine résignation que l'homme tombé à terre le submerge d'un flot d'injures et de menaces. Mais à sa grande surprise, cela ne se produisit pas, et son vis-à-vis, impossible à identifier dans l'obscurité, lui demanda presque timidement : « Avez-vous déjà fait quelque chose pour reprendre votre place dans le monde de la littérature, Herr Doll ? »

Il était si médusé par cette apostrophe inattendue, en plein milieu de la nuit, qu'il lui fallut du temps avant de saisir qui lui parlait ainsi, qui était l'homme qu'il avait précipité dans la boue : le médecin au visage de papier, celui qui avait soigné sa femme en tout premier à Berlin. Finalement il dit, de façon un peu absurde : « Ah, mais c'est vous, Herr Doktor ! Je vous demande vraiment pardon. J'espère que je ne vous ai pas fait mal… »

« Je crois », dit l'autre, et il demeurait maître dans l'art de ne pas écouter ce qui ne l'intéressait pas, « je crois qu'il faut se dépêcher si on veut jouer un rôle. Des tas d'inconnus semblent déjà se presser autour de la mangeoire… »

Il ne dit pas cela d'un air envieux, mais, comme tout ce qu'il disait, d'un ton sans âme, comme nébuleux, sans que cela ne résonne ni en lui ni autour de lui. Ils marchaient maintenant côte à côte en direction de leurs immeubles voisins. Le médecin fantomatique continua : « Déjà tout un tas d'associations, de fédérations, de ligues, de groupes se forment – mais on ne m'a aucunement demandé d'en faire partie encore. Et pourtant j'étais autrefois un écrivain plutôt connu ; pas aussi connu que vous, Herr Doll, mais tout de même assez estimé. »

Ils s'étaient approchés de leur but en parlant ainsi, et c'est tout naturellement que Doll entra à côté du médecin dans l'immeuble, et dans l'appartement de celui-ci, puis dans sa salle de consultation, passablement chauffée, où ils s'assirent d'emblée de part et d'autre du bureau. Le fauteuil de consultation laqué blanc, avec ses étriers, avait le même air spectral que son propriétaire. Il y avait quelque chose d'irréel à tout cela, comme si Doll était plongé dans un rêve dont il allait soudain se réveiller.

Le médecin toutefois poursuivit : « C'est exactement comme s'ils pensaient que j'étais mort, je suis aussi oublié que cela. Pourtant on ne peut pas m'avoir oublié à ce point, je vois les noms de mes anciens amis dans les journaux. Moi, je ne les ai pas oubliés, ils ne *peuvent* pas m'avoir oublié. Et pourtant rien ! Pas un mot ! Comme si j'étais mort – mais je ne suis pas mort, pas encore ! »

Pendant un instant il se tut et regarda Doll avec ses yeux bruns et inexpressifs, fixement, sans ciller. Doll dit, pour le réconforter : « Personne ne s'est adressé à moi non plus...

— Non ! dit le fantôme de papier avec une insistance inhabituelle pour lui. Non ! Je n'ai aucun reproche à me faire ! » Il répondait à une question qu'on ne lui avait pas posée : « Non, je n'ai jamais été nazi. Naturellement, j'ai été pendant un temps médecin dans l'armée, mais c'est une chose à laquelle personne ne pouvait se soustraire. Mais jamais dans leur parti – et maintenant ce silence, comme s'ils me prenaient pour un nazi. Que peut-on faire contre ça ? »

Il regardait son interlocuteur, ses yeux clignaient rapidement, la peau de parchemin sur ses pommettes semblait presque rose. « Contre quoi faudrait-il faire quelque chose ? demanda Doll. Contre le fait d'être oublié ? Pourquoi ne vous manifestez-vous pas auprès de vos anciens amis ? Peut-être ne savent-ils pas que vous êtes encore vivant. Tant de gens ont encore succombé ces derniers temps.

— J'ai écrit des lettres, beaucoup de lettres ! répondit le médecin. Regardez, un tiroir à moitié plein ! » Il ouvrit un tiroir de son bureau et montra à Doll un petit tas de lettres, sous enveloppe et adressées, et même munies du timbre avec l'ours de la ville de Berlin. Le médecin continua hâtivement : « Une lettre est comme un appel, le simple fait de l'écrire est un appel à son destinataire. » Il se tut un instant. Puis : « Qui veut donc me faire des reproches ? Et je n'ai jamais été nazi ! Jamais ! Vraiment pas ! » Il cligna violemment des yeux.

Doll avait la certitude que ce Dr Pernies avait encore part à ce monde, suffisamment du moins pour que quelque chose le fasse souffrir, oui, et pour détourner cette souffrance il était même prêt à mentir. Dans tous les cas, sa déclaration persistante et répétée qu'il n'avait pas été nazi était suspecte. Cela lui rappelait ce marchand de bière qui jurait encore et encore à son maire qu'il n'avait vraiment plus rien de caché – jusqu'à ce qu'on finisse par découvrir sa cachette.

Doll se leva. « J'enverrais les lettres, à votre place », dit-il.

Toutefois, le médecin était de nouveau inaccessible et déjà très loin. « Bien entendu ! dit-il d'une voix blanche.

Mais seulement, laquelle envoyer ? À qui ? Tous ces gens sont d'une vanité incroyable, celui à qui je ne m'adresserai pas se sentira lésé. Je vous remercie de votre visite ! »

Doll sortit dans la nuit. Peut-être Alma avait-elle entretemps négocié sa sortie avec le médecin et était-elle déjà dans l'appartement ? Il accéléra le pas.

Mais lorsqu'il entra dans la chambre, elle était vide. Alma n'y était pas, il était encore seul ce soir ; peut-être devrait-il encore quelques jours œuvrer tout seul à leur vie future. Il comptait se remettre le plus tôt possible à son travail et ainsi retrouver un sens à la vie. Pour cela il lui fallait rencontrer les personnes qui s'y connaissaient aujourd'hui, il devait se renseigner sur les possibilités actuelles de publication – journaux, revues, maisons d'édition. Mais vers où se tourner ? Il était déjà depuis deux mois à Berlin, mais il ne savait rien, il ne savait rien de tout ce qui s'était passé ici depuis le grand renversement. Il n'avait pas lu un seul journal – un aveu honteux qu'il était bien obligé de se faire !

Pendant que Doll réfléchissait à cela, il avait rangé et nettoyé à peu près sa chambre. Il avait aussi tout préparé pour son dîner et s'était fait un café. Il toqua doucement à la porte de Fräulein Gwenda, et demanda poliment à sa mère qui ouvrait si elles avaient peut-être quelques journaux à portée de main, sans problème aussi de vieilles éditions. Il les leur rendrait le lendemain matin.

Il récupéra un gros paquet de feuilles et se retira chez lui. Ce soir-là, il mangea son pain et but son café sans s'en rendre compte. Et il lut, il lut les journaux, les récents et les plus anciens, lut en oubliant tout autour de lui, exactement comme il avait lu son Karl May à quinze ans, sans penser à rien d'autre. Il lut tout : la politique intérieure et les affaires étrangères, le courrier des lecteurs et les pages littéraires, les entrefilets culturels et les petites annonces. Il dévora les journaux de la première à la dernière page.

Et ce faisant, le monde s'ouvrit devant lui, ce monde où il avait vécu comme en aveugle, et tout prit sens. Il avait traversé les rues de cette ville et ne s'était pas une seule fois demandé qui donc avait enlevé les barrages antichars, débarrassé les montagnes de gravats et remis en route les transports en commun. Il avait vu des gens travailler dans les rues, et il avait tout au plus trouvé un peu bizarre qu'ils se soient remis au travail – pourquoi donc ? Ou bien il avait pensé : ce sont les anciens nazis, ils *doivent* travailler. Nous qui n'y sommes pas obligés, nous attendons d'abord de voir, la situation va bien finir par changer, d'une manière ou d'une autre…

Pourtant ces travailleurs n'étaient pas dans une situation pire ou meilleure que la sienne ; mais pendant que lui était resté paresseusement allongé et s'était appliqué à tomber malade, d'autres tout aussi désillusionnés s'étaient retroussé les manches, et c'est par le travail qu'ils avaient surmonté le désespoir et la désillusion !

Il lut des articles sur des théâtres qui jouaient de nouveau. Sur des expositions de peinture et des concerts, sur des films nouveaux venant du monde entier. Il lut des entrefilets sur les actions d'entraide qui organisaient le ramassage du bois en forêt, la réparation des appartements détruits, la couverture des toits et la remise en marche des machines hors service. Il lut des petites annonces proposant des choses qu'on n'avait plus vues depuis longtemps. Il y en avait encore peu, mais ce n'était que le début, cela ne pouvait être que le début. Une « ville de la mort », voilà comment il avait appelé Berlin, un « chaos de ruines » dans lequel il ne pourrait plus jamais travailler, et pourtant on retravaillait déjà dans cette ville ! Tous ceux qui ne participaient pas auraient dû avoir honte. Dans quel état d'égocentrisme aveugle, dans quelle existence oisive et égoïste avaient-ils vécu tous les deux pendant ces derniers mois ! Ils n'avaient fait que prendre, prendre, et cependant ils n'avaient pas une seule fois pensé à accomplir la moindre petite chose eux-mêmes !

Quand Doll ce soir-là, cette nuit-là, reposa le dernier feuillet du dernier journal, quand il se coucha dans son canapé et eut éteint la lumière, il n'eut pas besoin de fuir lâchement dans une fantaisie de Robinson pour abréger le temps qu'il lui fallait pour s'endormir. Mais tout ce qu'il avait lu repassait constamment dans son esprit, et plus il se remémorait ce qui avait déjà été accompli, plus il lui semblait inconcevable qu'il ait pu assister à tout cela sans rien faire, récalcitrant, vide. Ces reproches le poursuivirent jusque dans ses rêves tardifs.

11

Querelle pour commencer

Malgré ses rêves tourmentés, Doll se réveilla frais et reposé, et, comme la veille, il appliqua tous ses efforts à sa toilette, pour ne pas être inhibé par des pensées gênantes sur son apparence négligée. Il espérait beaucoup de son plan d'action, et aussi ne pas être complètement découragé par un petit ponte tyrannique comme celui du service logement.

Doll, lors de ses lectures de la veille au soir, avait souvent croisé dans le journal le nom d'un homme qu'il se rappelait de l'époque d'avant même les nazis. Cet homme, qu'il avait néanmoins rarement rencontré personnellement, mais qui s'était occupé de quelques-uns de ses livres en tant qu'éditeur dans une grande maison d'édition, cet homme du nom de Völger, il voulait le chercher et il espérait même le trouver à la rédaction du journal.

Doll était en train d'enfiler les manches de son manteau prêté quand on sonna cinq, six fois énergiquement à la porte. Qui donc pouvait demander si tempétueusement d'entrer, qui trouva-t-il sur le palier : sa propre femme,

Alma ! Elle portait dans chaque main un grand cabas bourré d'affaires, sur le bras encore des robes et des sortes de jupes, et à l'expression de son visage on pouvait voir qu'elle n'était pas d'humeur joyeuse.

Doll, qui avait pourtant craint l'arrivée de sa femme déjà le soir précédent, resta ahuri devant elle. Avec ses lectures de journaux et la démarche qu'il avait prévue de faire auprès de l'éditeur Völger, il avait à peine pensé à sa femme ce matin-là et encore moins à sa venue. « Toi, Alma ?!! » dit-il donc, brutalement ramené à la réalité.

« Oui, moi, Alma !! le singea-t-elle, rageuse et sarcastique. Et si cela ne tenait qu'à toi, je ne serais certainement pas déjà de retour, et je serais encore pour des semaines et des semaines à l'hôpital ! (Vas-tu enfin fermer cette porte et me prendre quelques-unes de mes affaires ?!! Tu vois bien que j'ai les mains pleines !) C'est une promesse magnifiquement tenue d'avoir monté ce jeune médecin contre moi ! Et puis après, tu le laisses encore t'offrir des cigarettes – eh bien, merci ! »

Elle le précéda dans la chambre en proférant ces paroles avec méchanceté. Puis elle posa négligemment ses sacs, jeta ses habits sur une chaise et s'assit dans un fauteuil. Elle se releva aussitôt, sortit du sac un petit paquet et s'alluma une cigarette. Malgré sa colère, elle prouva que son esprit de camaraderie, chez elle, n'était pas quelque chose d'appris ou d'artificiel, car elle lui tendit aussitôt le paquet en lui proposant : « Je t'en prie ! »

Doll qui, la veille, à son propre agacement, n'avait pas refusé la cigarette du jeune médecin, le fit maintenant avec sa femme – encore faux ! – et il dit, furieux : « Je n'ai pas monté le jeune médecin contre toi ! Par ailleurs, je ne l'ai pas laissé m'offrir des cigarettes, j'en ai seulement pris une par politesse, à sa demande pressante !

— Ah bon ? répliqua-t-elle, furieuse. Et venant de moi tu n'en prends pas ? C'est sûr, on n'a pas besoin d'être poli avec sa propre femme. Et puis on s'arrange pour convaincre le médecin, par-derrière et malgré une promesse, de me garder encore je ne sais combien de temps à l'hôpital.

— Je ne t'ai rien promis de tel ! Toi, en revanche, tu m'avais promis de ne pas quitter l'hôpital avant que nous ayons parlé avec le médecin-chef !

— Tu vois, tu le dis toi-même : nous voulions parler avec le médecin-chef, mais toi tu vas intriguer avec le médecin du service pour le mettre de ton côté ! Bien sûr ! Tu n'avais qu'une seule idée en tête, c'est que j'y reste le plus longtemps possible ! Tu n'as probablement pas besoin de moi ici !

— Alma ! dit Doll doucement. Alma, ne nous disputons pas. Pensons seulement à l'avenir. Et je ne connais pas d'avenir sans toi. Mais pour cela il faut que tu sois guérie, c'est le seul souci qui m'a guidé. J'ai lu les journaux hier soir – ah, Alma, si tu savais tout ce qui s'est passé dans le monde durant les deux mois où nous sommes restés au lit comme des fainéants ! Il faut que dès maintenant nous y prenions part. Quand tu es arrivée, j'étais sur le point de me rendre chez Völger, mon ancien éditeur, qui a toujours défendu mes livres. Tu es sortie de l'hôpital, soit, on ne peut rien y changer. Mais maintenant allonge-toi, prends soin de ta jambe… »

Son visage s'était détendu et était devenu amical depuis qu'il lui parlait sans animosité. Mais sa dernière proposition lui fit secouer la tête comme une enfant récalcitrante, et comme une enfant récalcitrante elle répondit : « Je n'arrive pas à comprendre pourquoi je ne devrais pas venir avec toi. Ma jambe va très bien – ou presque. Je ne veux pas rester ici à traîner au lit et à m'ennuyer ! »

Il répondit avec encore plus de douceur. « C'est précisément pour que cet épisode où nous sommes restés indéfiniment au lit ne se répète pas que je te demande de te ménager. Car si cette vie désœuvrée recommence, alors nous n'aurons plus aucune chance de nous relever et de travailler, ou alors tout au plus pour aller chercher de la morphine, et dans ce cas Schulz et Dorle seront de nouveau les maîtres chez nous. Fais cela pour moi et prends soin de toi, petite, avant qu'on en arrive encore là ! »

Mais elle secoua la tête et répéta, obstinée : « J'ai pris soin de moi pendant assez longtemps, maintenant je veux moi aussi faire ma part. Tout ce que tu fais, je veux le faire avec toi !

— Jusqu'à ce matin tu étais rivée à ton lit, tu ne peux pas te remettre à courir comme ça ! insista-t-il. Tu n'as pas idée à quel point j'angoisse que cette ancienne vie reprenne. Et cette fois nous n'avons aucune réserve, pas de solitaire à vendre. Oui, il faut que tu te rendes compte une fois pour toutes que nous sommes de pauvres gens maintenant, Alma, et qu'il y a beaucoup de choses que nous ne pouvons plus nous permettre, fini les médecins, fini les coûteuses cigarettes américaines, et peut-être même fini le pain blanc qui se mange bien trop vite et qui ne rassasie pas autant que le pain complet, et de loin.

— Ah bon ? s'écria-t-elle en s'échauffant. C'est pour ça que tu n'as pas voulu de ma cigarette à l'instant ? Tu veux jouer à l'homme pauvre maintenant ?!! Et donc je ne devrais plus fumer de cigarettes et ne plus manger que du pain noir, dont tu sais pourtant qu'il provoque mes douleurs au foie ?! Si c'est ce que tu veux, je t'en prie, mais ne compte pas sur moi avant longtemps ! D'abord, je peux encore vendre pas mal d'affaires à moi, et quand il n'y en aura plus, je connais toujours une meilleure solution plutôt que de crever dans la misère. »

Il répondit lui aussi très agacé : « Oui, bien sûr, c'est très pratique de dire : je ne veux me priver de rien, et menacer de partir devant la moindre petite difficulté. Mais je ne laisserai personne me menacer, toi pas plus que les autres, et si tu veux partir le plus tôt sera le mieux ! Alors j'irai mon chemin tout seul !

— Tu vois ! s'écria-t-elle d'un air triomphant. Je me doutais bien qu'il y avait une raison à ton insistance, auprès de moi et du jeune médecin, pour que je reste le plus longtemps possible à l'hôpital ! Je suis une charge pour toi, voilà tout, et tu préférerais te débarrasser de moi. Je t'en prie, je ne ferai pas de difficultés, je m'en vais n'importe quand. Je m'en sortirai bien mieux toute seule qu'avec toi !

— Mais qu'est-ce que tu dis comme absurdités ! s'écria-t-il. Je n'ai jamais dit que tu étais une charge pour moi et que je vivrais mieux sans toi ! C'est toi qui as commencé avec ça ! Mais il ne s'agit pas du tout de cela ! Il s'agit juste de savoir si tu veux être raisonnable maintenant et te ménager. Oui ou non ?

— Non, bien entendu ! répondit-elle moqueuse. Si tu me l'avais demandé un peu plus gentiment, je l'aurais peut-être fait, mais comme ça, certainement pas !

— Je te l'ai demandé assez gentiment au début, mais tu ne veux pas. Et si tu ne veux vraiment pas... »

Il la regarda dans l'expectative, mais elle était prise d'une fureur croissante.

« Combien de fois faudra-t-il que je dise que je ne veux pas ! Je ne te laisserai sûrement pas me tyranniser ! Tiens, regarde, je m'allume une autre cigarette, rien que pour t'embêter ! »

Et elle s'alluma une cigarette.

« Très bien, très bien ! répondit-il. Au moins, maintenant, je sais à quoi m'en tenir ! »

Là-dessus, il passa devant elle. Elle avait les yeux noircis par la colère ; mais il sortit de la chambre, ferma la porte derrière lui, enfila son manteau dans le couloir, mit son chapeau et sortit de l'appartement.

L'orage était passé aujourd'hui, il ne pleuvait pas non plus, mais jamais la rue dans laquelle il habitait, avec ses ruines calcinées et ses montagnes de gravats, ne lui avait paru aussi sinistre et mortellement menaçante. Sa vie ressemblait exactement à cela : la guerre avait tout détruit et il ne lui restait plus que des ruines et des restes de souvenirs brûlés, tas de gravats hideux. Et cela continuerait probablement toujours ainsi ; sur ce point elle avait peut-être même raison : on ne pouvait pas s'échapper de ce champ de décombres. Ce qu'il venait de vivre avec sa propre femme, cela pouvait vous ôter tout courage de continuer ! Et il avait raison, et elle avait tort ! La raison était de son côté à lui, et tout ce dont elle avait parlé à l'instant, cette volonté de ne renoncer à rien, c'était de la folie pure !

Certes, certes, elle était une jeune femme gâtée, et il n'aurait peut-être pas dû tout déballer d'un coup, les cigarettes et le pain blanc, cela aurait pu attendre en effet. Il aurait pu aussi être plus patient et plus précautionneux. Mais par tous les cieux ! lui aussi n'était qu'un être humain, et le temps avec toutes ses misères pesait lourdement sur ses épaules, bien plus que sur elle qui vivait comme un petit oiseau, et oubliait tous ses soucis du jour au lendemain ! Pourquoi devait-il toujours faire attention aux autres gens, alors que personne ne faisait jamais attention à lui ?

Non, il fallait que cela arrive ainsi. Leur séparation à l'instant reflétait exactement là où ils en étaient quand le sentiment amoureux ne maquillait pas les antagonismes. D'accord sur rien, étrangers l'un à l'autre, tout à fait étrangers, chacun isolé. Et il ferait désormais sa route tout seul ; il ne s'immiscerait plus en rien dans ses affaires, et qu'elle fume et qu'elle vende tout autant qu'elle voudrait ! Il ne dirait plus rien ! Mais il ne dirait rien non plus de ce qu'il apprendrait et obtiendrait chez l'éditeur Völger.

Occupé par ce genre de pensées, il était arrivé à la station de métro, avait acheté un ticket et attendait la rame avec les autres. Le train entra dans la station et, par le petit couloir formé bon gré mal gré par ceux qui attendaient, les passagers sortirent. Puis il se glissa avec les autres dans le wagon déjà plein à craquer.

Soudain une voix moqueuse lui demanda, toute proche : « Peut-être une cigarette maintenant ? »

Il fit volte-face et tomba troublé sur le visage de sa femme qui le toisait d'un air supérieur et froid. Il ne lui répondit pas, mais secoua la tête pour refuser la cigarette avec humeur. Ça, c'était vraiment trop, la colère le gagna de nouveau. Après une telle dispute, le suivre en cachette et maintenant encore se moquer de lui publiquement, c'était bien plus qu'il ne voulait supporter.

C'était très énervant qu'elle l'accompagne maintenant dans cette démarche peut-être décisive, comme si elle avait vraiment sa place auprès de lui. Elle le dérangeait. Il voulait réfléchir à ce qu'il dirait à Völger, mais il ne pensait à rien d'autre qu'à cette femme !

Il devait sortir du métro pour prendre le train de banlieue, et puis prendre encore un tramway – mais il ne parvint pas à la semer. Il admit qu'il ne se comportait pas vraiment de façon chevaleresque, par exemple il était monté au dernier moment dans le tramway, alors qu'il était déjà reparti. Mais elle ne s'était pas laissé surprendre, elle avait réussi à sauter dedans elle aussi, et, triomphant de joie mauvaise, elle avait même payé pour lui. Ni elle ni le receveur ne tinrent compte de ses faibles protestations.

Certes, elle n'était pas que dans la joie mauvaise. Par deux fois elle avait essayé de faire passer le passé, et d'entamer avec lui une conversation anodine. Mais il avait gardé les lèvres serrées et n'avait pas lâché une seule syllabe.

Ils étaient maintenant descendus du tramway et devaient parcourir le reste du trajet à pied. Elle fit une troisième tentative. Alors qu'ils franchissaient une passerelle provisoire, en bois, le large et beau pont de fer recouvert d'asphalte gisait dans l'eau à côté d'eux, un ouvrage que les hommes d'Hitler avaient absurdement fait sauter. Elle regarda avec curiosité la route lisse qui descendait à pic, menait d'un seul tenant de la rive jusque dans l'eau, plongeait à peine à un mètre cinquante de profondeur et remontait tout aussi abruptement vers l'autre rive. Plongée dans ses pensées, elle dit : « Quel dommage que je ne sois plus une enfant : je me serais lancée sur mes fonds de culotte pour une grande glissade ! Je le ferais volontiers encore aujourd'hui – on pourrait aussi dévaler cette pente en luge, ou bien à vélo. Je me lancerais sur-le-champ si on me donnait cent cigarettes américaines ! »

Ces derniers mots gâchèrent l'impression laissée par les premiers, qui avaient fait sourire Doll malgré lui. C'est vrai, il la voyait tout à fait glisser jusqu'en bas, riant de toutes ses dents blanches, ses mèches blond roux dans le vent. Elle l'aurait fait, elle en était capable. Mais la phrase de conclusion avec les cigarettes américaines troubla de nouveau cette humeur plus légère.

Cette phrase toutefois l'avait menée, elle, à la pensée opposée. Elle sortit le paquet de Chesterfield de sa poche, regarda dedans et le lui tendit : « Alors, tu en dis quoi ? C'est la dernière chance ! Il n'en reste plus que deux – moitié-moitié ! »

Il pressa ses lèvres encore plus fort l'une contre l'autre et secoua la tête, malgré ses doigts qui le démangeaient car son envie de fumer était immense.

« Alors, c'est non ! » dit-elle impassible, et elle prit une cigarette. Et tout en l'allumant, elle poursuivit : « Si tu veux continuer à te comporter comme un enfant ridicule et têtu, je t'en prie, à ta guise ! Ça ne me gâchera pas ma cigarette pour autant ! »

Elle avait aspiré la fumée profondément dans ses poumons, la savoura et la souffla de son côté, sans doute intentionnellement. Avec la même supériorité moqueuse affichée un peu plus tôt, elle dit : « Mais tu finiras par te rendre. Devant ton éditeur, tu devras bien me présenter et parler avec moi, même si tu te comportes de façon ridicule maintenant ! »

Il y avait pensé tout du long, et avec sa remarque elle avait touché au cœur de sa mauvaise humeur. Furieux, il finit par briser son silence, et dire : « Au lieu de m'importuner et de me suivre, en me dérangeant dans mes pensées, il aurait été plus malin d'aller au service logement et au bureau du rationnement ! Tu t'es tellement vantée que tu pourrais expédier ça en un tour de main ! Mais bien sûr, tu n'y penses pas de toi-même, c'est aussi plus confortable de me laisser tout décider. »

Elle répondit, moqueuse : « Ne te fais pas de soucis à cause de l'appartement et des tickets ! Tu crois que parce que tu n'as rien pu obtenir, il m'arrivera la même chose.

J'irai cet après-midi et j'obtiendrai ce qui nous revient de droit ! »

Il dit, plein d'une pitié contrefaite pour son ignorance crâne : « L'après-midi, les bureaux de l'administration sont fermés ! »

Et elle, plus supérieure encore : « Pas pour moi, très cher ! Tu vas rire : pas pour moi ! »

Et lui de nouveau : « Je ne vais sûrement pas rire, et toi tu ne vas sûrement rien obtenir ! »

Ainsi se termina tout d'abord cette nouvelle querelle. Ils étaient arrivés à la grande maison d'édition, autrefois l'un des édifices les plus impressionnants de Berlin. De l'extérieur, l'immense tour semblait encore imposante et – hormis quelques fenêtres cassées, ou vides, ou recouvertes de carton – elle paraissait avoir été épargnée par la guerre. Seules les montagnes de décombres autour de l'immeuble annonçaient déjà qu'il ne serait pas tout à fait intact à l'intérieur.

Et en effet, passé l'entrée, ils pénétrèrent aussitôt dans une pièce noircie par la fumée, puant le brûlé, qui ne devait son immensité qu'à des cloisons effondrées.

Ils franchirent ensuite une porte basse en fer et soudain on ne sentait plus l'incendie, mais l'odeur humide et acidulée de la chaux fraîche. Un large escalier éclairé parcimonieusement menait à l'étage, les peintures sur les murs semblaient avoir été refaites à l'instant, tout sentait le neuf et la rénovation – certes un peu indigente. Quoi qu'il en soit, on venait tout juste de remettre en état cette partie de l'immeuble.

Au deuxième étage, ils arrivèrent dans la rédaction où Doll espérait trouver l'éditeur Völger, ou au moins obtenir des renseignements sur lui. D'une voix presque tremblante, il demanda à voir celui qui avait autrefois suivi ses livres ; il eut soudain la sensation que, depuis l'effondrement, il s'était uniquement hâté vers ce moment, grâce auquel – espérait-il ! – il pourrait raccommoder un passé en lambeaux avec un avenir heureux. Subitement, dans la seconde de temps entre la question et la réponse, il trembla à la peur d'un « non », d'un « inconnu ici », comme si une telle réponse lui fermerait définitivement la porte d'un avenir meilleur.

Et il respira de nouveau quand il entendit : « Je vais voir si Herr Völger est disponible. Qui dois-je annoncer ? » Il sentit une langueur envahir ses membres pendant qu'il donnait son nom, il avait l'impression qu'on venait de le sauver, pris de vertiges, d'une chute dans l'abîme.

Puis ils furent conduits dans une grande pièce très en désordre, qui ressemblait plutôt au bureau d'un machiniste qu'à celui d'un rédacteur. Les yeux de Doll se posèrent sur l'antique visage sillonné de soucis d'un vieillard aux cheveux épars et blancs. Oh, mon Dieu ! pensa-t-il, bouleversé, tout en serrant la main tendue vers lui, ce très vieil homme n'est tout de même pas Völger ! Ça ne peut pas être Völger ! Et pendant qu'il écoutait les premiers mots de l'autre, il pensait encore : mais il est peut-être tout aussi effrayé par mon apparence. Je ne l'aurais jamais reconnu ! Cette maudite guerre… qu'a-t-elle donc fait de nous tous !

Tandis que l'autre disait, plein d'émotion : « Doll, c'est

incroyable que vous soyez ici dans mon bureau ! Vous le savez, n'est-ce pas : on disait que vous étiez mort. Nous pensions tous, il y est passé lui aussi ! Et maintenant vous voilà ici devant moi ! Asseyez-vous, je vous en prie, chère madame. Oui, c'est un bazar pas possible ici… »

Et il s'entendit répondre, tout aussi agité et décontenancé : « Cela ne fait rien qu'on m'ait cru mort ! Le dicton dit bien que ceux qu'on a crus morts vivent encore cent ans, et c'est bien mon intention ! » En disant cela, il sent le regard observateur d'Alma, il se réjouit qu'elle se comporte si calmement, qu'elle ne s'impose pas à cet instant, et il dit tout à fait à rebours de ses premières intentions : « D'ailleurs, je vous présente ici ma femme, Herr Völger ! » Et il ajoute, comme il croit remarquer que l'autre est surpris : « Nous nous sommes mariés juste avant la fin de la guerre.

— Oui, oui ! répond l'autre, et il hoche sa tête blanchie. Il y a eu de grands changements partout – chez moi aussi ! » Son regard effleure la jeune femme, on dirait presque que son mariage à lui aussi a changé. Mais il poursuit : « Et maintenant me revoici dans cette maison comme au début du Reich millénaire, en plus vieux et plus dégarni, et je fais mon travail comme avant. Parfois, j'ai la sensation que tout ce que j'ai vécu pendant ces douze années et demie n'était pas vraiment réel, comme le souvenir vague d'un mauvais rêve…

— Oh non ! le contredit Doll. Je n'en suis pas encore là. Pour moi, toutes ces horreurs sont encore bien réelles. Mais évidemment, vous avez déjà retrouvé votre travail…

— Et vous ? Vous n'avez pas pu travailler à quoi que ce soit depuis l'effondrement ?

— Rien ! Imaginez, j'étais maire ! Et puis je suis resté longtemps malade. » Et il se met à relater les événements de ces derniers mois, la désespérance, l'apathie toujours grandissante…

L'autre s'agite pendant ce récit, et il saisit la première occasion pour raconter à Doll à quel point il a souffert, et les terribles expériences qu'il a faites avec ses semblables !

Ces histoires qu'il écoute distraitement rappellent à Doll d'autres épisodes personnels bien pires. Il attend à peine que l'autre ait fini de parler et il expose précipitamment ses propres histoires atroces.

Puis ils s'interrompent tous les deux, ils se regardent, un sourire las sur leurs visages soucieux, ils se sont pris tous les deux sur le fait. Völger dit, avec un grand sourire : « Nous faisons exactement comme nos chers semblables, dont nous aimons sinon tant moquer la folie. Chacun de nous a vécu les pires des horreurs !

— Oui ! approuve Doll. Alors que pourtant nous avons tous traversé à peu près les mêmes choses !

— C'est certain, dit Völger à son tour, chacun de nous a souffert jusqu'aux limites de ce qu'il était capable d'endurer.

— C'est bien vrai ! » approuve Doll.

Et alors ils se taisent tous les deux. Doll hésite maintenant à se lever et à partir. Völger ne lui a laissé entrevoir aucune possibilité de travail, il n'a même pas demandé si Doll voudrait écrire une contribution pour ce journal dont il codirige la rédaction. Si Völger ne sent pas cela, Alma toutefois sait avec quelles attentes son mari est venu jusqu'ici. Völger pense sans doute que Doll a juste voulu dire bonjour à un vieux camarade. Mais elle, elle sait que cette visite doit marquer le commencement d'une nouvelle vie…

Et pourtant ! Et pourtant ! Justement à cause de la présence d'Alma, il ne veut pas demander à Völger s'il pourrait lui donner du travail. Justement devant Alma, il ne veut pas quémander. Non, la seule chose qu'il peut faire après le long silence significatif de son vis-à-vis, c'est : se lever, saluer, partir. *Moriturus te salutat !* L'agonisant te salue ! S'en aller, et mourir dans le silence et la dignité ! Et en un éclair, il pense à un autre écrivain, le médecin, ce médecin qui avait été écrivain, petite tête de mort tombée dans l'oubli, comment avait-il dit ? C'est comme si on était déjà mort. Et Doll se lève, il tend la main : « Oui, mon cher Völger, je vais m'en aller. Vous avez certainement beaucoup à faire…

— Oui, dit Völger en prenant la main tendue vers lui. Oui, toujours beaucoup à faire, beaucoup trop. Mais cela m'a fait beaucoup de bien de vous revoir, vous qu'on croyait mort. J'imagine que Granzow aussi a été très heureux de vous voir. Saluez-le bien de ma part. C'est lui qui vous a dit que vous me trouveriez ici ?

— Non ! » répond Doll, encore sans la moindre idée de ce qu'il va apprendre. C'est aussi pour cela qu'il ne cherche pas à savoir pour l'instant qui est ce Granzow que Völger lui demande de saluer. « Non, j'ai lu votre nom dans le journal, Völger. Je suis venu ici au petit bonheur la chance.

— Mais vous avez vu Granzow tout de même ?!

— Non, dit Doll prudemment. Pas encore !

— Pas encore ! s'écrie l'autre. Alors vous ne savez peut-être même pas que Granzow vous cherche depuis des semaines, depuis que la rumeur circule que vous êtes à Berlin ?! Vous ne le saviez pas, Doll ?!

— Non, répond Doll encore. Et pour vous dire toute la vérité : je ne sais même pas qui est Granzow.

— Quoi ?! » s'exclame Völger, et il est si sincèrement horrifié qu'il laisse tomber d'un seul coup la main qu'il pressait encore dans la sienne. « Vous savez forcément qui est Granzow ! Vous devez au moins connaître ses poèmes ! Ou bien son grand roman *Wendelin et les noctambules* ! Il est certain que… », continue-t-il alors que Doll secoue encore la tête, « il est certain que Granzow a été exilé pendant douze ans, et que les nazis ont interdit l'intégralité de ses livres en 1933. Mais malgré tout – vous le connaissez certainement de la période avant 1933 !

— Vraiment pas ! persiste Doll. Il faut vous dire que j'ai presque toujours vécu à la campagne et je ne connais que très peu d'écrivains personnellement.

— Mais vous avez forcément entendu parler de lui dans les journaux, maintenant, tente encore Völger. Il est revenu d'exil en mai et a fondé la grande ligue des artistes. Vous avez *forcément* lu des articles à ce sujet, Doll !

— J'étais maire dans une petite ville avec un temps de travail quotidien de quatorze heures par jour en moyenne, répond Doll en souriant à l'obstiné face à lui. J'ai à peine eu le temps de lire les lettres qui m'étaient adressées, et encore moins les journaux. En vérité, depuis le renversement, c'est seulement hier soir que j'ai rouvert un journal pour la première fois, et le seul nom connu que j'y ai croisé était le vôtre, Völger. C'est pour cela que je suis ici aujourd'hui. Mais, poursuit-il, mais peut-être me direz-vous pourquoi ce Granzow me fait chercher partout, lui que je ne connais pas et que je n'ai certainement jamais connu ?

— Mais Doll ! dit Völger, Granzow veut bien sûr que vous rejoigniez sa ligue ; on attend beaucoup de vous, vous êtes celui qui pourra écrire un grand roman populaire sur ces dernières années…

— Non, non, répond Doll, et son visage s'est soudain assombri. Je ne suis absolument pas l'homme de la situation, je ne m'attaquerai certainement pas à ce sujet. » Il secoua encore la tête et continua : « Vous savez, Völger, évidemment – comme nous tous –, je me suis d'abord retrouvé par terre, dans la boue. Mais ensuite, lorsque j'ai un petit peu relevé la tête et que j'ai commencé à réfléchir à ce que je voulais faire après, il m'a semblé impossible d'écrire des livres comme avant, comme s'il ne s'était rien passé, comme si tout un monde ne s'était pas effondré pour nous. Je me suis dit qu'il fallait maintenant écrire tout à fait autrement, qu'on ne pouvait pas faire comme si le Reich millénaire n'avait jamais existé et comme s'il suffisait de renouer avec ce que l'on écrivait avant 1933. Non, nous devons commencer quelque chose de nouveau, déjà en termes de contenu, mais aussi dans la forme… »

Il fit une pause pendant un instant et, d'un air un peu incertain, il regarda Völger qui l'écoutait attentivement. Il enchaîna aussitôt : « Mais je ne sais pas – je n'ai pour l'instant trouvé aucune possibilité. Peut-être que je n'écrirai plus jamais de livre. Tout semble tellement sans espoir. Qui sommes-nous donc encore, nous les Allemands, dans ce monde que nous avons détruit ? À qui devons-nous nous adresser : aux Allemands, qui n'ont aucune envie de nous écouter, ou bien aux nations étrangères qui nous haïssent ?

— Eh bien, dit Völger, moi maintenant, à votre place, je ne me soucierais ni de la forme ni des lecteurs. Je suis convaincu qu'un jour vous écrirez de nouveau, tout simplement parce que vous ne pouvez pas faire autrement ! Et maintenant, allez voir Granzow, je vous donne son adresse. C'est autour de midi que vous avez le plus de chances de le trouver. »

Ils se quittèrent peu après. La jeune femme n'avait pas prononcé un seul mot pendant cette entrevue mémorable, fait extrêmement inhabituel pour le ressac. Et maintenant encore, alors qu'ils repartaient tous les deux tout seuls, elle ne disait toujours rien. Ce silence persistant ne convenait plus vraiment à Doll. Et s'il se sentait incapable d'écrire le roman qu'on lui proposait, s'il devait décevoir les espoirs que Völger et probablement aussi Granzow plaçaient en lui, il se réjouissait toutefois de l'accueil qu'on lui avait réservé, et de ce qu'on l'ait cherché dans la grande ville de Berlin. (Comment menait-on une telle recherche toutefois, cela restait un mystère pour lui.)

Il s'était senti pendant de longs mois si petit et si découragé que la première petite marque d'intérêt, que le premier rayon de sympathie le réchauffaient et l'illuminaient. Il se sentait autrement, il marchait autrement, il observait d'un autre regard les machines hors d'usage entreposées dans la grande halle calcinée. Peut-être qu'un jour elles travailleront tout de même pour moi, se dit-il. Et même si maintenant vous êtes hors service et que vous semblez fichues, ça se répare – tout finit par se remettre d'aplomb dans la vie…

Il sortit dans le jour gris de novembre, au milieu des monceaux de gravats. Le vent était chargé de poussière de cendre sale et faisait tournoyer des lambeaux de papier brûlé. Mais il lui semblait que c'était une brise de mai, que les oiseaux chantaient et que les arbres étaient en train de reverdir ! Il était donc encore quelqu'un ! Il s'était si longtemps senti comme un moins que rien, il avait laissé tout le monde lui marcher dessus, et pourtant, il était encore quelqu'un ! Völger le lui avait confirmé, Granzow croyait en lui. Il en allait de lui comme des machines, un jour ils travailleraient tous de nouveau !

Il regarda vers sa compagne avec une sollicitation muette. Pourquoi ne parlait-elle pas ? Maintenant il serait temps de lui montrer qu'elle aussi était heureuse de l'accueil qu'il avait reçu.

Mais elle ne regardait même pas dans sa direction. Elle n'avait d'yeux que pour les vitrines des boutiques, leurs maigres étalages avec quelques succédanés à des prix exorbitants et des articles d'exposition qui n'étaient pas à vendre. Et puis – elle ne lui avait même pas fait signe – elle avait disparu dans une de ces boutiques, non, pas une boutique, un café.

Il se fâcha encore une fois vivement contre elle, la

manière sans égards dont elle l'avait planté là, sans un mot d'explication, tout à fait certaine qu'il l'attendrait. Mais elle pouvait aussi se tromper, l'arrêt du tramway était tout proche. Quand elle sortirait du café, il serait peut-être parti, et elle ne pourrait pas assister à son entrevue décisive avec Granzow.

Cela ne lui plaisait pas du tout, et accroissait même sa colère que ce soit justement sa compagne qui lui gâche ce premier jour un peu plus heureux. Ainsi, à peine vit-il son visage réapparaître qu'il se remit en marche, droit vers l'arrêt du tramway, sans lui accorder ni un regard ni un seul mot une fois qu'elle fut de nouveau à côté de lui, de bonne humeur et tout à fait insouciante.

Et bien sûr elle s'était remise à fumer ! C'était donc pour cela qu'elle était entrée dans cette échoppe, pour s'acheter de nouveau des cigarettes ! Sans aucun égard pour l'avenir, elle dépensait leurs derniers sous sans compter. Et maintenant, alors qu'il en aurait peut-être pris une – en l'honneur de cette journée –, elle ne lui en proposait plus !

Dans le tramway à moitié plein, le destin s'arrangea pour qu'ils trouvent deux places côte à côte, sur les petits bancs installés dans la longueur, près de la porte. Face à la portière avant, donc séparée d'eux par toute la largeur du wagon, une vieille dame était assise à côté d'un gros monsieur au visage blafard et joufflu, mais que manifestement elle n'accompagnait pas ; dame que Doll affubla intérieurement aussitôt du qualificatif de « bébé putréfié ». Cette vieille fille, sûrement jamais mariée, qui avait des petites joues innocentes et roses comme celles des nourrissons, avait les traits si déformés par l'âge et la mort approchante que son apparence enfantine en revêtait presque quelque chose de pervers et de fondamentalement mauvais.

Cet être antique, perdu au milieu d'un amoncellement de dentelles, de galons et de petits boutons, semblait irrité à la simple vue d'Alma qui fumait avec insouciance. Elle renifla plusieurs fois d'un air méprisant, puis regarda son voisin joufflu, puis de nouveau la jeune femme, et puis maintenant Doll en personne qui, en payant aussi le billet de sa femme auprès du receveur, s'était affiché comme son accompagnateur légal.

Doll lui rendit un regard froid et inexpressif, sur quoi le « bébé putréfié » se mit à marmonner furieusement. Ce faisant, elle dirigea ses yeux bleus pâles d'abord sur Alma, puis sur les autres passagers du wagon, comme pour les inviter à prendre part à sa protestation. Manifestement, la vieille dame n'était plus pour longtemps en mesure de contenir ses sentiments en silence. Une explosion était sur le point de se produire.

Peut-être Alma avait-elle voulu accélérer cette explosion, peut-être aussi, dans son insouciance, n'avait-elle pas pris garde à ce jeu muet, quoi qu'il en soit elle sortit soudain un peigne de son sac à main. Elle secoua ses boucles qui voltigèrent, et commença à les peigner.

C'en était trop pour la vieille dame. D'une voix forte, presque en criant, elle s'adressa à Alma : « Faites donc ça chez vous, Fräulein ! Vous n'êtes pas ici dans un salon de coiffure ! »

Involontairement, le joufflu approuva de la tête, et

d'ailleurs il semblait que tous ceux qui avaient observé la scène dans le wagon fussent du côté de la vieille dame. Mais la jeune femme répondit froidement et avec une politesse parfaite : « Je suis assise suffisamment loin de vous pour ne pas vous déranger, chère madame ! »

Mais lorsqu'elle vit la mine querelleuse du bébé putréfié et les visages hostiles ou narquois des autres passagers, elle tendit soudain le peigne à Doll. « Toi aussi tu en as bien besoin, mon cher. Ta raie est tout emmêlée. »

Doll prit le peigne après une courte hésitation et commença à se peigner. Après la réaction d'Alma, les visages narquois affichaient désormais soit une curiosité impatiente, soit un sourire. Même le monsieur joufflu assis à côté de la vieille souriait. Mais l'agresseuse devint d'abord rouge de colère, puis elle vira soudain au blanc jaunasse, et elle proféra cette remontrance : « Toujours ces mêmes bonnes femmes aguicheuses ! » Sur quoi Alma répondit, alors que tout le wagon retenait son souffle : « Et toujours ces mêmes vieilles chouettes empaillées ! »

Doll ne fut pas le seul à trouver l'expression « chouette empaillée » parfaite pour la vieille dame, tout le wagon éclata de rire. Le joufflu trépigna même de plaisir, en jetant tout de même un regard anxieux à sa voisine. Mais il n'y avait plus rien à craindre de ce côté-là, elle avait perdu la bataille. Elle s'adossa pour se réfugier dans le coin sombre et crasseux du wagon et ne poussa plus que des râles, elle terminait de se putréfier, expliqua ensuite Doll à sa femme.

Après cet interlude, tout alla pour le mieux entre les deux époux. Ils papotèrent ensemble comme s'il n'y avait jamais eu la moindre discorde entre eux. Doll prit très simplement une cigarette, aspira avec délice la fumée dont il s'était si longtemps privé, et hocha même la tête quand Alma dit, presque pour s'excuser : « J'ai encore été frivole – en l'honneur de cette journée ! »

Une heure plus tard, ils se tiennent tous les deux dans un grand secrétariat, meublé presque luxueusement. Ce bâtiment, comparé à celui qu'ils viennent de quitter, le dépasse largement du point de vue de la conservation et de l'aménagement. Et de la même manière que ce secrétariat, avec ses tableaux sur les murs, la moquette épaisse sur le sol, la froideur efficace de bureau bien ordonné où deux employées apportent tout de même une touche de familiarité et de réconfort – donc, de la même manière que ce secrétariat l'emporte largement sur celui de Völger, l'accueil qu'ils trouvent ici surpasse aussi de très loin le sien. Doll vient à peine d'annoncer son nom, une des deux dames a tout juste disparu dans la pièce d'à côté que déjà cette porte s'ouvre (une pièce tout en bleu et blanc) et un homme grand, gras et grisonnant se précipite sur Doll.

« Doll ! » s'écrie-t-il. L'homme attrape sa main, et tout en lui semble trembler d'excitation. « Doll ! Vous voilà enfin devant moi ! »

Complètement éberlué, Doll se laisse entraîner hors du secrétariat dans la salle bleue et blanche, pendant que Frau Doll les suit en silence. « Doll ! Vous n'êtes donc pas mort ! Ce que nous nous sommes fait comme souci pour vous ! »

Et Doll, sa main entre celles moites, douces et grandes de l'autre, ne peut rien dire de plus que le nom qu'il a entendu pour la première fois une heure et demie plus tôt : « Granzow ! Oui, vraiment Granzow ! »

Ils se regardent tous deux avec des larmes dans les yeux. C'est comme de revoir un vieil ami. Et vraiment, il n'y a rien d'insincère dans ces larmes. Le sentiment les a débordés, les souvenirs de ces douze dernières années, passées en exil ou sous le joug de la servitude, les traverse une fois encore. Ils sont les survivants d'une catastrophe ! Tous les deux ressentent la joie que l'autre a de se voir, de se rencontrer. Si tout s'était passé normalement, ils auraient depuis longtemps fait connaissance.

Toutefois, Doll a un peu plus mauvaise conscience que Granzow, qui connaît au moins les livres de Doll, et un léger sentiment de culpabilité s'empare de lui. Il se dit : espérons que Völger ne lui racontera jamais que je ne connaissais même pas son nom. Mais ce sentiment se dissipe de nouveau. Granzow est manifestement tout à fait désintéressé par sa propre personne. Il ne veut entendre que ce que les Doll ont à raconter, savoir ce qu'ils ont traversé ces dernières années, où et comment ils ont vécu, où ils vivent maintenant, comment ils vont. Doll ne lit que de la joie, une bonne joie dans les yeux de Granzow, qui écoute avec attention chacune de ses paroles. Et pourtant, je suis quoi en fin de compte ? Un petit romancier qui a depuis longtemps jeté l'éponge et sombré dans le désespoir. Mais je ne dois pas le lui montrer, je vais me retaper maintenant...

Ce genre de pensées traversent la tête de Doll alors qu'ils sont assis depuis longtemps tous les trois autour d'une grande table, sur le canapé en velours bleu. Sur la table se trouvent les paquets de cigarettes de Granzow où les Doll peuvent librement se servir. On a aussi commandé et apporté du café, pas de la chicorée, non, mais du vrai café, certes un peu léger mais : « Oui, il faut nous excuser, Doll. Notre cantine n'est pas encore tout à fait à la hauteur. Mais cela va changer, maintenant tout ira mieux… »

Et ce « maintenant » sonne presque comme s'il se rapportait à Doll tout juste retrouvé, comme si à cet instant précis commençait une ère nouvelle – ce qui pourtant, dans ce contexte, ne peut définitivement pas être le cas.

La conversation continue maintenant d'une manière plus calme. Pour l'essentiel, ce sont les deux Doll qui parlent, ils racontent ce qu'ils ont vécu ces derniers mois. Oui, ici ce n'est pas comme avec Völger, ici Frau Alma parle elle aussi, il n'est plus question d'une retenue appuyée. Et elle fait bien, car alors que Völger, hormis un premier regard étonné, n'avait pas fait attention à Frau Doll, Granzow trouve manifestement la vive jeune femme très plaisante : il tourne son visage, souriant ou soucieux, vers elle aussi volontiers que vers Doll.

Oui, ce Granzow est un magnifique interrogateur et auditeur. Ici, il est impossible qu'il arrive ce qui s'est passé avec Völger, qu'aucun des deux interlocuteurs ne puisse attendre d'avoir entendu les souffrances de l'autre pour relater les siennes. Granzow ne semble pas éprouver la nécessité de se raconter, il est, comme on dit, tout ouïe. Il hoche avec empressement la tête quand ils lui font part de leur décision de quitter la petite ville pour toujours. Il la secoue avec préoccupation quand il apprend l'état dans lequel ils ont retrouvé leur appartement berlinois. Il tape énergiquement sur la table quand Doll parle du fonctionnaire tyrannique au service logement. En bref, il semble prendre part intensément à chaque épisode de la vie des Doll, et eux ont l'impression qu'il ne fait pas qu'écouter et aussitôt oublier, mais que, tout en écoutant, il tire déjà des conclusions, prend des décisions...

Et leur impression est juste, car, lors d'une pause dans la discussion, Granzow dit : « Je pense que j'ai une vue à peu près complète de votre situation et je sais ce qu'il faut faire. » Ils le regardent attentivement. Il continue : « Premièrement il faut que vous obteniez un appartement décent, le mieux serait dans un quartier qui n'a pas été trop détruit. Deuxièmement, il faut que nous nous occupions de trouver un camion pour aller chercher vos affaires dans la petite ville. Et troisièmement, il faut que l'on vous procure des tickets de rationnement, si possible des tickets de classe un, peut-être même plutôt deux. »

Il sourit d'un air amical-paternel lorsqu'il voit leurs regards étonnés, encore incrédules. Ils voulaient seulement vider leur cœur, ils étaient tout à fait prêts à se débrouiller seuls. Ils ne désiraient qu'un peu d'intérêt, un peu d'encouragement. Et maintenant, voilà qu'ils semblaient pouvoir compter sur une aide concrète et active !

« Oui, continue Granzow en souriant, tout cela devrait pouvoir se faire. Je vais tout de suite demander... » Et l'homme grand et massif se lève, quitte rapidement la pièce, les laisse tous les deux.

Ils se regardent, le visage illuminé. « Ce n'est pas possible, dit Doll. Et pourtant, c'est comme ça. Une fois encore, quelqu'un nous vient en aide ! »

Et elle : « Je l'aime bien, mon appartement tout en ruine, mais si nous obtenons un logement pour nous tout seuls… »

Et lui de nouveau : « C'était aussi simple que ça : il suffisait de parler avec cet homme-là. Et nous étions sur le point de sombrer, Alma ! »

Cette idée traverse ses membres comme un frisson, et elle demeure elle aussi silencieuse, repensant à ce chemin qu'ils ont parcouru jusqu'à cette pièce bleue et blanche. C'en est fini de s'embourber, la période difficile est derrière eux, maintenant ils vont remonter la pente. À cet instant, Doll n'accorde aucune attention au fait que ce n'est peut-être pas aussi simple que cela, qu'il ne suffit pas d'un appartement, d'aliments et d'affaires. Il a oublié qu'il y a eu la guerre, oublié la période douloureuse qui l'a précédée, qu'il est un homme brûlé et vidé à l'intérieur, sans substance… Que même le plus serviable des Granzow ne peut pas lui donner cette substance, qu'il doit la créer lui-même, qu'il doit retrouver une foi, pas seulement en lui-même, non, aussi et surtout dans ses semblables allemands, dans le monde entier, retrouver le sens du travail et de l'endurance, une confiance solide en un avenir fructueux pour l'homme – et qu'il ne possède rien de tout cela en lui.

À cet instant, il ne pense pas à tout ça. Mais il dit, pendant qu'il se défait de l'étreinte d'Alma : « Une chance nous est offerte maintenant, et, Dieu m'est témoin, nous allons la saisir ! Et nous ferons tout pour que Granzow n'ait pas à le regretter !

— Évidemment », répond-elle.

Granzow revient en souriant. « C'est arrangé ! dit-il. Le mieux serait que vous reveniez ici après-demain, je pourrai alors vous en dire plus ! Est-ce que vous pourriez, après-demain vers treize heures ? Bien, alors disons jeudi à treize heures dans mon bureau ! »

Il les regarde tous les deux en souriant d'aise, comme un père très satisfait de ses enfants. Furtivement, Doll se dit que Granzow n'est certainement pas beaucoup plus vieux que lui, et pourtant il se sent si jeune, si puéril, si immature à côté de lui. « Et maintenant je voulais vous demander encore autre chose, Doll, continue Granzow après un instant. Mais vous n'êtes pas obligé de me répondre si cela ne vous convient pas. Donc : où en êtes-vous côté travail ? Vous comprenez : tout le monde attend... Avez-vous fait quelque chose ces temps-ci ? Ou bien avez-vous des projets ?

— Oui, commence Doll en hésitant. J'ai là... »

Et Granzow dit en toute hâte : « Non, vraiment, Doll, si cela vous rebute de parler de vos projets... Ce n'est pas la curiosité qui me pousse.

— Oh, je comprends, répond Doll maintenant plus rapidement. Et cela ne me dérange pas d'en parler. Je crains juste que cela ne soit un peu décevant pour vous, Granzow. Car en fait, je n'ai aucun projet. Certes, dans les six mois qui ont précédé l'effondrement, j'ai commencé à écrire mes mémoires sur les nazis...

— Mais c'est excellent ! s'écria Granzow.

— Je ne sais pas. Je ne crois pas que ce soit excellent. Voyez-vous, il ne m'est rien arrivé d'atroce, et relater par le menu les petites piqûres qui ont été mon lot... Peut-être que le seul intérêt de ce livre résiderait là-dedans, à montrer comment on peut mener un homme au bord du suicide à force de petites piqûres... » Doll a parlé jusqu'ici avec hésitation, presque à contrecœur. Il poursuit à présent plus rapidement : « Mais tout cela est si loin. Il y a eu le renversement, j'ai vécu tant de choses, et ma haine envers les nazis a complètement disparu, je l'ai échangée contre une haine générale envers le genre humain. Les nazis n'existent plus pour moi...

— Oh ! Oh ! proteste Granzow. Mais, Herr Doll ! Je crois bien au contraire que ces messieurs les nazis existent encore bel et bien. Je peux encore parfois le sentir très nettement.

— Oui, peut-être des spécimens isolés et tout à fait incorrigibles. » Granzow secoua énergiquement la tête.

Doll poursuivit. « Mais quoi qu'il en soit, pour moi, ce livre est terminé. » Et à la demande muette de son interlocuteur : « Je n'arrive pas à me résoudre à y jeter un œil, à le taper à la machine, pour l'instant tout au moins... »

Il se tut et regarda Granzow. Celui-ci dit en toute hâte : « Eh bien, très cher Doll, personne ne vous obligera à quoi que ce soit qui vous rebute. Le temps porte conseil. Et qu'en est-il de vos projets pour l'avenir ?

— Rien ! dit Doll d'un air coupable. Bien sûr, parfois j'ai pensé à un roman, aussi à certains thèmes. Mais tout me semblait si futile. J'avais l'impression persistante qu'après cet effondrement complet, qui est aussi un effondrement personnel, il me faudrait recommencer quelque chose de nouveau et de très différent. » Il parla plus vite, il ne faisait que répéter ce qu'il avait déjà dit, une heure et demie plus tôt, à l'éditeur Völger. « Non, conclut-il, je suis désolé de vous décevoir ainsi, Herr Granzow, dès notre première rencontre. Peut-être que mon envie de travailler reviendra quand mes conditions matérielles auront un peu changé. Pour produire j'ai besoin d'un certain calme extérieur, mais aussi intérieur.

— Évidemment ! » approuva Granzow. Ils parlèrent encore quelques minutes, mais n'abordèrent plus le travail de Doll. Ils retournèrent à cette première joie de faire connaissance. Puis ils se quittèrent en se promettant de se retrouver le surlendemain à treize heures.

Mais lorsqu'ils sortirent de l'immeuble, un chauffeur en uniforme gris leur demanda : « Herr Granzow m'a dit de vous conduire chez vous. Où puis-je vous emmener ? »

Encore plus d'attention, encore plus de prévenance ! Mais aussi encore plus d'obligation de ne pas décevoir une aussi bonne foi.

Ils restèrent un moment assis dans la voiture en silence, submergés de bonheur, le chauffeur devant eux. Puis la femme mit doucement sa main sur l'épaule de l'homme. « Dis ! » chuchota-t-elle.

Et il demanda : « Oui ? »

« Mon grand, dit-elle, je n'en peux plus, c'est trop de bonheur. Que l'on nous aide encore une fois ! J'aimerais pouvoir crier ! Crier de bonheur ! » Et elle se met à babiller comme une enfant gâtée : « Maintenant, il faut aimer ton Alma très, très fort ! Maintenant, il faut que tu lui fasses très vite un bon gros baiser ! Mille baisers ! Sinon je crie !

— Le chauffeur ! objecta-t-il, et il était cependant tout prêt à lui faire cette faveur.

— Chauffeur très vieux monsieur ! babilla-t-elle. Chauffeur conduire seulement voiture, chauffeur voit rien ! Toi jeune homme, toi donner mille baisers à enfant Alma, sinon je crie ! »

Et c'est ainsi que les Doll s'embrassèrent longuement, très longuement… Ils n'avaient pas été dans une voiture depuis tellement longtemps qu'ils avaient oublié le rétroviseur où le chauffeur peut voir ce qui se passe à l'intérieur de la voiture. Ils pensaient, comme des enfants, qu'on ne pouvait pas les observer.

Il n'était pas discret, ce chauffeur berlinois. « Et fous savez, Herr Granzow », dit-il lorsqu'il raccompagna son patron chez lui ce soir-là et qu'il fut arrivé à la fin de son récit, « fous savez, y se sont pas bécotés gomme des époux bien saches, ils ze zont chetés l'un sur l'autre gomme de toutes cheunes pousses. Et lui, il est guand même un peu fané, il doit avoir à peu près notre âche, non, Herr Granzow. Mais z'est lui qu'a raison, pour sûr, et z'il écrit zes livres avec la même fougue qu'il embrasse, alors che fais me remettre à lire moi aussi, Herr Granzow ! »

12

La guérison

Dans un faubourg au nord de Berlin, un homme est assis à la fenêtre d'une petite chambre. C'est le plein été, juillet ; pour être exact, on est le 5 juillet de l'année 1946. Bien qu'on ne soit que le matin, aux alentours de neuf heures, la fraîche rosée de la nuit s'est complètement évaporée. Il fait chaud, et il fera encore bien plus chaud aujourd'hui, à moins qu'un orage n'apporte peut-être un peu de fraîcheur.

Mais pour l'instant, le ciel n'annonce aucun orage. Il brille d'un soleil aveuglant, est absolument sans nuage et pas tellement bleu, on dirait plutôt un blanc argent mat, avec une toute petite pointe bleutée. Si l'homme lève les yeux de son travail d'écriture et qu'il regarde par la fenêtre – il n'est pas rare qu'il le fasse, son gribouillis ne semble pas le passionner –, il lui faut tout d'abord plisser les yeux pour atténuer un peu l'éblouissement du ciel d'été. Mais, sous la chaleur moite du ciel, il voit alors quelque chose de réjouissant, aussi dans un faubourg de Berlin : des cimes d'arbres vertes, des pignons de maisons et des toits rouges, mais pas une seule ruine. Son regard ne croise même pas un toit qu'on vient de réparer, même les vitres aux fenêtres semblent toutes intactes. Un réel bienfait pour les yeux dans cette ville de ruines !

Oui, l'homme qui écrit lève souvent les yeux de son travail. Il est assis, son porte-plume à la main, prêt à reprendre. Mais d'abord il écoute attentivement les voix dans la cour. Ce ne sont que des voix de femmes, presque toujours des voix jeunes, et elles parlent toutes de cette façon obtuse, un peu dédaigneuse qui est celle des Berlinois de souche. Des tournures comme : « Ch'ai vraiment trop chaud auchourd'hui dans zette boutigue ! », ou : « Che fais fous expliguer za ! », de telles tournures ne sont pas rares ici.

Mais elles ne font pas sourire l'homme, il ne se sent même pas un petit peu au-dessus de cette façon de parler inculte et fautive. Il a appris qu'il n'y a aucune raison de se sentir supérieur à quoi ou à qui que ce soit.

Bien que les voix soient jeunes et que l'homme n'ait besoin que de s'approcher de la fenêtre pour avoir une vue plongeante sur celles qui parlent, il ne le fait pas néanmoins. Il sait que, parmi ces filles et ces femmes, il y en a de très jolies, et elles bronzent là dans leur plus simple appareil, mais il n'est pas curieux, au contraire, il se sent vieux, très vieux et fatigué. Ces dernières années, ses cheveux ont beaucoup grisonné, mais si leur couleur s'accordait à l'âge qu'il ressent, ils devraient être blancs comme neige.

Souvent, l'homme entend aussi autre chose que ces bavardages de femmes, pendant qu'il écrit. Il repose la plume, écoute et tend l'oreille. C'est un son très étrange qu'il entend, qui ressemble à moitié à un roucoulement de pigeon, à moitié au sifflement d'un merle – qui ne chanterait pas tout à fait comme il faut. Ce bruit qui était resté incompréhensible pour lui pendant les premières semaines de son séjour ici est émis par un gros chien, mi-doberman, mi-chien de berger, un animal rendu malade par les fusillades, et les flammes, et la folie des émeutes lors de la prise de Berlin ; désormais, il reste couché en bas, enchaîné sous le vert des arbres, et une femme simple d'esprit s'occupe de lui, habitante de cet immeuble du 10 Elsastrasse. Le soir, Hermann, comme on appelle cette femme dans tout l'immeuble au lieu de Hermine, le soir donc, Hermann lâche son chien, et l'animal garde le 10 Elsastrasse pendant la nuit, et gare à l'étranger qui voudrait franchir la clôture ! Le chien le déchiquetterait sans délai, ce chien est dément, rien ne pourrait le retenir, pas même celle qui s'occupe de lui, Hermann.

C'est étrange que ce chien appelé Mucki, nom qui date de jours plus heureux et qui ne lui va plus, que ce chien puisse aboyer la nuit alors que, le jour, enchaîné, il ne peut plus que siffler et roucouler comme un oiseau. Il n'a pas bien supporté la guerre, voilà tout, il est blessé de l'intérieur, il ne fait plus que gémir et il pourrait tuer, il n'est plus utile à rien. Quand il entend ce son étrange, l'homme se demande parfois combien il peut y avoir de gens qui sont dans le même état que ce Mucki.

Oui, l'homme trouve de nombreuses occasions de lever les yeux de son travail et d'interrompre pour quelques minutes sa pénible avancée dans son griffonnage. Il aime aussi beaucoup consulter l'horloge murale avec son tic-tac sonore, pourrait-il déjà se lever et mettre ses feuilles de côté ? Cette horloge avec son cadran bleu passé et son pendule en laiton est le seul objet d'aménagement de cette chambre exiguë qui aille au-delà du strict nécessaire. Une table, une chaise, un lit, une armoire étroite et un vieux fauteuil tout décoloré en velours, c'est l'inventaire complet de cette chambre.

Quoique non, il y a un objet qu'il ne faudrait pas oublier, même s'il reste invisible la plupart du temps. C'est un coussin en velours noir sur lequel a été peint une sorte de tableau. Sur ce tableau est représenté un château avec trois tours, des toits mauves et beaucoup de fenêtres qui sont rouges en bas et jaunes en haut, tandis que les murs du château sont figurés par le velours noir qui n'a pas été peint. Une des tours est surmontée d'un drapeau blanc au bout d'une longue hampe, la deuxième porte une croix, blanche elle aussi, la troisième seulement une sorte de très long pieu blanc. Sinon, sur ce tableau, on voit encore des arbres avec des troncs blancs et beaucoup de feuillage vert, plus loin des falaises roses, mauves et rouge feu, en quelques endroits apparaissent également de façon arbitraire des étendues blanches. Le tout est dominé par un corps céleste jaune et rond qui pourrait tout aussi bien être la lune que le soleil.

L'homme déteste ce coussin d'une haine furibonde. Il le maudit déjà parce que, dans son atrocité stupide, il a survécu parfaitement intact à cette guerre qui a pourtant détruit tant de beauté. Il cache ce coussin pour ne pas l'avoir constamment sous les yeux, dans les profondeurs de son lit ou bien dans la petite armoire. Mais il est toujours retrouvé par la femme de ménage, qui aussitôt l'expose obligeamment sur le fauteuil décoloré, manifestement réjouie par cette œuvre de l'art pictural. L'homme pourrait demander à la femme de laisser le coussin là où il l'a caché, mais il ne le fait pas. Il n'adresse jamais la parole à cette femme qui pourtant l'interpelle toujours très gentiment après avoir nettoyé sa chambre : « Vous pouvez vous remettre au travail ! » Ou bien : « Vous pouvez aller prendre votre café. »

Par ailleurs, on ne peut sans doute pas blâmer celui qui écrit de faire aussi souvent des pauses dans son travail. Il n'écrit que par sens du devoir, sans foi et sans élan, peut-être aussi pour se prouver, à lui-même et aux autres, qu'il est de nouveau tout à fait capable de mener jusqu'au bout ce qu'il a commencé. Ce travail entamé il y a environ six mois lui semblait au début une entreprise heureuse. Puis vinrent des interruptions, provoquées par les disputes, la maladie, ou simplement le manque d'enthousiasme, et plus l'aboutissement se décalait, plus diminuait l'intérêt que portait le rédacteur à ce qu'il écrivait.

Toutefois, en ce 5 juillet, la situation est un petit peu différente. Ce matin-là, l'homme s'était réveillé d'un profond sommeil et il avait soudain su comment sortir sa petite embarcation écrite de la mer des faits, pour la mener dans un port paisible. Il ne pouvait encore dire avec certitude si ce port serait atteint dans deux ou dans huit jours, ou peut-être même dans douze, mais même douze jours ne pouvaient plus l'effrayer puisqu'il savait où se trouvait la sécurité du port. En s'interrompant ce jour-là, il ne faisait que continuer les mauvaises habitudes des jours précédents, il n'était plus en train de chercher un prétexte pour paresser.

L'homme jette encore un œil à l'horloge et à son cadran bleu et il constate qu'il peut arrêter d'écrire pour ce matin. Il rassemble son matériel, l'entrepose dans l'armoire et attrape un bloc de bois auquel est attachée une clé. Avec cette clé et quelques affaires de toilette, il traverse un vestibule et se dirige vers une porte à laquelle pend un panneau clairement lisible : « Interdit aux blenno et vérole ! »

L'homme veut ouvrir la porte lorsqu'il s'aperçoit qu'une clé est déjà fichée dedans, elle aussi attachée à un bloc de bois, l'exact double de celle qu'il a dans la main. Il murmure à peu de chose près « incroyable saloperie » et s'apprête à poser la main sur la poignée quand la porte s'ouvre de l'intérieur, et une jeune femme, habillée seulement d'une très courte chemise, se faufile devant lui avec une évidente mauvaise conscience, et disparaît par la porte d'une chambre toute proche.

L'homme la suit un instant du regard, pas complètement décidé à taper un scandale à cause de l'utilisation illicite de son cabinet de toilette. Le panneau est pourtant assez explicite ! Mais il se ravise. Depuis qu'il habite dans cet établissement, il ne s'est encore jamais énervé, il va faire autrement. Il sort la clé de la serrure, entre dans le cabinet avec les deux clés et ferme derrière lui.

Pendant qu'il y entreprend une toilette minutieuse, il se demande s'il doit se plaindre auprès de petite mère Trüller pour non-respect de l'interdiction, ou bien s'il ne pourrait pas tout simplement empocher ce double des clés, destiné aux seules infirmières, et laissé par négligence dans la serrure. Il se décide pour la deuxième solution : petite mère Trüller est déjà assez surchargée de travail, et même la plus vigoureuse de ses gueulantes n'aura d'effet que pendant une journée tout au plus. Quant aux malades…

Oui, ces malades, qui pour la plupart ne sont pas du tout malades, ces soixante femmes avec qui il habite, seul représentant masculin de cette folle maison du 10 Elsastrasse, quant à elles donc, il demeure que tout avertissement, gueulante, supplique ou interdiction est peine perdue. Au contraire, elles emploient toute leur mauvaise volonté à enfreindre chaque interdiction et à faire toutes les difficultés imaginables.

Lorsque l'homme est arrivé ici il y a bien huit semaines, et qu'il s'est vu soudain hébergé au milieu d'une soixantaine de femmes, pour la plupart jeunes et jolies, il s'attendait plutôt à un quotidien hautement distrayant mais aussi instructif. Non pas qu'il ait eu certaines intentions avec ces dames, oh non, rien que le genre des maladies qui les avaient menées dans cet établissement – après une petite pression policière le plus souvent – le prémunissait de telles intentions. Ces maladies, dont les noms étaient si impudiquement affichés sur le panneau de son cabinet de toilette, les femmes les avaient attrapées dehors, dans la ville de Berlin, de manière frivole, délibérée ou bien – dans de rares cas – inconsciemment. Des médecins les avaient diagnostiquées et soignées.

Mais ces femmes s'étaient soustraites à leurs traitements, elles n'étaient pas revenues chez le médecin aux jours convenus, ou bien elles n'avaient pas suivi les prescriptions des médecins, si bien qu'elles représentaient un danger constant pour tous ceux qui les fréquentaient. C'est alors que venait la légère pression policière, elles étaient déposées à la porte de cet établissement qu'elles n'auraient le droit de quitter qu'une fois leur convalescence achevée. Certaines n'étaient pas faciles à retrouver, elles savaient ce qui les attendait. Elles avaient changé de logement, avec une ruse perfide elles se dérobaient à leur guérison, et finissaient tout de même par être arrêtées lors d'une quelconque descente de police.

Voilà, malgré tout cela ou bien peut-être justement à cause de tout cela, l'homme avait espéré trouver chez ces dames distraction et instruction, et entendre leurs destins bigarrés. Mais il s'aperçut rapidement que toutes ces jeunes femmes étaient irrémédiablement bêtes et hypocrites. Quand on les écoutait raconter, ce n'était que la perfidie des médecins, des services de santé et de la police qui les avait amenées jusque dans cet établissement, et ce n'était qu'ici qu'elles s'étaient contaminées, à cause des horribles femmes avec qui elles partageaient les lieux !

Il n'y avait pas besoin de beaucoup de sagacité pour percer leur hypocrisie à jour, et concernant leur fainéantise, elle était tout simplement révoltante ! Bien qu'elles n'eussent pas besoin de garder le lit, en dehors des jours où elles recevaient leur piqûre ou bien faisaient leur traitement de choc, beaucoup parmi elles ne quittaient que rarement la position allongée tout le long des huit ou douze semaines que durait leur traitement. Elles restaient couchées, elles qui étaient pourtant jeunes et florissantes, dotées de membres vigoureux, mais elles étaient pourries jusqu'à la plus profonde moelle, rétives à toute idée de travail utile. Elles étaient tellement paresseuses que pas une n'aurait même tendu la cuvette à celle que le traitement de choc rendait nauséeuse. Elle pouvait tout aussi bien vomir par terre, il y avait une infirmière pour nettoyer. Alors on sonnait l'infirmière, et si elle ne venait pas aussitôt, les immondices restaient là. La saleté et la puanteur ne les dérangeaient pas, mais elles avaient en horreur l'idée même de travail.

Ce n'était pas pour ça qu'elles étaient venues dans ce monde où il était si facile pour une jeune et jolie femme de plumer un homme comme on plume l'oie grasse de Noël ! Et elles se racontaient crânement leurs triomphes, les audacieuses captures de portefeuille, leur pouvoir de séduction magnétique en tant que serveuses, leurs existences parfaitement inutiles et gâchées, qu'elles considéraient comme d'autant plus glorieuses qu'elles étaient oiseuses. Et puis elles venaient et se piquaient les cigarettes les unes aux autres, jetaient les médicaments prescrits par la fenêtre ou dans les toilettes (car elles étaient bien trop malignes pour se laisser empoisonner par ces médecins !), et quand leurs familles leur rendaient visite le dimanche, elles n'étaient plus que plaintes et lamentations, elles étaient si mal nourries ici, et elles avaient tellement faim ! Selon les pesées hebdomadaires, elles s'engraissaient pourtant toujours plus, de paresse et de goinfrerie !

Non, les attentes de l'homme ne s'étaient pas concrétisées. Il n'y avait rien de romantique chez ces femmes, aucune lueur de réconciliation ne venait les éclairer. Certes, il n'était pas très patient avec elles. Il y avait eu une grande agitation quand l'homme était arrivé dans cet établissement de femmes ; elles étaient allées à sa rencontre avec sympathie, et, dans les premières semaines, il n'avait pas manqué de visiteuses, qui venaient le voir dans sa chambre sous tous les prétextes possibles. Mais il avait rapidement arrêté de papoter avec elles. Il s'agaçait qu'elles le pensent assez bête pour croire leurs tissus de mensonges.

Et puis elles étaient cupides. Il le voyait à leurs regards, à leur façon de comparer sa nourriture avec la leur. Certes, en tant que patient privé du médecin-chef, qui par manque de place n'avait pas pu l'héberger ailleurs que dans cet établissement, il bénéficiait d'une position particulière, mais, dans l'ensemble, il ne mangeait pas autre chose qu'elles. Petite mère Trüller ne pouvait pas cuisiner pour lui tout seul ! Mais elles, elles examinaient la grosseur de ses tartines, elles évaluaient l'épaisseur de la garniture et puis elles disaient : « Eh oui, certains ont les moyens ! » Ou bien : « Moi, ça m'est bien égal ! »

Et puis elles voulaient toujours lui soutirer quelque chose : une cigarette, ou bien du feu pour en allumer une, ou bien un livre, ou bien un journal, ou bien de l'essence pour leur briquet – elles poussèrent ce jeu si loin qu'il leur refusa finalement le moindre service.

Il y eut une situation intermédiaire où elles ne lui rendaient plus visite et lui disaient à peine bonjour, et puis une guerre ouverte éclata contre lui. Un jour, un ivrogne avait tenté de pénétrer dans la maison en escaladant la grille du jardin, et, là-dessus, l'homme avait expliqué que quand on les observait au balcon de leurs chambres on ne pouvait s'en étonner, elles raillaient ou appelaient sans vergogne chaque homme qui passait, à la manière des putains qu'elles étaient d'ailleurs pour la plupart. Leur indignation contre ce menteur et traître avait été immense. Jamais aucune d'elles n'avait proféré ne serait-ce qu'un seul mot depuis le balcon, et lorsque le médecin avait malgré tout demandé qu'on en verrouille la porte, elles avaient juré à l'homme qu'elles viendraient une nuit pour le tabasser et lui démolir tous les os !

Bon, elles ne l'avaient pas tabassé. Elles avaient même très vite abandonné le silence auquel elles l'avaient condamné dans les premières semaines après cet incident. Elles n'avaient aucune constance, pas même dans leurs aversions. Elles lui reparlèrent, de temps à autre l'une d'elles venait même pour quémander une cigarette, voire des mégots quand il n'y avait pas de cigarette. Mais l'homme n'oubliait pas si aisément, elles n'existaient plus pour lui, maintenant et pour toujours, même s'il devait condamner quelques justes au milieu de tant d'injustes.

L'homme a depuis longtemps terminé sa toilette, il a rangé un peu sa chambre et enfermé les deux clés dans son armoire. Il sourit un peu en pensant avec quelle ardeur sœur Emma et sœur Gertrud vont chercher cette clé !

Maintenant il enfile un manteau malgré le soleil brûlant : il redoute d'exposer son costume taché et froissé dans la rue. Il descend les escaliers et se dirige vers la cuisine. Là, petite mère Trüller avec ses sbires est en train de préparer le déjeuner pour quatre-vingts personnes tout rond. Elle a le visage rouge foncé, son buste vigoureux travaille puissamment, toujours orné d'un volant de dentelle jaune pâle ou mauve, les lourdes marmites sont légères comme une plume dans sa main, elle travaille tant et si bien que la sueur goutte en petites perles claires sur son front, mais son humeur est excellente.

Elle sourit et rayonne en apercevant l'homme, et elle dit : « Eh bien, Herr Doll, vous sortez de si bonne heure ? Vous voulez prendre congé, c'est bien ça ?

— Oui, je viens pour prendre congé, petite mère Trüller, la voie est libre pour le bien portant ! Et si le camion arrive effectivement aujourd'hui, je ne serai pas non plus de retour pour le déjeuner. Espérons qu'il arrivera.

— Je vous le souhaite. Mais que vous ne preniez pas de déjeuner, c'est une absurdité, bien sûr. Je suis bien contente des vingt livres que j'ai réussi à vous faire reprendre ! Si vous n'êtes pas de retour d'ici trois heures, je vous ferai porter à manger. Et aussi pour toute votre famille !

— Ah ne faites pas cela, petite mère Trüller ! » dit l'homme. Et plus bas, pour que les autres ne puissent pas l'entendre : « Vous savez que mon ardoise chez vous est déjà bien trop longue. Qui sait quand je pourrai payer toutes mes dettes ! » Et il pousse un profond soupir.

« Dans six mois vous aurez tout remboursé ! annonce petite mère Trüller d'un air rayonnant. Quand je vous vois devant moi : à nouveau bien portant, plein de forces, vous n'avez besoin que de vous asseoir à votre bureau et de vous mettre au travail pour être plein aux as – et il ne faut pas soupirer un jour de plein été comme celui-ci ! »

Avec ces mots de remontrance bienveillante, elle a accompagné Doll jusqu'à la porte de l'immeuble, sur le seuil que les femmes et les jeunes filles qui habitent ici ne peuvent franchir qu'une fois complètement guéries. « Alors tout de bon, Herr Doll ! Peut-être que le camion arrivera vraiment aujourd'hui. Et – vous savez bien –, si vous apprenez quoi que ce soit, prévenez-moi tout de suite.

— Mais cela va de soi, petite mère Trüller », répond Doll, et il sort dans la rue, sous le soleil brillant.

Elle est comme ça ! se dit-il en marchant, et elle restera comme ça. Elle n'oubliera jamais de rappeler à tous ceux qui sortent de chez elle de la prévenir s'ils apprennent quelque chose. On peut avoir parlé de quoi que ce soit, à la fin elle fera toujours cet avertissement.

En fait, elle pense toujours à cela, même quand il est question de toute autre chose. Au plus profond d'elle-même, elle est toujours mue par le souci de son fils perdu, ses pensées pour lui, son amour pour lui. Elle, qui dirige et possède cet hôpital un peu fou du 10 Elsastrasse, un établissement de femmes sous la gouvernance d'une femme, elle pense toujours uniquement à son fils, elle ne se considère pas autrement que comme son administratrice légale. Cela fait un an et trois mois qu'elle est sans nouvelles de lui, Erdmann a disparu depuis les combats autour de Berlin. Peut-être a-t-il été fait prisonnier de guerre, peut-être est-il couché au bord d'une route de cet immense champ de ruines désolé, touché par une balle perdue, écrasé par un mur effondré, enterré sous les décombres. Il y a longtemps maintenant, déjà un an et trois mois.

Mais sa mère l'attend, et elle continuera de l'attendre s'il le faut, année après année. Et comme elle, beaucoup de mères et de femmes attendent les fils et les maris, les amants qui peut-être ne reviendront jamais. Entre-temps, cette fille de paysans de Hanovre, qui a bâti sa situation à la force de son poignet, s'active infatigablement. Elle tient fermement par la bride ses patientes toujours prêtes à faire des bêtises, elle travaille jour et nuit, elle a un mot gentil pour chacun, prend part à toutes les souffrances, et cherche à aider tout le monde. Elle n'a vraiment pas le temps de faire une dépression et de manquer d'ardeur au travail. Elle est exemplaire dans toute sa simplicité.

Pourtant, elle n'oublie jamais de dire à tous ceux qui s'en vont : « Si vous apprenez quelque chose au sujet de mon fils Erdmann, surtout prévenez-moi aussitôt. »

Le monde du dehors, à l'exception des rues adjacentes où se trouvent ses commerçants, est un monde lointain et étranger pour petite mère Trüller qui est toujours rivée à son petit hôpital, constamment occupée à satisfaire les plus urgentes nécessités des corps. À cinq minutes de marche lente de cet immeuble commence le grand monde lointain, où tous les jours se produisent des miracles. Où, en quelque sorte, on pourrait croiser le fils Erdmann dans la rue et lui dire : « Dis donc, Erdmann, il est grand temps que tu ailles voir ta mère. Elle t'attend depuis un an et trois mois, à chaque seconde du jour et de la nuit. Elle habite toujours au numéro 10 Elsastrasse. »

Non pas que le fils Erdmann soit quelqu'un de ce genre, à qui il faudrait d'abord rappeler d'aller voir sa mère. Au contraire ! Erdmann se serait manifesté auprès d'elle sans qu'on ait besoin de le lui rappeler.

Mais le monde là, dehors, ce Berlin immensément grand et embrouillé, est si bizarre, et si plein de miracles ! Le visiteur pourrait croiser quelqu'un qui aurait entendu parler de son fils, qui l'aurait peut-être vu quelque part. Il pourrait avoir eu des informations concernant le retour de prisonniers de guerre – petite mère Trüller est réceptive à tout, les rumeurs les plus étonnantes et les plus incroyables. Son cœur solide ne se met pas si facilement à palpiter, elle n'est pas si vite découragée. Son espoir se contente de l'histoire du rapatrié que l'on n'attendait pas.

Elle attend et elle espère. Et avec elle attendent et espèrent des centaines, des milliers de femmes, personne ne parle d'elles. Pendant la guerre, elles étaient tout juste bonnes à donner leurs fils et leurs maris, et à reprendre en silence leurs postes de travail. Maintenant, elles attendent, toujours en silence, elles continuent à travailler. Elles disent seulement à celui qui s'en va : « Et si vous apprenez quelque chose, n'est-ce pas ? »

Bonne, travailleuse et inusable petite mère Trüller, mère du peuple, mère éternelle, qui garde la foi, attend obstinément, aide toujours !

Plongé dans ces pensées, l'homme avec ses vêtements usés, froissés et tachés, dissimulés sous le clair manteau d'été, qui n'est plus si net lui non plus, passe devant un bistrot où, comme il le sait très bien, on peut acheter des cigarettes en sous-main. Il a une grande envie de fumer, mais il se maîtrise. Cela fait longtemps que les onéreuses cigarettes américaines à onze marks pièce n'entrent plus dans la maison des Doll – chose qu'il a très justement prédit à sa jeune femme. Mais même les cigarettes allemandes bon marché, à cinq marks, ils ne s'en accordent dans le meilleur des cas qu'une seule par jour ; *une* cigarette allemande après le dîner, remplir ses poumons de sa fumée avec délice – et puis c'est tout pour les prochaines vingt-quatre heures !

C'est tout ? Oh non, les Doll fument, ils fumeront toujours. Maintenant encore, Doll a les poches pleines de choses à fumer ! Ils ramassent les pétales de roses dans le jardin de petite mère Trüller, et pas seulement ceux qui sont tombés, non, ils ramassent et font sécher les roses en pleine fleur ! Ils décident : « Cette rose aurait perdu ses pétales dans quelques heures ! », et ils la cueillent, bourrent les poches de Doll et ils transforment sa chambre en séchoir. Le parfum des roses embaume constamment sa chambre. Ils ont aussi fumé des pétales de cerisiers et, dans les pires périodes, également une atroce tisane pour nettoyer le sang dont ils enlevaient les baies de genièvre et les tiges dures.

Oui, ils sont devenus aussi peu exigeants que cela, la jeune femme aussi, elle qui de sa vie ne voulait jamais apprendre à renoncer ! Ils avaient possédé autrefois une auto, chacun la sienne, et de l'argent, et tout ce que l'on peut s'offrir avec de l'argent ; toutes ces choses et tous les bons produits de la terre n'étaient pas un souci pour eux. Ils sont un peuple vaincu, cette leçon est désormais gravée dans leur chair et passée dans leur sang. Ils rient de leur « tabac » puant, ils cachent encore leurs vêtements tachés mais ils n'ont plus honte. À quoi bon vouloir !! Nous sommes un peuple vaincu, nous avons perdu une guerre totale, nous sommes devenus totalement des mendiants.

Par ailleurs, dans ce faubourg que parcourt Doll maintenant, il n'y a pas beaucoup de traces de la guerre. Ici et là un toit troué, ou bien une maison en ruine, mais, dans l'ensemble, tout a l'air indemne et pas trop abîmé, au milieu de ce vert estival. Il n'y a que les gens dans les rues : on leur souhaiterait à tous vingt livres de plus sous la peau et cinquante rides en moins sur le visage. On voit encore chez eux une incroyable pauvreté, des haillons au lieu de vêtements, des chaussures maintes et maintes fois déchirées, et rafistolées, et nouées, qui semblent avoir traîné sur toutes les routes d'Europe.

Pendant un long moment, Doll marche derrière une jeune fille qui n'a rien de cette grâce que la jeunesse donne même aux moins charmantes, elle avance pesamment comme si elle avait du mal à se traîner sur ses jambes sales, en sang, pleines d'abcès. Sa robe est manifestement confectionnée dans une paire de sacs de farine. Lorsque la porteuse l'a cousue, elle avait tout de même, malgré la misère, un peu d'espoir encore, elle avait appliqué quelques décorations pauvrement brodées et accroché un petit col blanc : je suis jeune, vous pouvez me regarder, même si je ne porte qu'une robe faite dans un sac en lin !

Mais tout cela est depuis longtemps fripé et si sale que le col blanc a presque l'air noir, en tout cas il n'est pas plus clair que le lin. Elle a perdu tout espoir en chemin, elle a complètement renoncé. Ces gens qui vont avec moi dans la rue, pense Doll, on peut les répartir en deux catégories :

les uns qui ne peuvent plus rien espérer, et les autres qui n'osent plus rien espérer.

Mais ils traînent tous, les uns comme les autres, quelque chose derrière eux : de misérables bouts de bois mort arraché aux arbres, des valises éclatées dont on n'aspire pas le moins du monde à connaître le contenu, des sacs pleins à craquer, de mystérieuses mallettes dont les fermoirs sont depuis longtemps brisés tant on les a surchargées et qui désormais sont maintenues par une corde.

Nous sommes en train de sombrer, pensent les uns. Mais avant, laissez-nous manger encore une fois ! Ah, manger, se rassasier de bonnes choses, sentir la satisfaction couler en nous comme le sang clair, qui recevra enfin quelques nutriments convenables !

Nous devons prendre des forces pour notre travail quotidien, afin de surmonter cette période sains et saufs ! voilà ce qui est inscrit sur les visages des autres. Mais ils sont tous marqués par la guerre, ils possèdent tous un trait de prudence, une forme de retenue : peut-être qu'il nous arrivera subitement quelque chose de terrible – c'est bien, alors au moins nous aurons espéré ! Doll lui-même est un pessimiste modéré : il ne croit pas qu'il va sombrer personnellement, ni sa famille, mais il est convaincu que l'avenir sera aussi désagréable qu'on peut l'imaginer.

Maintenant il quitte l'artère principale et tourne dans une rue calme et verte, bordée de pavillons. Mais il ne peut pas entrer comme ça dans cette rue – il y a une barrière peinte d'anneaux rouge et blanc, et une guérite avec des bandes diagonales rouges et blanches, et près de cette guérite une sentinelle russe et un policier allemand qui montent la garde, afin qu'aucune personne non autorisée ne pénètre dans ce secteur où seuls habitent en fait des officiers de la force d'occupation. Doll a certes les pièces d'identité requises, il peut passer sans difficulté, mais pourtant il n'aime pas franchir ce barrage : tout ce qui lui rappelle d'un peu trop près la guerre et l'armée lui est désagréable. Il faut en finir, pour toujours, avec toutes ces histoires, pas seulement ici, non, dans le monde entier ! Voilà à peu près comment on pourrait exprimer le sentiment d'impatience qui le prend face à cette guérite rouge et blanche.

Toutefois, il sait bien que ces sentiments sont idiots. Tout cela est encore nécessaire, le monde et surtout ses compatriotes ne sont pas encore prêts pour une vie sans constante surveillance, sans la menace de la violence. La raison a trop longtemps été détrônée. D'autant plus que ses chers compatriotes se fracasseraient réciproquement le crâne si on les laissait tout seuls !

Maintenant, Doll n'a plus que vingt pas à faire jusqu'à une jolie villa jaune pâle, qui donne une impression très soignée avec ses plates-bandes de devant, où certes poussent actuellement des pommes de terre, et avec ses fenêtres intactes et garnies de stores. Cette villa n'est pas sa destination finale, celle-ci se trouve encore à trois, quatre minutes de là, mais il a décidé d'aller y passer une tête sur son chemin. Car ici habite un homme qui, en cette année difficile, l'a beaucoup aidé, un homme qu'il a maintes fois déçu et qui s'est pourtant toujours montré indéfectiblement bienveillant et serviable. Un ami bon et fidèle, un ami désintéressé – rare présent de la vie déjà en temps normal, alors que dire de maintenant !

Doll a éhontément négligé cet homme dans les derniers mois, il a fait comme si cet homme n'était plus de ce monde, lui qui s'est toujours inquiété de son sort. Il ne s'est pas manifesté une seule fois auprès de lui. Il est grand temps qu'il aille le voir de nouveau !

Mais, bien qu'il en soit ainsi, Doll résiste à peine à la tentation de tourner au coin de la rue et puis au suivant pour voir si le camion en provenance de la petite ville n'est pas déjà arrivé. Si le camion est là, il faut qu'il aide à le décharger et à aménager. Alors cette visite sera reportée !

Il hésite un instant, et puis il se secoue intérieurement : non, maintenant plus question de se dégonfler, camion ou pas ! Il appuie sur la sonnette, un instant plus tard la porte du jardin bourdonne. Il la pousse, traverse le jardin de devant et dit à la bonne : « Est-il possible de parler à Herr Granzow ? » Et comme il n'a plus mis les pieds ici depuis longtemps, il rajoute en guise d'explication : « Doll.

— Mais je sais ! » dit la bonne un peu vexée, et elle disparaît à l'intérieur de la maison.

Doll n'a pas besoin d'attendre longtemps. Il n'est pas nécessaire qu'il suive la bonne jusque dans le bureau du poète, qu'il passe anxieusement l'encadrement de la porte, guette l'expression sur le visage de son hôte. Combien de fois lui a-t-on déjà facilité les choses ainsi, bien plus que ce qu'il mérite…

Granzow apparaît sur le seuil de sa maison, dans un pantalon sombre et une chemise blanche comme neige,

Granzow tel qu'il se lève de son bureau, une plume à la main, une cigarette dans l'autre. Et comme à l'époque, il s'écrie : « Doll ! Formidable que tu me rendes visite ! Tu es de nouveau guéri ? Tu habites déjà là-bas, de l'autre côté ? Tu attends Alma qui rapporte tes affaires avec le camion ? Encore une fois : c'est formidable ! Je te le dis, tu remontes la pente, c'est formidable comme tu remontes la pente ! Mais entre, ne reste pas ici avec la chaleur qu'il fait. Tu fumes, bien sûr ! Tiens, prends ! Voilà du feu ! Mais assieds-toi ! Alors, raconte maintenant : comment vas-tu ? Que devenez-vous, tous ? »

C'est ainsi que la conversation débute, aucun mot de reproche, pas même en pensée. Que de la bonté, de l'intérêt, l'envie d'aider. Et naturellement vient le moment où Granzow se penche en avant et demande tout doucement, avec précaution (comme s'il ne voulait pas abîmer quelque chose de très vulnérable) : « Et qu'en est-il du travail ? Est-ce que tu t'y es remis ? Avances-tu ?

— Ah, Granzow... ! répond Doll un peu gêné. Oui, j'ai recommencé à travailler. J'écris chaque jour mon quota, mais tu comprends : seulement mon quota parce que c'est mon quota justement. Comme un garçon qui fait ses devoirs. Il me manque l'impulsion ultime, l'élan, l'inspiration, ce qui est vraiment beau. Et le travail quotidien – ces nouvelles pour les journaux, juste pour ramener des sous... Et pourtant, si, j'y retrouve parfois un certain plaisir. Mais je n'avance pas. Avec le poids immense de nos dettes, datant de notre pire période ! La vie quotidienne mange tout. Et maintenant encore, faire transporter nos affaires depuis la campagne, ça coûte encore des milliers ! » Il regarde Granzow d'un air dubitatif.

Granzow a écouté cette complainte avec le même et sincère intérêt. « Ah, tes dettes ! dit-il maintenant. J'en ai entendu parler. On dit aussi que tu commences à vendre tes livres. Il ne faut pas. Doll ! Vous avez assez vendu d'affaires comme ça. Beaucoup trop. Arrêtez maintenant !

— Mais qu'est-ce que je peux faire ?! s'écrie Doll, désespéré. C'est facile à dire : arrête de vendre à tour de bras ! J'adorerais ! Tu sais à quel point je tiens à mes livres. J'ai mis quinze ans à les réunir. J'y ai mis le moindre mark qui me restait ! Mais je n'ai pas d'autre choix que de vendre. Ces dettes commencent à être très désagréables !

— Je comprends ! Je comprends ! dit Granzow d'un ton apaisant. Mais malgré tout, je ne vendrais pas les livres. Pourquoi ne parles-tu pas ouvertement avec un éditeur ?

— Mais j'ai déjà une telle ardoise chez Mertens !

— Ça ne sera pas si grave que ça, Doll, dit Granzow. Mertens est un homme raisonnable. Parle avec lui, et en fin de compte il ne pourra pas te dire plus que non, et dans ce cas ta situation ne sera pas bien différente. Mais il ne dira pas non. Peut-être, c'est très possible, qu'il attend seulement que tu le lui demandes. Ou bien est-ce que c'est moi qui dois parler avec Mertens ?

— Pour l'amour de Dieu, non ! s'exclame Doll, alarmé. Il ne faut pas que tu fasses à ma place tout ce qui est désagréable, Granzow ! Non, si quelqu'un doit parler avec Mertens, c'est bien moi !

— Donc tu vas parler avec Mertens ?

— Probablement. Très certainement. Ne souris pas d'un air si sceptique. Vraiment, je vais le faire.

— Et si tu ne le fais pas, alors je le ferai pour toi. Quoi qu'il en soit : on ne vend plus ni les livres ni les affaires. Doll ! Excuse-moi de me mêler de tout ça. Mais c'est une bien meilleure solution.

— Bien, dit Doll, maintenant tout à fait décidé. Je vais donc parler avec Mertens. Tu ne peux pas t'imaginer, Granzow, ce que ce serait de pouvoir se débarrasser d'un seul coup de tous ces soucis ! Je n'ai jamais eu de dettes avant, c'est tout simplement répugnant !

— Et comme ça, tu pourras travailler vraiment en toute liberté, poursuit Granzow. Tu vas voir, un jour tu finiras par écrire ce livre que tout le monde attend ! C'est sûr, c'est certain, et tu feras ça de façon grandiose ! »

Et il n'en démord pas, Doll a beau secouer la tête d'un air sceptique. Puis ils parlent du voyage de Granzow dans le sud de l'Allemagne. Oui, ils échangent l'un avec l'autre, ils bavardent, ils sont restés les anciens nouveaux amis, même s'il y a eu des déceptions. Ils n'ont pas beaucoup de choses en commun, pourtant ils se retrouvent toujours sur un point : la certitude qu'ils doivent travailler, pour eux et pour ce peuple. Et ils aiment leur travail, chez eux tout tourne autour de ce travail qui ne devient jamais une besogne.

Doll est de nouveau dans la rue, il fume encore une « manufacturée » de Granzow. Il bifurque à un coin de rue et puis à un autre et il se trouve maintenant au début de la petite allée bordée de pavillons où il habite. Non, il n'y a pas de camion devant sa maison. C'était bien de rendre cette visite à Granzow sans vérifier auparavant, c'est bien qu'il ait pris sur lui – sinon il lui faudrait encore avoir honte de s'être dégonflé.

Il approche lentement de la maison, il ouvre, il entre. Les enfants habitent seuls ici en ce moment, gardés par une vieille servante, mais à l'heure actuelle ils sont dans leurs écoles : tout est vide et désolé. Pire que cela : tout est en désordre et à l'abandon, sale ou bien poussiéreux. Personne ne s'est pris d'affection pour cette maison qui pourrait être un foyer. Dans la chambre de la petite fille, alors que l'heure du déjeuner approche, le lit n'est pas encore fait. Des vêtements, propres ou sales, sont étalés sur les meubles et par terre. Un gros ours en peluche surdimensionné, grand comme un enfant de six ans, est assis dans un coin, et avec ses yeux bruns il regarde le visiteur d'un air idiot.

Doll reste un peu indécis devant l'armoire à vêtements : doit-il essayer de mettre un peu d'ordre ? Mais il y renonce avec un soupir, avant même d'avoir commencé. Mettre de l'ordre, ce ne serait pas fourrer les quelques vêtements dans le fourbi de l'armoire. Mettre de l'ordre, ça voudrait dire nettoyer cette armoire de fond en comble, intérieur et extérieur, et tous les autres meubles, et puis récurer la chambre en entier, laver les vitres…

C'est dit : il hausse les épaules. Quel sens aurait cet ordre alors qu'il n'y a personne dans cette maison qui trouve un intérêt à le maintenir ?! Pour faire quelque chose, il ouvre la fenêtre… Puis il grimpe à l'étage par l'escalier. La chambre du garçon est fermée à clé – c'est bien comme ça ! Le fils la tient lui-même en ordre – et que personne ne s'avise d'aller farfouiller dedans !

La chambre conjugale est toujours comme Alma l'a laissée une semaine plus tôt quand elle est partie pour la petite ville. Le lit est encore dans l'état où elle l'a quitté, sur le sol quelques journaux éparpillés, un cendrier sale où on a dépiauté tous les mégots, laissant seulement le papier des cigarettes, une table de toilette encore sale, et ici aussi du linge et des habits sur les meubles et sur le sol, la porte de l'armoire bâille en grand !

C'est facile de râler contre la vieille femme de ménage qui ne fait rien. Mais les quelques heures où elle vient chaque jour passent presque entièrement à aller chercher la nourriture, faire la queue, cuisiner. Non, cela n'est pas dû à leur servante, cela est dû à…

Une fois encore, comme dans la chambre du bas, Doll hausse les épaules, mais ici il ne se donne même pas la peine d'ouvrir la fenêtre. Il va de l'autre côté, dans l'autre pièce qui est censée devenir un jour son bureau. Certaines choses sont survenues entre-temps, mais cette pièce lumineuse doit toujours devenir son lieu de travail…

Il s'assied dans le fauteuil devant la table et regarde autour de lui. Quelques étagères posées à la va-vite sur le mur, remplies à moitié seulement. La table de travail trône toujours au milieu de la pièce, à l'endroit même où les déménageurs l'ont laissée. La corniche d'une grande bibliothèque est posée à même le sol, tout comme une deuxième table, elle aussi chargée de livres, ces livres restés car ils sont invendables. Le regard de Doll tombe sur un grand vase chinois à couvercle, superbe exemplaire pourpre, vert et bleu, debout dans un coin sur une colonne noire.

Doll lève la main pour le saluer. Ce vase est la seule pièce de valeur qu'ils ont réussi à sauver d'une demi-fin du monde. Ultime relique de bien des objets précieux, à vrai dire c'est une énigme qu'il soit encore là, ils étaient probablement trop amorphes et sans énergie pour l'apporter chez un antiquaire à Berlin-Ouest. Sinon, il n'y a plus rien de ce à quoi leur cœur était attaché autrefois, oui, aussi le cœur d'Alma, et ce qui est resté ressemble plus à une grotte qu'à une maison, à un abri où manger et dormir, mais pas à un lieu où on habite, ce n'est pas un foyer.

Et pourtant ils avaient été tout près d'en faire un. À l'époque, après ce premier entretien avec Granzow, alors qu'on les aidait tant et de façon si inattendue, alors qu'ils quittaient leur chambre à moitié en ruine avec sa fenêtre de cellophane crépitant sans cesse, pour emménager dans cette maison, quittant la douteuse Schulz, l'actrice Gwenda, tous les médecins dont ils avaient abusé ; à l'époque, lorsque Doll avait repris contact avec l'éditeur Mertens, qu'il écrivait pour les journaux, qu'il commençait un roman – à l'époque, ils s'étaient aussi mis avec ardeur à construire un foyer. À l'époque, cette maison avait un visage presque humain...

Comment était-ce arrivé que tout ait régressé, que tout ce qui, à peine reconquis, ait de nouveau été perdu ? Doll, sur son fauteuil devant le bureau, dans la grotte poussiéreuse, regarde dehors, songeur, vers la rue éblouissante de soleil...

Peut-être que le premier revers était venu quand Alma était partie pour la petite ville chercher le plus strict nécessaire ; quand ils avaient découvert qu'ils avaient été dévalisés et pillés, qu'ils étaient devenus de pauvres gens. Ils avaient pris leur revanche contre leur maire détesté, ces habitants de la petite ville ; en son absence, ils ne lui avaient même pas laissé une chaussette ni même une chaussure, pas une seule chemise, pas un costume, pas une robe pour la jeune femme – ils avaient seulement laissé les fringues les plus vieilles et les plus miteuses. Il avait encore une fois éprouvé, et cette fois dans son propre corps, à quel point ce peuple était sauvage et tombé bien bas : piller et voler, c'était leur bon droit, la guerre leur avait tellement pris ! Qui donc allait leur interdire de s'aider par eux-mêmes ?! Le proverbe jusqu'ici jamais appliqué : « L'intérêt général passe avant l'intérêt personnel » avait été suivi de l'autre : « Aide-toi toi-même – et ce par tous les moyens ! »

Et d'autant plus quand il s'agissait d'un homme aussi haï que cet ancien maire ! Ils lui avaient fait payer le discours qu'il avait prononcé autrefois, depuis le balcon de la kommandantur, lorsqu'il avait réglé ses comptes avec les nazis parmi eux. Ils n'avaient pas oublié les interrogatoires, les perquisitions, les saisies, chaque demande refusée était venue grossir la liste de ses crimes.

Mais les Doll s'étaient consolés. Ils s'étaient dit : « Qu'aurions-nous si une bombe était tombée dessus ?! Nous n'aurions plus rien du tout ! Alors que là, nous avons au moins encore nos meubles, du moins tant que les petits cœurs ne les auront pas brûlés, et une partie des tapis et tes livres, presque tous intacts ! »

Ils s'étaient consolés, ils avaient commencé à aménager leur foyer, lui avait repris son travail – mais peut-être qu'une blessure était tout de même restée ouverte ? Plus rien de l'élan précédent, plus de feu. Je deviens vieux, pensait Doll souvent. Non pas qu'il ait regretté les biens perdus : ce qui une fois a été acheté pour de l'argent peut de nouveau être acheté pour de l'argent. Et ce n'est pas non plus comme s'il avait été très contrarié de n'avoir plus que deux paires de vieilles chaussettes reprisées cent fois, et plus qu'un seul costume vraiment râpé.

Non, cela ne le dérangeait pas beaucoup. Mais ce qui le dérangeait peut-être était de faire, comme pendant les douze dernières années, l'expérience que le mal triomphait encore et toujours, que tout ce qui existait ne faisait que régresser. Ce peuple semblait ne posséder aucune capacité d'amélioration. Il avait souvent le sentiment que, sous le poids des privations, ils n'en devenaient que plus nazis encore. Combien de fois entendait-il dire : « Oui, sous le Führer il y avait de ceci ou de cela en bien plus grande quantité ! » Il leur semblait soudain à tous que le temps sous la tyrannie nazie était une époque belle et heureuse, alors que parmi eux beaucoup n'avaient pas été des nazis. Les frayeurs de la guerre avec ses nuits de bombardements, les maris et les fils envoyés dans le sang et dans la mort, les infamies à l'encontre d'innocents – c'était déjà oublié. Ils ne voyaient qu'une seule chose : on leur donnait alors un peu plus de pain et de viande. Ils semblaient incorrigibles, parfois c'en était presque insoutenable de vivre parmi eux ; pour la première fois Doll pensa – maintenant, après la guerre – sérieusement à l'émigration.

Mais tout cela n'était pourtant pas une raison pour replonger si profondément dans l'apathie, pour détruire ce qui venait à peine d'être acquis, pour céder ce qu'on avait si difficilement réussi à préserver. Peut-être était-ce aussi le travail, qui était devenu plus un devoir qu'un plaisir, ce travail sans élan, sans intuition, sans amour, un travail dont son cœur ne savait rien. Il avait toujours aimé son travail, l'avait toujours considéré comme le sens de sa vie. Et maintenant il se voyait l'accomplir d'un air indifférent, et l'idée s'emparait souvent de lui qu'il ne pourrait peut-être plus jamais travailler comme avant, que son élan était brisé pour toujours.

C'était arrivé ainsi, et à cela s'étaient ajoutés mille petits événements contrariants, inévitables à cette époque. Il semblait aussi avoir perdu la capacité à gérer l'argent de façon à peu près raisonnable. C'était toujours un désastre avec l'argent, il n'y en avait jamais assez, et comme de toute façon, malgré la sobriété, il n'y en aurait pas assez, pourquoi donc auraient-ils dû se priver pour fumer ? Pourquoi ne pas fumer des cigarettes anglaises et américaines ? Tout cela n'avait aucune importance !

Et à point nommé, les douleurs biliaires de la jeune femme étaient revenues, fussent-elles justifiées sur le plan organique ou bien imaginaires. Et avec ces douleurs les petits artifices étaient revenus dans la maison des Doll, et cette fois Doll n'avait pas protesté, non, cette fois la responsabilité était partagée. Alors ils purent rêver, alors le monde devint rose, toutes les contrariétés disparurent, ils ne sentirent plus qu'à peine la faim et le froid, ils ne se levèrent plus de leur lit que pour se procurer encore de la came.

Mais trouver de l'argent était de plus en plus difficile. Doll ne travaillait plus – c'est ainsi que commença la grande braderie. Les meubles y passèrent, et les précieux tapis persans, les tableaux et les livres, c'était un trou insatiable où ils déversaient leur vie. Leur force, leur courage, leurs espoirs, leurs dernières possessions, tout prit le même chemin : direction le néant.

Dans le monde, ils dissimulaient leur passion avec suffisamment de ruse ; parlaient-ils avec Granzow, alors le travail avançait à grands pas, Doll racontait qu'il développait un projet après l'autre, inventait les plus géniales histoires – et oubliait tout, à peine avait-il quitté la maison de Granzow. Ils ne vivaient plus que pour leurs songes dans le caveau de leur lit, allongés chacun pour soi, chacun suivant son propre rêve...

Jusqu'à ce que justement cela ne pût plus continuer ainsi, jusqu'à ce que tout fût vendu, jusqu'à ce que, outre la perte de toutes leurs possessions, une montagne de dettes s'amoncelât, jusqu'à ce que le corps, même avec les plus fortes doses, ne réagît plus qu'à peine, jusqu'à ce que le dégoût les prît : quitter cette vie idiote et inutile ! Mais ils ne la quittaient pas, tout comme ce peuple entier ne la quittait pas non plus, même s'il y avait pourtant bien des raisons de le faire ! Ils atterrirent finalement de nouveau à l'hôpital, lui dans cet étrange établissement de femmes du

10 Elsastrasse, dont il a déjà été question. Elle, jeune comme elle était, vint à bout de son intoxication après une brève cure – elle était maintenant partie depuis un moment dans la petite ville pour aller chercher le reste de leurs affaires.

Encore une fois, on allait tenter de repartir de zéro. Encore une fois, et dans des conditions bien plus difficiles qu'avant. Un gros capital d'amitié, de confiance, de possessions, oui, et aussi de foi en soi-même, avait été dilapidé.

Il se lève de son fauteuil dans cette pièce poussiéreuse et délabrée où les reliques de sa bibliothèque le toisent d'un air accusateur. Il s'étire, sort sur le balcon, regarde le vert sous le soleil. Les arbres n'ont pas connu la guerre, les buissons et l'herbe non plus. La vie continue. Cela console peu, mais cela console justement un peu. Pourquoi ne devrait-il pas écrire encore un livre que tout le monde lirait, qui serait un succès ? Bientôt, maintenant peut-être, alors qu'il est sur ce balcon, le camion va tourner au coin de la rue avec leurs derniers livres et leurs derniers meubles. Ils recommenceront, encore une fois, – et cette fois ils ne se déroberont pas de nouveau juste avant le but !

Il frissonne soudain dans le soleil. Il ne supporte plus de rester dans cette maison qui lui rappelle la tombe où gisent tant d'espoirs. Il la quitte en toute hâte, franchit de nouveau le barrage rouge et blanc et se retrouve quelques minutes plus tard dans un tramway.

Bien, pense-t-il, résolu. Il ne faudrait pas que Granzow pense que je me dérobe devant les décisions à prendre, que je laisse les autres agir à ma place. Je veux en avoir le cœur net, avant même l'arrivée du camion.

Plus tard, il traverse le cœur des destructions, il voit peu de gens dans ces rues qui, encore sept ans auparavant, étaient constamment bouchées et digéraient à peine la circulation. Maintenant, il peut marcher au milieu de la voie, il n'a même pas à se soucier des automobiles : s'il en passe parfois une, elle roule très lentement et très prudemment à cause des trous profonds dans le revêtement de la chaussée.

Doll aussi va lentement. Le soleil tape sur les ruines (ici tout est calme), ça sent toujours la poussière et le brûlé. Certains Berlinois se sont imaginé comme ce serait beau, que très vite les plantes triompheraient des décombres. Mais nous ne vivons pas près d'une forêt vierge tropicale, et par ailleurs les pierres ont enseveli la terre arable ; rien ne pousse encore ! C'est à peine si on voit un petit brin de vert…

Oui, mon cher, se dit Doll à lui-même, pourquoi tu t'étonnes, de quoi tu te plains presque ? Sur des ruines, rien ne repousse très vite – tu ne fais pas exception, toi encore moins ! Tu n'es plus de la toute première fraîcheur, et songe seulement à un an plus tôt, comme tu étais détruit alors ! Tu ne te souviens plus que tu gisais dans ce gigantesque trou de bombe qui représentait le monde ou plutôt l'Allemagne, et que tu espérais l'aide des Trois Grands ? Eh bien, alors ! Je trouve que tu t'es tout de même un peu retapé depuis. Un petit peu d'herbe pousse déjà sur les ruines. Ne sois pas si impatient, continue ton chemin !

Et donc il continue son chemin, et celui-ci le mène à quelques centaines de pas plus loin, au beau milieu de toute cette destruction, dans un grand immeuble de bureaux, pas trop mal préservé – où autrefois se trouvait le Front allemand du travail[1]. Il grimpe des escaliers, personne ne lui demande ce qu'il veut, il n'a pas besoin de remplir de formulaire, est-il né, baptisé, existant – il rend visite à un homme d'affaires vraiment moderne.

Il ouvre une porte et il se retrouve tout simplement, sans hôtesse d'accueil, secrétaire ou chef de la réception, devant son éditeur Mertens.

Dix minutes plus tard il quitte de nouveau l'ancien bâtiment du Front allemand du travail. Granzow avait raison : Mertens n'est pas un homme mesquin. Pas de longues circonvolutions, pas de bavardage, pas de reproches. Des questions, une courte réflexion, et un oui.

Sous le bras, Doll porte un paquet, ce sont de nouvelles parutions de la maison d'édition qu'on lui a dédicacées, et sa poche intérieure est gonflée d'argent. Il n'a pas besoin d'agrandir les trous dans ses étagères, et il est débarrassé de sa montagne de dettes. Maintenant, il faut juste qu'il travaille avec constance et un peu de bonheur, et tout ira bien de nouveau.

Bien que Doll connaisse un petit bureau de poste près de chez lui, peu fréquenté et juste à côté du tramway, il demande son chemin ici dans les rues en ruine pour aller dans un autre. C'est qu'il ne peut pas attendre de faire ce qui doit être fait maintenant. Le trajet jusqu'à ce bureau

1. Deutsche Arbeitsfront, association d'employeurs et de travailleurs du parti nazi

de poste dans le centre est nettement plus long, et il est encore bien détruit et vraiment très bondé.

Doll doit faire la queue longtemps avant qu'on lui tende un porte-plume, des mandats postaux et des bordereaux de virement. Puis il va à un des pupitres et commence à remplir les bordereaux. Il inscrit de grosses sommes, il faudra du temps, beaucoup de mois de travail avant de gagner de nouveau tout cela. Et toutes ces belles choses qu'ils auraient pu s'acheter avec cet argent, leur logement ressemblerait aujourd'hui à un habitat humain et pas à une grotte de bête, s'ils ne l'avaient pas si absurdement gaspillé pour cette came infâme, pour cette saloperie qui les a rendus malades par-dessus le marché !

Mais Doll n'y pense que fugacement à cet instant, il rédige ces virements avec un réel plaisir, et c'est avec un profond soupir de satisfaction qu'il barre les noms de ses créanciers honorés sur la liste de ses dettes, liste qu'il porte toujours sur lui. Il ne peut pas tous les payer aujourd'hui, dans une semaine il viendra chercher le reste de l'avance à la maison d'édition – mais après, c'en sera terminé de toutes ces histoires !

Lorsque Doll, après une bonne heure, ressort dans la rue, son portefeuille a rétréci et a retrouvé une taille normale, mais son cœur semble plus grand et plus fort, il se sent très léger. Il ne voit pas que le vert ne pousse quasiment pas sur les ruines, il ne voit absolument plus les ruines. Il s'est libéré de soucis pesants et qui le tourmentaient depuis longtemps, il aperçoit un chemin devant lui… Soudain, il a hâte d'être revenu chez lui. Cette grotte triste et sale, voilà soudain qu'il l'appelle chez-lui !

Et en effet, lorsqu'il tourne au coin de la rue et regarde vers le fond de l'allée bordée de pavillons, tout s'est animé là-bas ! Un camion est arrêté devant la porte, il voit les enfants en train d'aider les transporteurs – ah, ciel miséricordieux, ils sont justement en train de porter ses livres dans la maison ! Les étagères vont se remplir de nouveau, la grotte va devenir un foyer, ils ont réussi encore une fois ! Il court presque sur le dernier bout de chemin…

Il trouve Alma en train de fumer, assise dans un fauteuil, elle indique les directions aux porteurs de meubles. Elle a profité du temps de son absence pour se débarbouiller et enlever les marques et la poussière du voyage en camion, maintenant elle a de nouveau l'air fraîche et jeune…

Elle s'exclame en le voyant : « Ça t'étonne, eh oui, j'ai encore réussi à remplir le camion et la remorque. Tout est ici maintenant. Nous n'avons plus besoin d'y retourner. C'en est terminé de ce trou paumé, pour toujours. Tous tes livres sont ici – tu es content ? Est-ce que j'ai bien fait ? »

Naturellement qu'il est content, et il lui donne même un baiser. Mais ensuite il se presse de demander à Alma si elle n'a pas aussi une cigarette pour lui ?

« Mais tout un paquet ! s'écrie-t-elle. Mon grand, tu as à ce point envie de fumer ! Tiens, prends ! Et j'ai encore autre chose pour toi : deux bouteilles de schnaps dans mon sac ! Il faut aussi en garder pour les gars, ils ont été efficaces. Et ne tire pas cette tête comme si j'avais encore dépensé trop d'argent. Le schnaps n'est pas cher là-bas, au patelin : la bouteille ne fait même pas quarante marks ! D'ailleurs, je t'ai aussi rapporté tout l'argent du voyage. Et même plus que ça !

— Ah bon ?! dit-il. Comment se fait-il que tu rapportes tout l'argent du voyage ?! Et même plus encore ? Est-ce qu'on transporte les gens gratuitement en train, maintenant, et est-ce que les hôtels vous payent lorsqu'on y dort ?

— Mais c'est pourtant simple ! s'écrie-t-elle. Là-bas, j'ai encore vendu en vitesse tout le bazar qui ne rentrait pas dans le camion. Des vieilles choses dont nous n'aurions pas eu besoin : des matelas, des meubles en bois brut. Et maintenant, trinquons à une vie meilleure. *Prost !* »

Ils trinquèrent, ils burent. Elle s'étira voluptueusement. « Oh, ce que ça fait du bien après le long trajet tout poussiéreux ! Ce que je suis contente que ça aussi soit derrière moi ! Et d'avoir réussi à tout faire ! Nous avons chargé le camion jusqu'à trois heures du matin – oh oui, nous n'avons pas chômé, oui, tu peux me donner encore un baiser pour me remercier ! Comme je suis heureuse ! »

Il l'embrassa, cette enfant gâtée qui était prête maintenant à prendre avec lui le chemin du travail et de l'austérité. Il la regarda, elle était assise, souriante, pleine de bonheur, de jeunesse et de santé, contente de ce qu'elle avait accompli.

Tard le soir, Doll retourne dans son hôpital pour y dormir une dernière nuit. Le lendemain il emménagera dans la rue aux pavillons et il y bâtira un nouveau chez-lui. Il est guéri, il sent l'envie de travailler en lui, il croit à son avenir. Et on ne peut pas croire à son propre avenir sans penser aux siens, à son entourage proche, au peuple tout entier, sans penser à l'humanité. Il croit à l'Europe qui va continuer, qui va se relever, parce qu'il croit aussi que lui-même va se relever.

L'apathie a enfin cédé en lui, il ne gît plus dans le cratère de bombe. Et ce n'est pas grâce aux Trois Grands – mystérieusement, des forces lui sont venues pour se hisser hors du cratère, maintenant il est en haut. Il loue la vie, la vie résistante, la vie encore et encore salie, la vie magnifique ! Les peuples vont se rétablir, même l'Allemagne, cette Allemagne aimée et misérable, ce cœur malade de l'Europe va guérir.

Et alors que Doll marche à cette heure tardive dans les rues de Berlin, il ressent pour la première fois que c'est vraiment la paix. Il passe devant des immeubles intacts, devant des ruines, sous des cimes d'arbres, il est heureux. En accord avec lui-même. En équilibre. Guéri – et guéri pour mener une vie en paix.

La vie continue – ils vont surmonter cette période, eux les épargnés, eux les survivants. La vie continue toujours, même sous les ruines. Les ruines ne sont pas importantes, mais la vie est importante. La vie avec ce brin d'herbe en centre-ville, au milieu de mille blocs de pierre brisés. Elle continue toujours.

Et peut-être que les gens apprendront même quelque chose. Apprendront de leurs souffrances, de leurs larmes, de leur sang. Apprendront à contrecœur, en hésitant ou avec enthousiasme. Apprendront que cela ne peut continuer qu'autrement, qu'il faut apprendre à penser autrement…

Doll, quoi qu'il en soit, est décidé à apprendre lui aussi. Il voit le chemin qui se dessine devant lui, les tout prochains pas, et ils signifient travail, travail, travail. Derrière ces premiers pas recommence déjà la pénombre qui assombrit l'avenir de chaque Allemand, mais il ne veut pas y penser. On a si bien appris ces dernières années à vivre sur le moment, au jour le jour, pourquoi n'utiliserait-on pas cet enseignement aujourd'hui ? Continuer à vivre et travailler ! Voilà le mot d'ordre !

Le tardif vent du soir souffle comme une consolation dans la cime des arbres. La respiration du vaste monde souffle vers lui, petit être humain. Il s'adosse pendant un moment à un de ces arbres, il écoute le murmure des branches, là-haut. Ce n'est rien, de l'air qui bouge et fait bruisser les feuilles. Rien. Rien de plus. Mais c'est suffisant. Ces dernières années, il n'a jamais eu le temps de rester sous un arbre et d'écouter son murmure. Et maintenant il l'a, car c'est la paix de nouveau – la paix ! Comprends-le intérieurement, être humain, tu n'as plus besoin d'assassiner et de tuer. Les armes sont inutiles, c'est vraiment la paix !

Tables des matières

Composition IGS-CP à L'Isle-d'Espagnac (16)
Impression Grafica Veneta S.p.A.
à Trebaseleghe (Pd).
Dépôt légal : janvier 2020

ISBN : 978-2-207-14428-2/Imprimé en Italie

346831